鄭明娳 著

現代散文構成論

臺灣學生書局印行

國家圖書館出版品預行編目資料

現代散文構成論

鄭明娳著. – 初版. – 臺北市：臺灣學生，2022.02
面；公分

ISBN 978-957-15-1879-4 (平裝)

1. 散文 2. 現代文學 3. 文學理論

825.8 110020287

現代散文構成論

著作者 鄭明娳
出版者 臺灣學生書局有限公司
發行人 楊雲龍
發行所 臺灣學生書局有限公司
地址 臺北市和平東路一段 75 巷 11 號
劃撥帳號 00024668
電話 (02)23928185
傳真 (02)23928105
E-mail student.book@msa.hinet.net
網址 www.studentbook.com.tw
登記證字號 行政院新聞局局版北市業字第玖捌壹號
定價 新臺幣四〇〇元
出版日期 二〇二二年二月初版
ISBN 978-957-15-1879-4

86314

序

(一)

長久以來，沉潛於散文作品的閱讀中，也不間歇地思考如何建構散文的基礎理論。一九八七年完成的《現代散文類型論》，可以說是我個人把思考所得歸納成書的第一步。在該書完稿之時，再次反省散文理論的工作步驟，曾經想將散文的次文類做爲下一步的研究目標。可是近兩年來思考所得，深知類型論不能獨自擔當散文的基礎理論。至於次文類的劃定與深入探討則是較爲枝節的工作。

在我個人的思考結論中，散文的基礎理論有三：類型論、構成論及思潮論。因此，有本書的建構。

(二)

散文構成論是一個「層疊複合系統」。所謂層疊，是指構成諸元素就縱向關係而言形成由上層疊關鎖而下的體系。結構論影響敍述論，敍述論影響描寫論。同理描寫論跟意象論及修辭論間的關係亦然。從另一個角度來看，修辭論是其他各論的基礎，沒有修辭論，很難進一步理解意象的構成理論。同理，描寫論也是架構在意象論、修辭論之上。這五種的縱向關係依序是更高位階的統攝性理論。以〈圖一〉表列如下：

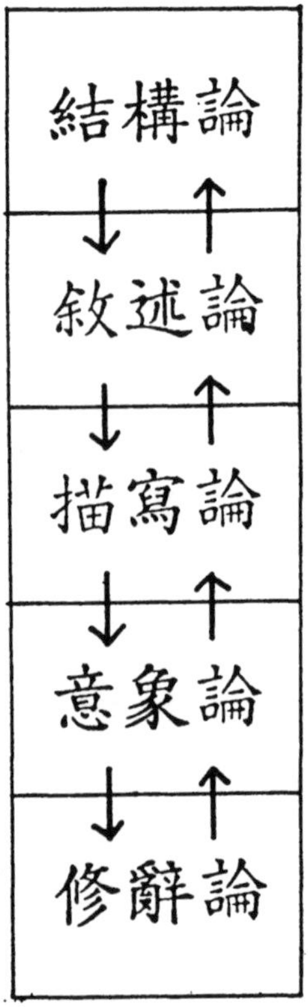

〈圖一〉

(三)

所謂複合，是對構成諸元素的橫向考察。修辭理論固然是意象論的基礎，它同時也是描寫、敍述、結構等論的基礎構成元素。各論間又互相疊套、互相影響。以修辭、意象二論而言，修辭是指文句之內表現方法的變化，同一意義，可用多種形式來表現，此爲修辭的功用。意象則是辭彙固定，其意義卻可能呈現多重指涉。意象論中的辭格意象就是跟修辭論複疊之處，換言之，修辭論延伸卽成爲意象論。如〈圖二〉中之圓A卽是其複疊之處。

描寫論則複疊於修辭、意象論之上。蓋描寫本是局部修辭連綴而成，每每描寫的核心卽是意象。意象發展成意象羣時造成段落，往往形成精彩的片斷描寫，在圖中，此複疊之處以圓B表之。同理，描寫論中的事件描寫，就是描寫的擴展，乃至跟敍述產生疊合關係，圖中圓C可以表之。

敍述串連事件，在結構論中的情節結構便明顯跟敍述疊合，圖中圓D可以表之。從整體上看，修辭論在構成論的中心，不斷往外發展，產生意象、描寫、敍述、結構等論，而每一個發展出來的理論都以前面的構成爲基礎元素。例如結構論的包含面實爲圖形中以E爲圓周的整個圓，在圖中它的涵蓋面若用線條表示便是從修辭論的中心直達E圓，卽線條「4」，此一線條具有向前與向後同時發展的潛力；同理線條「3」、「2」、「1」都分別代表敍述論、描寫論、意象論的主要範疇。

構成論中五個元素的複合關係並不止於由修辭往外逐漸擴大至結構論。其各論之間互相疊套、互相影響的關係實在是很活絡的。例如意象論中意象羣發展而成意象系統時，就直接關係到結構論。散文本身可以用意象系統爲全文的形式結構，亦可關聯到體勢及思維結構。是以，各元素間的複合關係應該是一個有機的系統，並且具備結構的整體觀。

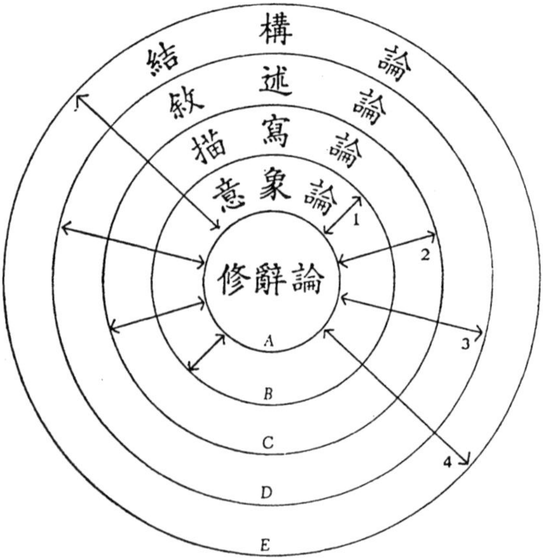

〈圖二〉

(四)

前面已提到散文的基礎理論有三，類型論、構成論、思潮論。此三大基礎的關係既非個別獨立存在，也不是層疊或複合。它們之間有獨立的部分，也有互相疊合之處。以下試以〈圖三〉說明：

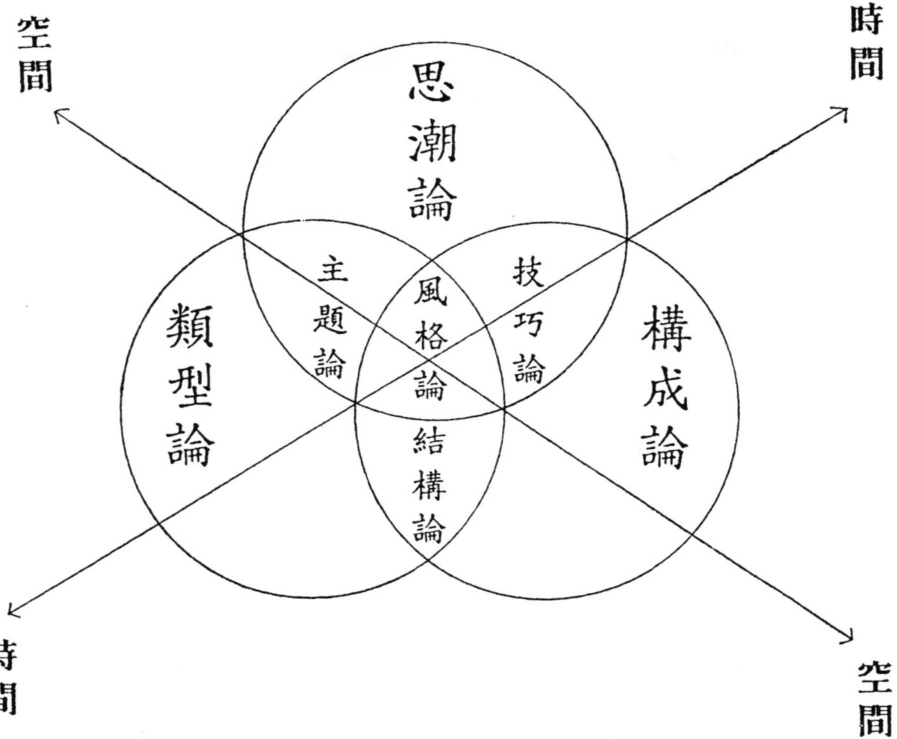

〈圖三〉

類型論、構成論分別在兩書中討論過，其定義不再贅述。思潮論與思想論不盡相同；前者是指大時代、大空間存在的思想型態與潮流，是個別作家思想論的彙總宏觀。例如比較三〇年代、六〇年代、八〇年代三個時期的散文思潮，顯然各異。每一個時代，因人文環境、文類成長度及文學觀念都有不經約定而能俗成的潮流存在。三〇年代雜文與小品文的價值，曾經引發激烈的論爭，暴露出作者們對時代模式取捨的仁智之見；六〇年代抒情小品獨大於散文界，則代表當時作者與評者的大致共識。時代思潮影響創作，也影響理論。思潮論面對的是彙整時代的散文觀念、釐清它跟當時創作與理論間的互動關係，整理當時理論家的學說，並從歷史的角度，去判斷思潮籠罩之下，論爭的得失、理論的侷限或者突破等等。思想論則屬於作家個人的思想研究，也是思潮論中個別的微視研究。

在討論散文基礎理論時，我們不但要注意同一世代思想繁衍的空間性，還要注意其貫串歷史的時間性。因此，上圖中由類型、構成、思潮三論組合時，各有時間、空間兩軸交叉貫串。

以上「三論」組合時產生許多交集，可以發現其他共同存在的後設理論。例如類型論與構成論的交集主要是結構論，類型論中每一項次文類都具有先驗存在的文類結構模式，不僅特殊結構的類型如此，即使如雜文與哲理小品，都有慣常的形式架構。當然，如果仔細追究，構成、類型二論的交集還有敍述、描寫等等諸多元素。此處所以不提出來討論，是因爲其重複之處不足以發展成獨立系統的理論。其他交集亦然，例如思潮論跟構成論交集而有技巧論，在大時空的思潮籠罩之下，作家發展自己的思想體系，發而爲文，這時需要技巧，即借用構成方法組合成文，換言之，思想透過技巧才能形諸篇章。

思潮論跟類型論的交集是主題論，蓋類型限定主題，主題也限定了類型，作家思想必先借類型來包裝，透過主題呈現。更明白的說，思想是主題的弦響，作家無思想即無主題，散文諸類型亦無由成立。

更值得注意的是，類型、構成、思潮三論共同的交集乃是「風格論」。構成論中的體勢結構本屬於風格論轄下，思維結構關係思想，而修辭論的個人模式、意象論的意象系統、敍述論的慣用格式等等，在在與風格論關係密切。至於類型論中諸類型本身就因結構、風格而分類，思潮論中感情思想本身的強弱在傳達時已造成風格研究的課題。總之，風格論乃是隱藏作者的身世，爲散文理論的焦點。

以上略談散文構成論和其他後設理論的關係。透過這個基本認識，繼以本書的探討，我們應知構成論的範疇實兼容形式及內容兩種層次。

現代散文構成論　目錄

第一章　散文修辭論

第一節　修辭的意義

文學作品都需要修辭，不獨散文然。因爲修辭，使文學語言能卓然獨立，迥異於其他學科的書面文字。修辭是文學構成最基本元素，是產生文學趣味的根本。文學企圖傳達的主題跟其他學科可能相同，但是文學語言的傳達方式則相異——文學語言具有超越時空、脫離歷史因素制約的魅力，不會因內容題材之過時而失去閱讀價值。最明顯的是報導文學，它是介於新聞報導與散文的次文類；新聞報導有極現實的時效性，時過境遷則失去閱讀的價值與興味；但是報導文學吸收文學素質，成爲恆久常新的藝術。能使報導蛻變爲文學，其基礎工作便是修辭。

組合散文最小的單元是字，由字連綴而有句，由句連綴而有段，由段組合而成章。修辭的功能是修飾字與句，因此算是散文藝術構成的最基礎單元。

第二節　修辭特質

文學作品的修辭固然有其共同性，但仔細辨別，各文類之間仍然有其特異之處。以下試歸納以散文爲主的修辭特質：

（一）語言特質

散文是最被允許「有我」的文類，作者和敍述者在小說中嚴格區分，但在散文中兩者往往合而爲一，敍述者可以採取主觀的態度處理題材，運用主觀的角度進行敍述。因此散文在內容、風格、主題等方面都離不開個人化的色彩[1]。所以，散文的語言也是很接近實際的語言行爲。

新文學語言的第一度系統是小說與散文，第二度系統是詩，散文與詩的語言絕然而異。覃子豪論二者句子之異時說：

> 散文的句子累贅，詩的句子簡練；散文的句子長短不一，詩的句子有均衡之美；散文的句子時而簡單，時而複雜，而詩的句子有其一致性的調和；散文的句子是說明，詩

的句子即是表現；散文的句子是敘述，詩的句子是抒情；散文的句子是直陳，故缺少變化，詩的句子是表現，故有變化之巧妙。❷

新詩語言最爲脫離一般口語系統。詩語言力求濃縮，每句之間在字面上多文法跳躍而產生突兀感、激盪感爲尙。一旦詩句相連，流利可讀，則落入散文語言。如果用文法格律來審視，詩句雖串連成篇，但以破格爲常，散文則合律爲多。以此而言，詩語言自然遠離口語。例如瘂弦〈坤伶〉第一段：

十六歲她的名字便流落在城裏
一種淒然的韻律

第一行「十六歲」與下面並不銜接，第二行與第一行也不能銜接。換成散文語言應該是：

---

❶ 參見拙作《現代散文類型論》第二四頁；有關作者與敘述者關係的進一步釐清，參見本書第四章第二節。

❷ 見《詩的表現方法》第五二頁。

> 她才十六歲，便流落在城裏賣唱，她的命運非常淒涼。

可是詩語言講究用最少的文字傳達較多的意思，因此這兩行詩的第二層意思又可解成：

> 她才十六歲便已成名，在各城市裏賣唱。

詩語言能夠一語雙關，便是大量省略的緣故；上引文省略連接詞、省略標點符號、省略形容詞，只讓關鍵性的文字存在，由讀者去自由重組意義。這種高度濃縮的語言，自然遠離口語系統。

其次，再看瘂弦的分段詩〈鹽〉首段：

> 二嬤嬤壓根兒也沒見過退斯妥也夫斯基。春天她只叫著一句話：鹽呀，鹽呀，給我一把鹽呀！天使們就在榆樹上歌唱。那年豌豆差不多完全沒有開花。❸

這段詩由四個句子組成，互相間幾乎都無法連貫起來，這種突兀的銜接法爲詩所允許，爲散文所少見。雖然這四個句子本身都乾脆俐落，非常口語化的語言，可是在組合的時候用了詩的方法，因此仍然是詩的語言。

麗尼的〈黎明〉❹等作品被選入《中國現代散文詩選》，編者謂其作品「借助詩的語言節奏表現出來」❺，其實〈黎明〉是寓言體散文，整篇是個象徵❻。因為它呈現的情境為人生的共相，可以投射到許多事物上，乃至產生歧義而可能做多重詮釋，就這點而言，它很接近詩。但就語言來說，仍然是散文。試看文章開頭：

是在黃昏，我攜著我底孩子逃了出來。孩子非常慌張，他還沒有他底力量；至於我，我卻太老了。我們一路奔逃著，留神著前面，聽著後面底喧嚷。漸漸地聽不見人聲了，只有風在吹。我同孩子都拭去了我們臉上的汗水，我們仍然不住地在喘息。沒有月亮上來，這是個黑暗的夜。孩子漸漸地忍不住要哭了起來。

❸ 以上瘂弦詩見《瘂弦詩集》第一四九、六三頁。

❹ 見《黃昏之獻》第一六八頁。

❺ 見《中國現代散文詩選》第一五四頁。

❻ 文中敘述「我」在黑夜携著孩子逃了出來。後邊有人在追殺，逼使他們逃到黑暗、冰冷的沙漠。孩子卻提議回到撕殺的地方，因為「沙漠之中沒有生命」。回去的時候，「我們是在向前進」的「黎明」時刻。

在地上，只有沙漠，只有深沒膝蓋的沙漠。

以上，文字都非常平穩、落實、流暢，它在描繪一個情境，這整個情境具有象徵作用，但是描繪的文字是散文，它缺乏詩語言最重要的條件：意象、空間造型及音樂性。試看羅門〈時空鳴奏曲〉❼第一段：

整個世界
停止呼吸
在起跑線上

詩中把「世界」擬人化，因而可以停止呼吸，立於起跑線上。作者塑造的是只有詩中才能存在的一種莫可名狀的意象：停止呼吸的整個世界，卻危立於沒有寬度沒有厚度的一條起跑線上。「停止呼吸」爲靜，「在起跑線上」卻是蓄勢待發的動。在動靜之間呈現出世界失衡的緊張狀態。另外，此三行詩除了介詞「在」外，都是以四字爲一音尺，乃是作者以雙字爲音尺的習慣用法。在本詩中，四字音尺造成詩的主要旋律。再看三行的平仄關係，前兩行顯然平仄互爲相反，有對照作用，第三行全爲仄聲，就音效言，前兩行節奏平行對比，末一行以慢板收煞。

回頭再來衡量〈黎明〉，則大部分語言缺乏詩質，唯末段則稍具詩的形式及音節。如：

> 我和孩子都回轉了頭，我們底心在躍動。
> 風停止了吹嘯，沙漠也停止了咒詛。
> 我們是在向前進。

詩語言入侵散文園地乃是文類部分疊合的必然現象，但若就整體觀之，散文與詩在語言上仍有分野。

散文與小說同樣是第一系統的語言，但是就口語系統而言，寫實主義小說與散文語言較爲接近；而前衛小說，如意識流小說、超現實主義小說、魔幻寫實主義小說等的口語系統與散文則有相當距離。要區分散文與小說語言之異，可就「語境」角度來看：散文乃是眞實語境，而小說則是虛構語境。也就是說，散文中編撰作者(Dramatized author)與敍述者可合而爲一；小說則爲分離的，作者不能直接介入。在小說中，即使是使用第一人稱敍述觀點，

❼ 見《整個世界停止呼吸在起跑線上》第三三頁。

讀者也清楚知道其虛構的立場。但是在散文中，卽使運用第三人稱的敍述觀點，讀者仍然可以感知作者的介入。例如余光中〈萬里長城〉❽是用第三人稱主角觀點敍寫，情節極簡單：敍述主角偶然間看見《時代周刊》刊登美國國務卿季辛吉訪問中國大陸時，站在萬里長城上拍的照片。這照片使主角憤怒莫名，文章卽在表達他發洩憤怒的情形。本文具有小說架式的地方，除了把第一人稱改爲第三人稱外，就是在缺乏故事性的情形下，作者用虛構的情節豐富它。主角除了胸臆間不平之氣湧動，還有行動付諸實踐——他竟寫一封信給萬里長城。接著是他跑到郵局投遞一封沒有地址的信件，又跑到電信局拍發沒有收件人的電報。這兩樁事件的荒誕性十分明顯，並非眞正發生在現實中的行爲，作者只是借它來把內心的憤懣具象化——他的憤怒寄不出去，發洩不了。就此一部分的處理而言，乃是小說的特色。但這篇仍然不是小說，它只是小說技巧在散文中的挪用而已。理由之一是，用第三人稱觀點構成的散文只是一種假性小說，蓋將文中的「他」全部抽換成「我」，全篇並無何影響，因此它並不是非得以第三人稱敍寫的文體。其次是，通篇乃是以散文語言寫成。例如它的敍述文字充滿感性，把書寫者的情緒幾乎直接發洩出來。透過第三人稱觀點敍述，其企圖乃是隔離書寫者的熱情，而事實並不然——此亦成爲作者極爲弔詭的策略，而這種策略通常行諸散文而不運用於小說。

又本篇感性的散文語言俯拾卽是，例如：

……中國，他只到過九省，可是美國，他的脚底和車輪踏過二十八州。可是感覺裏，密西根的雪猶他的沙漠加州的海都那麼遙遠，陌生，而長城那麼近。他生下來就屬於長城，可是遠在他出生之前長城就歸他所有。從公元以前起長城就屬於他祖先。天經地義，他繼承了萬里長城，每一面牆每一塊磚。

……兩個大陸的月色和一個島上的雲在他眼中，霜已經下下來，在身邊。

小說慣常以事件及行動來交待人物心理。可是上引文卻是在討論問題，主角雖然長期住在美國，可是感覺遙遠；中國雖然所到之處不多，但心靈上感覺卻很接近。作者用具體的方式來處理抽象的心理距離問題。「長城」也不過是個象徵，它代表中國文化、中國疆域。我們發現這篇文章中充滿作者個人的文化代碼，在表達這項代碼訊息時，使用充滿譬喻性、象徵性及意象的語言。如後舉例子，實爲詩的語言。凡此種種，皆可證明文中第三人稱不僅可以改換成第一人稱，而且眞正敍述者實際上就是隱藏的作者，散文之「有我」在本文中印證無遺。

文學語言的主客觀性，要從比較上來看；例如詩與散文比較時，詩語言較爲主觀，散文

❽ 見《聽聽那冷雨》第一頁。

語言較爲客觀。但是散文與小說比較時，散文語言較爲主觀，小說語言則較爲客觀。有時候，作者儘量不介入，運用冷靜客觀的語言寫成散文，就很接近小說。例如王鼎鈞〈哭屋〉等篇❾，已算是中間文類。

以上談論散文的語言特質時，針對一般人對散文的定義範疇。也就是以散文的主要類型及大部分特殊結構類型如日記、書信、序跋等而立說。至於較特殊的類型如傳知散文、報導文學、傳記文學，已演繹出次文類特有的語言系統。我們相信掌握散文語言的特質，才能針對其需求而致力修辭，鑑賞者也才能審度其技法的高低。

(二) 文學性

西方的文學理論家，大部分把文學最基本的文類設限於戲劇、詩歌及小說三項。散文則被視爲「不必然是文學的，但在某種程度上它們變成文學的」❿。在中國，現代散文作者們幾十年來的努力有目共睹，我們肯定散文在現代文學中足可與詩歌、小說地位鼎足而三。也因此，散文必然是具有文學性的文類。

符號學家羅伯特・司格勒斯（Robert Scholes）把雅各森（Roman Jakobson）設計的語言模式六功能的圖表，調整爲作者讀者之間的關係圖：

作者——語境、正文、媒介、代碼——讀者

由作者書寫作品到讀者閱讀作品，乃是一個表述過程，也就是語言傳達的模式。此表述過程是利用媒介呈現正文⓫，正文中蘊有代碼，並製造語境。所謂媒介，是作者從感官直接獲得的訊息，經過轉化製成文字，此文字卽是媒介。若製成語言，則語言卽爲媒介。獨立的媒介沒有特殊的意義，它串連而成正文，產生表層的意思。由媒介而正文，是一個創造的過程，爲一貫通的線路。正文中蘊藏許多代碼，所以，正文是由作者傳遞到讀者的一套記號，讀者要根據代碼來著手解讀他們。

代碼是讀者理解正文的許多鑰匙。蓋人類的語言不斷地被編碼，例如古時候閃電現象被

❾ 見《碎琉璃》第一七九頁。按〈哭屋〉被選入《六十三年短篇小說選》（爾雅出版社）中。

❿ 見《符號學與文學》第五〇頁。

⓫ 見同上注第一一頁。按，正文（Text）原譯作「本文」，國內多譯作「正文」；又原譯將「雅各森」誤譯爲「雅各布森」。

解釋爲神明震怒，但在今天，我們解釋爲自然的現象；這就是神話代碼被科學代碼所取代了。閱讀時要解碼，依據的是我們對一般模式的了解。因此，解碼既需要特殊的知識，也需要對語言哲學的洞悉。

語境是文章呈現的情境及背後的指涉意義。由作者刻意編排而成，爲一虛構的、獨立的抽象世界。

上述作者與讀者之間的關係，由六種元素組成。在表述過程中，其中任何一個因素變得多樣而複雜化時，就產生了文學性。司格勒斯認爲⑫：

> 在印刷的語詞聯系和我們感知在任何印刷本文中得到命名的對象的正規手段之間，我們感到的差別越大，這陳述就越可能是文學的。

這句話的意思是說，文字呈現出來的方法與一般的表達方式有了差距，較爲複雜化，就產生了文學性。其差距越大、越複雜，文學性相對的會越高。這種複雜化、差距感，可以「表裏不一」概括：例如發送者、接收者、信息、語境、聯系及代碼的表裏不一之呈現⑬。

以魯迅〈狗的駁詰〉⑭爲例：

> 我夢見自己在隘巷中行走，衣履破碎，像乞食者。

一條狗在背後叫起來了。

我傲慢地回顧，叱咤說：

「呔！住口！你這勢利的狗！」

「嘻嘻！」他笑了，還接著說：「不敢，愧不如人呢。」

「什麼！」我氣憤了，覺得這是一個極端的侮辱。

「我慚愧：我終於還不知道分別銅和銀；還不知道分別布和綢；還不知道分別官和民；還不知道分別主和奴；還不知道……。」

我逃走了。

「且慢！我們再談談……。」他在後面大聲挽留。

我一徑逃走，儘力地走，直到逃出夢境，躺在自己的床上。

這篇文章的文化代碼有三個：狗、人、我。狗在西方被視爲一種善心、忠誠的動物。可是在中國傳統社會中一直被當成低賤的動物。因此許多罵人的話用狗來譬喻，例如狗彘、狗

⑫ 見同注⑩第三三頁。

⑬ 以上參見注⑩第二章。

⑭ 見《野草》第四八頁。

嘴、走狗、狗娘等等。在本文中，它就是指低賤的人物，被一般人所瞧不起的，而文中的狗口中所指「愧不如人」的人，則是那些善於分別銅和銀、布和綢、官和民、主和奴的勢利人物。而有能力分辨並挑選布綢、官位、主奴的，必然是高階層、有身分地位的人物。至於文中的第一人稱主角「我」，則是流落於隘巷中，衣履破碎如乞食者的低階層人物。人、我、狗三個代碼所暗示的意義是：一位低賤貧窮的乞丐，他仍然有自尊心——以爲比動物（狗）高級。可是狗反射出來的意義是：雖賤爲動物，卻不如人類之勢利。當「我」亦發現人不如狗的事實時，只有逃之夭夭，「我」的驚嚇不僅因爲發現人不如狗，而且也發現自己也是「人」中之一，他不是不知道去分別銅和銀等，而是沒有機會去分辨揀擇；一旦有機會，他亦當淪落爲「人」。這篇文章呈現的語境乃是一九二五年中國社會的投射以及作者心中的陰暗面，他面對的是一個階級社會；貧富懸殊，爲官不正，人心勢利，而極具反諷效果的是，這樣的人類，還怕面對自己的缺陷，矛盾使他希望那只是一場夢境。

本篇的文學性建立在作者透過媒介傳達給讀者時，在正文底下，代碼的設計、語境的創造等。其間的「表裏不一」頗多，例如正文呈現的訊息與語境暗示的意義有差距，正文的模糊化，乃產生指涉意義的多樣性。又如整個事件架構在夢境中，顯示它的虛構性質與象徵意義。

散文的文學性一方面來自修辭，蓋透過修辭，不但產生語境，並且可以統一不同的語境。另方面是吸收其他文類的特色，例如利用小說的第三人稱觀點、小說的對話、客觀化的陳述語氣，前引余光中〈萬里長城〉便是。又如詩歌中的意象乃至形式廣爲運用，散文的詩化，乃是意象的大量運造及形式的變通等等。

文學性是散文修辭的特質之一，但並不表示具有文學性的散文就是有價值的作品；同樣擴大來說，具有修辭條件的作品未必就有同等的文學價值。但是文學作品，斷不可缺少文學性。

(三) 裝飾性

孔子說：「辭達而已矣」⑮，文字語言的原始目的以傳達意旨爲主。文學作品雖然也以達意爲目標，但卻特別講究傳達的方式。語言是最先跟讀者接觸的媒介物，其講究裝飾乃是必然。

散文語言的裝飾性在每個作家筆下呈現不同的風格。但大致可以分成兩個趨勢：一是繁文以求典麗，一是簡文以求雋永。

余光中〈山緣〉⑯之二敘及落磯山云：

---

⑮ 見《論語》〈衛靈公〉篇。

⑯ 見《記憶像鐵軌一樣長》第一五三頁。

……落磯山地高亢而乾燥，那一叢叢一簇簇鳥飛不上的絕峯，沒有飄雲可玩，只有積雪可戴。那許多高潔的雪峯，敻列天外，靜絕人間，那一組不可相信卻又不許驚呼的奇跡，就那麼日夜供在天地之間，任我駭觀了兩年。

以上引文由兩個句子組成，它所要傳達的意思只有一點：落磯山地勢極高。如果只用高聳入雲或摩天峻嶺等形容詞來形容，就是裝飾。但這種裝飾不能給讀者臨場感，因此作者要細心設計文句。山高的程度乃是所有的——一叢叢一簇簇——鳥都飛不上的。不僅鳥飛不上去，連天上的雲也「飄」不上去，山高必冷，所以只有雪戴在他頭上，這無非是層遞式的形容山之高。下一句則全在裝飾雪。雪似乎永遠覆蓋在山頭，成爲山的一部分，因此描寫雪仍然是在描寫山。雪與山結合成「雪峯」，日夜敻列天外、靜絕人間，「實爲奇跡（蹟）」。

繁文的裝飾性在於它的外塑特色；例如上引文第二句全句可刪芟，甚至第一句也可以把「絕峯、飄雲、積雪」等句省去，並不妨礙文意的傳達。但是增加這些外鑠的文字，使得落磯山的「高」形象特別鮮明，在讀者心中，它不但可看，也可觸、可摸、可感。文字經過裝飾，作者心中的意象更能傳遞到讀者心中。

除了具體的「物」可以裝飾，抽象的觀念也可以繁文呈現。張曉風〈詠物篇〉之〈花拆〉⓱一節只是傳達一個觀念：花的生命只在開拆的刹那。爲了證實這個觀念的可信度，作者以四段文字來造境；首段以花蕾喻爲胎兒，僅是花拆之前奏，繼而全力讚賞花拆之奇美，第三段宣稱「花拆一停止，死亡就開始」，尾段指出自己酷愛花拆，終生不會改變。花拆一事可能爲許多人所喜愛觀賞者，但是要把喜歡的理由說得如此理直氣壯又美妙異常，實在是需要雕塑手腕。本文基本上是以修辭的魅力來烘托主旨，其方式爲透過文字的辯證。

繁文以求典麗可以在辭彩見功，也可以在內容上努力。前者例如多使用複雜的單句或複句或合句。句子複雜化，可以從多角度來加強文意。後者例如在思考角度上求新、求多。則通篇的主旨雖然僅是一個小點，卻能舖陳出一個具體的面或體。

簡文而能雋永，也是修辭使然。它的裝飾功能不是外鑠的、字面的，而是自發的、內在的。例如林彧〈走索〉⑱：

　　馬戲團的節目結束後，
　他跑到後臺找出那位走繩者。
　走繩者臉上的粉墨還未清洗。

⑰ 見《曉風散文集》第三三四頁。

⑱ 見《快筆速寫》第三二頁。

他對者那張紅紅綠綠的臉發問：
在那麼高地方不怕嗎？
在一條繩索上行走不怕嗎？
走了多久呢？
走繩者說：
「誰說我走在繩索上？
我這輩子一直
都很平靜地在人生的道路上行走呀。」
說完，在地上畫出一條線。
他試著在那條細線上踏步，
卻走得凌凌亂亂，
愈走愈慌，
竟感覺自己有隨時墜地的感覺，
而那並非是高空細繩。
走繩者笑著說：
「還有一條看不見的繩索

才難走呢。」
他想起這一生的遠路，
不禁發愁了。

這篇散文的排列如詩行，實際上是假性詩，因爲它的語言完全是散文語言。其文字明淨樸素淺顯易懂，全篇幾乎都用單句組成。要了解它的字面意思毫無問題，它的修辭乃是透過語言對話時產生機智的戲劇效果。

本篇背後的文化語碼是：人生如走索，一個閃失就會跌跤，可能就沒有重來的機會。〈走索〉分別以具象、抽象、具象、抽象參差出現。全文明顯可以分爲五段，恰好由兩位角色輪番上場。第一段是「他」對走索者的詢問，第二段是走索者的回答，第三段是「他」試走地面上的線條，第四段是走索者的言語，末段拍回「他」的主體性思考。作者這種安排產生弔詭的辯證關係：走在高空的繩索是極危險的（其文化語碼乃是：高處易跌，獨行危險，久走必失），可是對於一個稱職的走索者而言，他乃是平穩而安全的走在人生道路上（其文化語碼乃是：克盡厥守，危險並不存在），只有自以爲站在安全地帶的人才最危險（其文化語碼乃是：循規蹈矩並非易事），最難調理的是生命路線（文化語碼是：人生如走索），結尾乃是結論（文化語碼是：面對人生當如臨深淵，如履薄冰）。

簡文的魅力如果來自語言，那麼必然文中警句不斷。如果不是來自語言，則必是語言背後的影射意義。〈走索〉其實主題很簡單：人生如走索。作者卻用正反開闔的辯證手法來呈現其旨意，正是把內容加以裝飾。

(四) 延展性

修辭雖然是散文構成最基本、最小的單位，可說是局部地位，但它仍然具有無限延展的潛力，文學的表述方法最忌平泛直接。當前學術界鑽研「修辭學」者方興未艾，修辭學的目的就是尋找文學表達各種可能的方式，於是乃有修辭格之產生。

修辭學中的辭格，各家歸納的範疇不一[19]。不過學者提出的辭格皆是文學中後設的方法。方法乃是原則性的，運用之妙，全在作者。也可能雖有方法，因運用不當反而不美者，修辭的延展潛力就在方法的運用上。

例如感嘆辭格，在修辭中乃是最危險的辭格，陳望道把感嘆格的構成方式分爲三種：(1)添加感嘆詞於直述句的前後；(2)寓感嘆的意思於設問的句式；(3)寓感嘆的意思於倒裝的句法。陳氏又認爲只有第一類最爲純粹，列爲感嘆辭中最主要的形式。後人乃將第二類歸於「設問」、第三類歸於「倒裝」[20]。

在散文著重「有我」的本質中，感嘆格如果定然要配以感嘆詞，實是非常不易討巧的辭格。它最適合存在於原始性的次文類，像原始性日記、原始性書信中。例如陸小曼一九二五年四月十二日的日記末段云：

……摩！快不用惆悵，不必悲傷，我們還不至於無望呢！等著吧！我現在要去尋夢了……摩，要是我們能在那一個夢裏尋得著我們的樂土，真能夠做我們理想的伴侶，永遠的不分離，不也是一樣的麼？我們何不就永遠住在那裏呢？咳！不要把這種廢話再說下去了，天不等我，已經快亮了，要是有人看見我這樣的呆坐著寫到天明，不又要被人大驚小怪嗎？不寫了，說了許多廢話有什麼用處呢？你還是你，還是遠在天邊，我還是我，一個人坐在房裏，我看還是早早的去睡吧！㉑

本文實爲日記兼書信。俚直的語言在原始日記或書信中，能達到這種文類「如聞其聲，如見其人」的效果。可是把這一段，甚至整個小曼日記，放在文學體裁，諸如書信、日記體文類

---

⑲ 一九三二年陳望道《修辭學發凡》（按臺灣坊間翻印本多易名爲《修辭學釋例》）提出三十八種辭格（第七六頁）。而一九七五年黃慶萱《修辭學》濃縮爲三十種辭格（第三頁）。

⑳ 見黃慶萱《修辭學》第二七頁。

㉑ 見《徐志摩全集》第三一頁。

來審視，它的感嘆辭格實有濫用之嫌。其次，從上引文我們也不難發現，感嘆辭格，不僅時常跟設問、倒裝辭格結合。它也跟呼告格關係密切，而呼告、感嘆、設問同時用在一段散文中，實易流於具有嘲諷的「誇飾」格中。

修辭的延展性乃是在方法之常中，作家可以出之以變。上引〈小曼日記〉如果有些「呢嗎」等感嘆詞省略，仍然可以保留感嘆之意，甚且情意要蘊藉內斂得多。試看楊牧〈文章的虛實〉揭發某位文人的偽詩，其末段云㉒：

> 這人竟有勇氣號稱他寫於文革期間的作品是大陸三十五年來第一首「傷痕詩兼抗議詩」。別的不管，卽對前此二十年為文藝而有所犧牲的文人他將如何交代？難道一九四九年至文革期間喪亂中死亡的文人之幽靈你都不怕嗎？你怎麼忍心說他們是軟體動物？難道臺灣的讀者就如你所希望的，沒有近代史的時間觀念，所以就可以讓人「瞪著眼睛說瞎話」嗎？這是修辭不立其誠之極致，無以名之，姑稱它為詩的仿冒，歷史的欺誑，人情的誣蔑，其囂張卑瑣已經超出了我的想像。

本文的結尾句其實是省略了「啊！」感嘆詞與感嘆號。仔細檢視它何以暗藏感嘆格，是因為作者曾經在文前蓄勢，首先他提出偽詩的證據，再連用四個強勁的疑問句反詰對方，並不給對方以回答機會的態勢，立刻急轉直下，設定結論，這是文章蓄勢的方法。中國文論家常謂：「將軍欲以巧勝人，盤馬彎弓故不發」，就是用翻騰筆法儲備許多力量，最後凌空一氣旋轉而下，讀者在閱讀過程中自然會發出感嘆之聲，而作者卻可以巧爲收藏這等感嘆字眼。

余光中〈九張床〉極力寫鄉愁、家愁。實爲其飄泊的生涯有以致之，其中有一段末句云：

……蒲公英的歲月，一切都吹散得如此遼遠，如此破碎的中國啊中國。㉓

余氏〈蒲公英的歲月〉㉔通篇文章都在發揮上一句的意思。但是作者採用蓄勢法，結尾不用一個嘆詞或嘆號，卻比前引文具有更強大的震撼之力。㉕

除了感嘆格，其他修辭格的延展性更具彈性。事實上，提出修辭的延展性並不意味著對後設辭格之隨意出位。它乃是啓示作家，不宜爲辭格所拘泥；也啓示讀者，有更廣濶的思維空間。

㉒ 見《交流道》第一八八頁。
㉓ 見《逍遙遊》第一七七頁。
㉔ 見《焚鶴人》第四七頁。
㉕ 有關〈蒲公英的歲月〉之解析，參見拙作〈余光中論〉，《現代散文縱橫論》第八九頁。

第三節　修辭旨趣

修辭在散文結構中居於最基礎與最小範圍的地位，儘管連綴成篇，但每一個修辭單元的功能只在字句之間發揮。歸納散文修辭的旨趣，可分爲三方面：練形、練音、練意。

(一) 練　形

散文是一種閱讀的藝術，最先跟讀者接觸的是文字串連而成的形式外貌。形式給人第一印象，不能說不重要。試看管管〈春天像你你像煙煙像吾吾像春天〉❶全文：

春天像你你像梨花梨花像杏花杏花像桃花桃花像你的臉臉像胭脂胭脂像大地大地像天
空天空像你的眼眼像河河像你的歌歌像楊柳楊柳像你的手手像風風像雲雲像你的髮髮
像飛花飛花像燕子燕子像你你像雲雀雲雀像風箏風箏像你你像霧霧像煙煙像吾吾像你
你像春天

春天像秦瓊宋江成吉思汗楚霸王

秦瓊宋江林黛秦始皇像
「花飛花
霧非霧」

這篇散文一撲入讀者眼簾，就必然會具有強大的吸引力，首先是它的題目用迴文、頂眞串連成句。其正文與題目可謂一氣呵成。在那麼多的「像」中，讀者要辛苦連綴其意象。其實在題目中「春天像煙」與結尾「花非花／霧非霧」已把主題點逗出來。可是這麼一個單純的意思卻被作者用花巧怪異的形式鋪張揚厲的表現出來。它的形式還有一個特色，亦卽全文除了尾段一對引號，通篇都排斥標點符號，並以詩語言入散文，在在促成其形式之特殊性。散文的形式自不必特意用奇巧怪異來求勝。但是，因作者用心佈置許多特殊形式，確然能煉就出藝術造型。以下試歸納規格、錯落、迴環等三種常見之美。

(1) 規格美

規格美的基本原則是具有一定秩序的排列，最常見的是整齊的重複，同一格式的重複使形式並列會產生平衡勻稱的美感。前舉管管例子最後兩行，把「花非花」與「霧非霧」並排

❶ 見《管管散文集》第二二六頁。

起來；這兩行有許多共同點：都是極短句、字數一樣多、句型構造相同，甚且中間有一字相同，而句裏暗示的意義相同，聲音節奏相同，我們可以發現整齊重複的成因基於相同因素複沓產生，使人有規律整齊之感。

整齊重複的句子最常見於對偶排比句型，例如：

……你的粉筆灰成雨，落濕了多少講臺，
你的藍墨水成渠，灌溉了多少畝報刊雜誌。

……該來的，什麼也擋不住。
已去的，也無處可招魂。❷

在古詩文中，對偶的要求較爲嚴格；兩句並列，其內容最好是正反相對、句法亦限定要兩句相對、字數多寡相等。現代散文則較有彈性，如前一例主詞爲相同、兩句字數不等。第二例下半對仗則不甚講究。只要結構相同或相似，字數相等或大致相等，意思相反或相成、相關或相連，在現代散文中都可以算是對偶。更多的時候是對偶外加排比，後者是結構相似、語氣一致的句子，排成一串。排比至少三句以上才能成「排」。排句固然以串連在一起爲正格，但是也可以相隔若干距離出現，也有「排」的效果。

重複對偶、排句之外，句式的重複也會有規格之美。例如一連串的短句，或一連串的長句。

短句，原指結構簡單、語詞少、體形短的句子。長句，則是結構複雜、語詞多、體形長的句子。在散文中，原本長句卻被標點符號隔開而造成短句相連的感覺。有時，也可以把標點符號故意省略，使短句連綴而有長句的氣象。例如：

> 愛情是宇宙間最強的親和力之一，無論胎生卵化，莫不有情。卽使整個宇宙，也得賴星際的吸力相互維繫。牛郎與織女，亞當與夏娃，曹植與甄后，特利士坦與依蘇德，何其荒涼的人類啊，聖賢寂寞，情人留名。後人會反對孔子或者耶穌，但沒有人會反對這些情人。愛情不朽，詩亦不朽，只要世界上還有人在戀愛，昇華型地戀愛著，就有人要讀情詩，要寫情詩。情詩是寫不完的，因為情人還沒有愛夠。詩人還沒有寫夠。
>
> 一九五七的雪佛蘭小汽車以每小時七十英里的高速在愛與華的大平原上疾駛。北緯四十二度的深秋，正午的太陽以四十餘度的斜角在南方的藍空滾著銅環，而金黃色的光

---

❷見余光中〈思臺北・念臺北〉，《青青邊愁》第三七頁。

波溢進玻璃窗來，撫我新剃過的臉。❸

以上二例同為余光中的文字，可以明顯看出第一例是用短句撰文，給讀者的感覺是簡潔俐落、鮮明生動，短句成為文章的基調，句子的變化不大。可是第二例就明顯出現裝飾性甚強的句子，主詞動詞之外，連綴上許多形容子句，同時也省去可以使用標點符號的地方。這種句子為形式上的長句、實質上的短句。不論其實質如何，在視覺效果及閱讀感覺上，形式是長是短很具決定作用。〈石城之行〉出現許多這一類長句，影響所及，不僅是讀者的視覺，亦同時關係到聽覺上的節奏感與全篇文章的氣氛。

相同語氣的句子，也能造成重複規格化。例如全文以感嘆為主調，多出現感嘆句。或者以質問為主調，多出現疑問句。葉聖陶〈五月卅一日急雨中〉❹一再出現感嘆句及質問句，全篇僅一千八百字，但使用疑問號的句子有六句、感嘆號句子有二十三個。其他雖不帶感嘆、疑問號，而存有感嘆、疑問之意的句子復不少。這種特殊而成功的設計造成語言的魅力。

重複句型或語氣，固然造成句型的規格，而有秩序的變化，也可以形成特殊的規格。例如一再使用雙句駢，單句散的句型，即形成大句型的規格。此外，句型由小逐層而大，或由大漸層而小，也能形成規格。例如溫瑞安〈大江依然東去〉❺：

> 雨。雨臨。雨降臨。大雨降臨。我們在傾盆大雨中，以整齊的步伐，向來路走去。

句型由一字、兩字、三字，四字依序漸層加長。且前一句完全被後一句吸收。漸層加長的句型使文意力量也逐漸加強，在本句中，氣象逐漸開展，節奏由快而緩，一股英勃之氣，鼓盪其間。

(2) 錯落美

規格如果過度襲用成爲固定格式，則散文形式將變得呆板僵硬。此所以在規格之中，又應有錯落之美。中國古典散文在六朝時盛行四六駢體文，就是形式規格化的極致。事實證明人類審美的觀念不喜歡形式極端化，必然又化駢爲散。同理，通篇全用散句，必然給人散漫凌亂之感。所以統一中寓變化，變化中有統一，是爲錯落。簡媜〈蓮衆〉❻云：

> 早晨，閒步寶橋過，有晨霧渺渺，有竹風徐徐，有蓮韻隱隱，有水聲潺潺！寶橋，架起這邊兒的清風，那邊兒的朗月，架起天上的雲影，水中的蓮姿，我，合四

---

❸ 以上二例分別見余光中〈論情詩〉，《掌上雨》第二三頁，〈石城之行〉，《左手的繆思》第一一三頁。

❹ 見《小說月報》第十六卷第七號第五頁。

❺ 見《龍哭千里》第九一頁。

❻ 見《只緣身在此山中》第一三頁。

方而立。

以上兩小段很見錯落之美。第一段以散句起頭，接連四個有字，帶下四個排句。第二段則是在兩個較長的排偶句下接「我，合四方而立」的散句。這兩小段文字都非常少，卻都安排以駢對爲主體的句型，但絲毫不給人滯重之感。乃是因爲兩段的駢句擺放位置一後一先錯開之故。又如余光中〈高速的聯想〉❼：

> 可憐的凡人，奔騰不如虎豹，跳躍不如跳蚤，游泳不如旗魚，負重不如螞蟻，但是人會創造並駕馭高速的機器，以逸待勞，不但突破自己體能的極限，甚至超邁飛禽走獸，意氣風發，逸興遄飛之餘，幾疑可以追神跡，躡仙蹤。

上引文則是以散句爲主，中間夾「奔騰不如虎豹」等四個駢句。在散行文字中，間或使用如「意氣風發，逸興遄飛」、「追神跡，躡仙蹤」等成對的文字。跟前引文以駢馭散恰好相反，本文是以散馭駢。前者駢多散少，適合鋪陳典麗、華美的意象。後者散多駢少，可以敘述說理，駢句、散句交錯使用，能同時表現整齊勻稱之和諧及參差錯落的優美。從以上例子中我們可以看出重複與錯落之間有一個基本原則，就是重複的句型之間，往往要靠散句來連綴；而散行的文字則靠駢句來調節行氣。散行文字裏不宜出現重複的因子，尤其是同字面與同句調。方師鐸《詳析匆匆的語法與修辭》把朱自清〈匆匆〉原句中被省略的部分補充出來後如下：

> ……我們的日子為什麼一去不復返呢？是有人偷了他們（他們＝我們的日子）吧？那（個偷了我們的日子的人）是誰？（那個偷了我們的日子的人）又（把我們的日子）藏在何處呢？（我們的日子為什麼一去不復返呢）是他們（他們＝我們的日子）自己逃走了吧？現在（我們的日子）又到了哪裏呢？

括弧中的文字是被作者省略的，經還原後，在散行文句中出現了許多同字面及同句調，看起來就累贅，讀起來亦拖沓。可是同字面同句調一出現在駢句中就有正面效果。如上引余光中「奔騰不如」等四句，重複「不如」字面，正有強調「不如」之意。四句語調完全相同，其功能也在強化「不如」之意。駢句中重複的功能，又涉及聲音節奏的效果，將於下一小節討論。

(3) 迴環美

❼ 見《青青邊愁》第二九頁。

迴環乃是以文字或句型重複迴環出現。例如馬國亮〈行矣，我毅然踏上征途〉❽：

> 如其前面放著的是光榮的桂冠，你盡戴上；其如前面放著的是眩目的金黃，你盡揮霍；如其前面有的是粉嫩的白臂伸展在你的眼前，你盡盡情享受；如其，如其前面放著的是滿滿的苦杯，呵，你更當無言地一口呷盡！

「如其是……你盡……」句重複四次出現在本段中，其字數是十三、四；十三、四；十九、六；十三、十。其音節是一長、一短搭配而成。這裏除了字面文意重複迴環，還有句型結構的重複迴環，聲音節奏的重複迴環，合力造成整段迴環的效果。如果再注意全篇文章，會發現「行矣，我毅然踏上征途！」成爲一篇中的支柱，分別出現在頭、中、尾三處。於此可見，段落中的迴環效果乃是呼應通篇的迴環效果。

再看魯迅的〈小雜感〉❾：

> 革命，反革命，不革命。
>
> 革命的被殺於反革命的。反革命的被殺於革命的。不革命的或當作革命的而被殺於反革命的，或當作反革命的而被殺於革命的，或並不當作什麼而被殺於革命的或反革命

的。

革命，革革命，革革革命，革革……。

「革命」二字做爲符徵，在全文中被反覆循環使用。另方面，也可以看成「革命」、「反革命」、「不革命」三個符徵被反覆循環使用。把文字巧妙安置而產生如此強烈諷刺意義的小文章，實屬罕見。

由以上討論可知，散文的造形可以產生特殊語境，它將影響第五章第四節所談的體勢結構。

(二) 練音

詞是意義和聲音的結合體。作者選擇字詞，組成文句，既要受意義的制約，同時也要受語音的影響，閱讀散文時，不待朗誦，其聲音節奏自然出現在讀者心中。朱光潛認爲散文練音的訣竅在於：自然、乾淨、瀏朗。❿前兩項爲消極條件，後一項爲積極條件。

❽見《中國現代散文詩選》第一三四頁。

❾見《而已集》第一五〇頁。

❿見〈散文的聲音節奏〉，《中國現代散文理論》第一二八頁。

文字的聲音節奏要自然、乾淨，需注意平仄之諧調。此說論者已多，例如傅德岷《散文藝術論》第八章第三節中說：

語言的音調有規律地高低相間，就可以形成音調的諧和之美。這是因為漢字的讀音自古以來分為「四聲」（平、上、去、入），「平聲哀而安，上聲厲而舉，去聲清而遠，入聲直而促。」四聲又分為兩類，一是音調不升不降並可延長的平聲；一是音調可升可降，不可延長的包括上、去、入三聲的仄聲。現代漢語中去掉了「入」聲字，而將「平聲」分為「陰平」、「陽平」，仍為四聲（陰平、陽平、上聲、去聲）。這四聲中。陰平、陽平類的字屬「平聲」字，上聲、去聲類的字屬「仄聲」字。平聲字的音調為「揚」（響亮、高亢），仄聲字的音調為「抑」（低回、短促），利用漢字讀音的平仄交錯，就可形成語言的抑揚之美。如果一平到底，一仄到底，或平仄錯亂，不但不好聽，而且拗口。因此，在每句的末尾和句中各詞的配搭上交錯地安排平仄，是創造語言聲韻美的必要條件。

散文的平仄並非像詩般得刻意推敲，但是作者必然有自然聲響由心中醞釀，過濾而後行諸文字，試看梁實秋〈乞丐〉開頭一段⑪：

> 在我住的這一個古老的城裏，乞丐這一種光榮的職業似乎也式微了。從前街頭巷尾總點綴著一羣三分像人七分像鬼的傢伙，縮頭縮腦的擠在人家房簷底下曬太陽，捉蝨子，打瞌睡，啜冷粥，偶爾也有些個能挺起腰板，露出笑容，老遠的就打躬請安，滿嘴的吉祥話，追著洋車能跑上一里半里，喘的像隻風箱。還有些扯著啞嗓穿行街巷大聲的哀號，像是攤販的吆喝。這些人現在都到那裏去了？

以上大部分文字皆平仄錯落相間，連用的地方最多四次，這種情況各出現一次在句的首尾，如果句中出現連四平，則下面立刻接連四仄拗回來。其次，上引文中每一短句收尾的字音：裏、了、伙、陽、子、睡、粥、板、容、安、話、里、箱、號、喝、了。這些字不但有些同韻，也有些同聲，使得五音錯落中出現重複和再現，讀來鏗鏘悅耳。即使不同韻或同聲時，也因聲音相近而產生共鳴效果。例如「陽」、「板」、「安」、「箱」等字都是陽聲韻的字，在文中正是此呼而彼應。

散文的平仄諧調與否，用朗讀法最容易檢驗出來。講究的作者，不僅注意句中平仄的抑揚錯綜呼應，也注意句與句之間，要平仄互易，以調節聲口。

⓫ 見《雅舍小品》第一二四頁。

文字之瀏亮、動聽、特殊，也是在音響節奏上見功。文章中規則性交替出現複疊的字詞或輕重緩急、長短強弱的節拍，必具有音樂性。例如余光中〈聽聽那冷雨〉⓬中：

聽聽，那冷雨。看看，那冷雨。嗅嗅聞聞，那冷雨，舔舔吧那冷雨。雨在他的傘上這城市百萬人的傘上雨衣上天線上雨下在基隆港在防波堤在海峽的船上，清明這季雨。雨是女性，應該最富於感性。雨氣空濛而迷幻，細細嗅嗅，清清爽爽新新，有一點點薄荷的香味，……

此段不但重複使用疊字，而且也重複句型，造成節奏上的複沓。而「細細嗅嗅，清清爽爽新新」是雙聲兼疊韻。此外，如「雨」字一再重複出現，也使聲音有複疊作用。又如朱自清〈匆匆〉⓭：

燕子去了，有再來的時候；楊柳枯了，有再青的時候；桃花謝了，有再開的時候。但是，聰明的，你告訴我，我們的日子為什麼一去不復返呢？

前邊三句的句型完全相同、意思相近，其聲音之輕重緩急與語勢之長短強弱完全相同。由三次相同的重複，下接一個長長的疑問句，實是一種蓄勢手法，可增強「問」的力量。

句型重複，聲音就重複，自然產生節奏感。同理，近似的句型，例如一系列短句，或者一排長句，同樣可以製造節奏。系列短句語氣短促、節奏明快、力道強勁。系列長句，則節奏舒緩，力量慢慢放出。

長短句參差使用，則可製造緩急相間的節奏，蓋短句明快俐落，長句嚴密舒緩，兩者參差，氛圍明顯改變，節奏亦變。前引余光中〈聽聽那冷雨〉文字就是刻意把短句濃縮，把長句拉長，使長短益形懸殊，產生特別的節奏感。

散文的節奏，有人力求自然平適，因此以安順穩妥為尚。也有人強調特殊效果，因此故意與口語相反；雖可誦而讀之，但仍是書寫語言。例如林彧〈生銹的夜〉⓮：

SS，我正踩著，踩著時間的尾巴，我聽見夜這頭黑色巨獸淒厲的叫聲。星斗已經傾注到西方的軟皮袋中，我仍不願將黑夜放行。

⓬見《聽聽那冷雨》第三一頁。
⓭見《朱自清全集》第六二頁。
⓮見《愛草》第一一九頁。

這裏第一句被作者用逗號隔成三小句，不僅使句子變短，節奏加快，而且重複「踩著」二字，也增加複沓的音效。值得注意的是〈生銹的夜〉通篇以這樣的句構爲支柱，也就是全文的節奏感以重複這一句的節奏爲主。由此可見，聲音節奏在散文中的運用，可由作者萬千變化之。

聲音節奏與文章的氣氛也關係密切。節奏明快的文章，氣氛活潑。節奏舒緩的文章，氣氛較嚴肅。中國文字聲義同源，因此更可借用聲音相近的字釀造氣氛。筆者曾以余光中〈鬼雨〉中例子分析⑮：

今夜的雨裏充滿了鬼魂。濕漓漓，陰沉沉，黑森森，冷冷清清，慘慘淒淒切切。

〈鬼雨〉是寫喪子之痛，全文充滿悲悼之情，氣氛憂傷而低沉。上句中「濕漓漓，陰沉沉，黑森森」連九個平聲字。一般而言，平聲字給人的感覺是「哀而安」，而其中陰平聲是「低而悠」，陽平聲是「高而揚」，這九個字的重點在「濕、陰、黑」上，都是陰平。再看用「濕漓漓」而不用「濕答答」、「濕漉漉」、「濕津津」、「濕浸浸」，便是因「答、漉、津、浸」等字音調比較響亮，不適宜悒鬱悲涼的氣氛。像這樣以平仄來輔助氣氛，全在作者不著痕跡之下求取自然和諧。

(三) 練　意

練意，實是散文修辭的終極目標。前邊談練形與練音的最後功效也在意義上。蓋「形」由文字累積串連而成，乃是空間性的；「音」爲聲音節奏的序列，爲時間性的。「意義」則是由文字與聲音反映出來的內涵，乃是時空的錯綜。

文學語言跟科學語言不同：後者僅求表意清楚，前者則要求表意方式之巧妙。形式與聲音都是表意的媒介，直接關係表意方式的優劣。前邊談到散文的練形時，其形式的效果都必然助長意義的深刻化。例如梁實秋的散文⑯：

> 有因為罵人挨嘴巴的，有因為罵人吃官司的，有因為罵人反被人罵的，這都是不會罵人的原故。
>
> 他偷東西，你罵他是賊；他搶東西，你罵他是盜，這是笨伯。
>
> 手髒一點無妨，因為握前無暇檢驗，惟獨帶液體的手不好握，因為事後不便即揩，事前更不便先給他揩。

⑮ 見《現代散文縱橫論》第一〇四頁。按，〈鬼雨〉見《逍遙遊》第一三三頁。

⑯ 以下見：《罵人的藝術》第一、四頁；〈握手〉，《雅舍小品》第六五頁。

以上例子都是駢句與散句錯落而用，正是形式上變化。由於雙調與單調相間而行，文氣非常雄厚。前二例是先用數行排句，再承接一行散句收束。後一例是先用散句，末後承接兩行排句。先駢後散，文氣搖曳生姿；先散後駢，氣勢穩而有力。比起單行一路到底的單調、雙行駢儷而下的呆板，自是活潑而生趣得多。

聲音具有情緒意義，長音容易附著廣大綿亙的情愫，短音可引起事物激動的情緒。音數多的適於表示停滯、緩慢、悠悠、沉著一類之情，音數少的語句則正相反。若隔離著間斷重複同一聲音，可以發生快適之情。相同的圓滑的濁音，可以使語勢或腔調婉曲，但響亮的濁音可表達粗野、激烈之情。又如：有些人聽高音會產生白色感覺、中音產生灰色感覺、低音產生黑色感覺，這又與人的心理經驗有關，如果聽覺的「著色」與人的心理經驗相關，其效果便大。散文家可以在文字中「著色」，並輔以聲音，造成特殊的意象。例如余光中〈登樓賦〉[17]：

> 湯湯堂堂。湯湯堂堂。當頂的大路標赫赫宣佈：「紐約三哩」。

前八個字用了許多摹聲的同音字，句型重複兩次。其中「湯堂」各自疊字，又互相雙聲，其韻又同為陽聲韻。此八字所摹之聲不是物理之聲，乃是心中的感聲。「湯湯堂堂」重複兩次，猶如敲鐘擊鼓，聲音高揚外放，具有「大」的意象，其感聲來自「大」的感覺。第三句與上二句銜接的關鍵也基於聲音；「湯堂」的韻腳與「當」相銜，由「當」之聲母又銜接「頂的大」等聲母相同的字。我們可以發現「湯湯堂堂」是純粹的摹聲字，除了聲音，它本身並沒有其他含義。這一行連續用了這麼多音質極相近的字，無非在全力烘托「大」字。後邊「赫赫」二字雖然在音質上不能呼應，但顯然是用另一種音效的疊字，由另一個角度來烘托「大」意。再看「當頂」、「大路標」、「赫赫」的字義也是「大」的意思，證明純粹的聲音可以輔佐意義的表出。

聲音必須寄託在文字形體上才能出現，因此，除了用字選擇，文句造型尤其關涉聲音的節奏。例如余光中〈聽聽那冷雨〉：

> ……憑空寫一個「雨」字，點點滴滴，滂滂沱沱，淅瀝淅瀝淅瀝，一切雲情雨意，就宛然其中了。

此行從「雨」字而下，有一串文字本身就帶「水」。例如「雨」字本象形天之下含四點水，

---

⑰ 見《望鄉的牧神》第三三頁。

其他「滴、沱、淅、瀝」等字都以水為偏旁。作者且有意連續疊字、重複、雙聲疊韻，不僅讀者眼見雨水點滴而下，其聲亦淅瀝不止，正是〈聽聽那冷雨〉所努力表達的目標。

王了一〈說話〉云[18]：

> 會說話的人不止一種；
> 言之有物，實為心聲，一謦一欬，俱帶感情，這是梁啓超式；
> 長江大河，源遠莫尋，牛溲馬勃，悉成黃金，這是吳稚暉式；
> 科學邏輯，字字推敲，無懈可擊，井井有條，這是胡適之式；
> 嘻笑怒罵，旁若無人，莊諧雜出，四座皆春，這是錢玄同式；
> 默然端坐，以逸待勞，片言偶發，快如霜刀，這是黃旭初式；
> 期期艾艾，隱蘊詞鋒，似訥實辯，以守為攻，這是馮友蘭式。

此段連用五個排列整齊的複句，其結構無一字逸出規範之外，每一句前四分句都是四個音節，最後一分句為六個音節，乃是駢而後散的結構。這六大句，形式整齊、音節勻稱、富有節奏，強勁有力。其中增刪任何文字都將破壞其形式的勻稱感。其次，每大句中前四分句都由四個字組成，最後一句由六字組成，迴環六次，其節奏之規律嚴整自不待言。事實上，本段最珍貴的是它的形式、節奏都近乎機械化，但其內容極富變化。六句分別描寫當代六個名人，掌握他們說話的特色、性格的特色、乃至學養的特色。我們會發現，用較板滯的形式與聲音節奏，反而可以表現活潑多變的內容，形音義之相輔相成的功效亦正在此。

溫瑞安〈八陣圖〉⓳有云：

> 我不能知道得那麼多了！我仍年青，我仍豪放，我的刀尖而利，我的簫並不淒涼！
>
> 我是龍呵龍是我我是龍龍龍龍龍龍龍龍龍龍龍龍龍龍龍龍龍龍龍龍龍龍龍龍龍龍龍
>
> 　　　　　　　　　　　　　　　　　　　　　　　　　　　　　　　　龍龍龍龍
>
> ……周遭還是無天無地無邊無際無岸無涯無遠無近無生命的黑暗。我忽然發覺：我聽到自己的步履，伙伴們沉重的呼吸聲已愈來愈輕微了；我甚至已聽不到他們的步履聲。

散文的形式使用圖象，系列的龍字被截斷，龍猶不死。「我仍年青，我仍豪放」兩複沓句式之後再接兩個句式重複的分句，在意義上，這是「龍」的呼聲。一位以龍自命，自恃擔當龍

⓲ 見《龍蟲並雕齋瑣語》第五八頁。

⓳ 見《龍哭千里》第四六頁。

之重任的人，在最後（請注意截斷處在末尾）被截斷，也因爲「龍」仍然年輕有豪情，不服輸，被截斷後仍是一條龍。截斷他的是什麼呢，應該是現實社會。在現實世界中，他曾經呼朋引件，集合更多的龍爲理想而努力，其結果竟是各人棄甲曳戈而走。也因此，「龍」之後所接無標點符號的長句不論形式上、文意上及聲音上（一連串「無」字）都透露出被截斷擊潰的無奈感。也因其形、音、義的配合無間，我們並不覺得圖象文字扞揷在散文中有格格不入之感。

散文修辭的終極目的是練意，練意的方法並不僅由練形、練音而得。修辭的範疇由字到句，其目標卽是鍛字鍊句，選詞擇彙。這一階段的工作可以用各種辭格修飾，也有不用辭格的素淨文字。總之修辭只是散文意念表達方法中最基本的手段，其運用的尺度應該受語境的制約，注意通篇的氣氛才是。

第四節 修辭模式

作家生活在同一個時代中，共同受到歷史、文化背景的影響與制約。他在創作時，不可避免的會呈現當代文化氛圍的特質。任何文章都需利用文字語言表達，因此修辭模式首當其衝，會反應「時代模式」。可是，即令在同一時代中曾經盛行某些修辭模式，每個作家又絕不可能呈現相同的面貌。換言之，在時代模式之中，人人又有殊相，這就是「個人模式」。

(一) 時代模式

同一時代的作家固然各具擅長，但是在時代共同的精神結構中，因爲「表現性因果關係」的作用，便會形成特定時空下的時代模式❶。現代散文只有七十年的成長歲月，即令在這麼短的時間中，我們已可以發現社會變遷，歷史條件轉換，在在會帶動文學構成的改革，其修辭模式亦相隨而異。改變的原因例如：

(1) **環境變遷影響**

永久性的題材雖然恆常存在，例如愛情、親情、友情等內容。可是，由於客觀環境改

❶ 以上參見《後現代主義與文化理論》第八四至九三頁。

變，處理題材的方式就不同。抗戰時期出現大量親人生離死別的報導文學，其主題以反日、反戰爲主，親情友情爲輔。五、六〇年代，臺灣的親情散文又多以懷家憶舊爲主。八〇年代生活富裕，親子關係成爲親情散文所關注者。三〇年代作家關心戰爭、內亂、貧窮、苦力、貧民與節育等等問題，可是八〇年代的散文家更關心生態環保、都市文明、股市房地產、綁架槍擊案等等現象。如果把王了一、陳西瀅、魯迅跟林燿德、林彧、黃凡易時而置，他們仍然關心生存時代的現實問題。關懷對象不同，其寫作方式也不同，修辭模式自然不一樣。

(2) **文學觀念遞嬗**

新文學運動興蔚的二〇年代末期，散文的觀念偏限於小品文範疇中，爾後範圍逐漸擴大，乃發展出獨立的途徑，散文統轄下各種次文類也有明顯的變革。例如三〇年代報告文學經典之作——基西《秘密的中國》，此書的文學素質極高，修辭之練形、練音、練意，無不發揮得淋漓盡致❷。阿雪《上海——冒險家的樂園》充滿嘲諷詼諧的風格，廣用婉曲、雙關、倒反、夸飾諸種辭格，皆寓藏作者批判的色彩。其他卷帙浩繁的抗戰報告文學，作者「我」更是歷歷可指。到了七〇年代，報導文學理論受「新新聞學」影響，強調作者抽離作品，用冷靜客觀的態度、乾淨中性的文字從事報導，這種新觀念的引進，勢必爲新報導文學而催生。同理，晚近「後現代」文學思潮對於西方哲學傳統的質疑和破解，以及將貫時的歷史事物壓縮到並時的當代空間中、和紛紜擾嚷的庸俗現象相結合的企圖，也使得現代散文從富麗的辭藻堆砌及僵化的意識型態中解放出來，產生新的文體結構。此亦爲早期散文家無法獲得的觀念與改變。

(3) 語言工具更新

口述語言隨時隨地而變，現代散文的語言早期以口語爲依歸，其流動狀態益形明顯。例如茅盾〈拉拉車〉❸，敍秦嶺上「小商店」的貨有「幾張鍋塊」，供過往行人「打尖」及「前不巴村，後不著店」云云，都是中國北方的語言；「鍋塊」爲北方麵製食品，後二者爲北方土語。又如李廣田〈山水〉❹有云「這是老祖宗的海子」，中國北方土語稱「湖」爲「海子」；又如郁達夫〈一個人在途上〉❺有云：「受苦的時間，的確脫煞過去得太悠徐」，當時的口語，今日讀來已很陌生。同理，今天的「倒會」、「崩盤」、「跌停板」爲前人聞所未聞，而未來的人閱讀八〇年代臺灣散文時，亦將不解「六合彩」、「大家樂」等等現代術語。新語言滲透口語文學乃是不可避免，除了當時的流行話，還有俚語、方言乃至術語及翻譯的外來名詞等等。而表達方式、敍述習慣也會因時而更動。當時人覺得自然的語言，隔

❷ 例如該書之圖象詩文，不僅傳形，且象聲兼攝意義，參見拙作〈三、四十年代報告文學論〉，《當代文學氣象》第九一頁。

❸ 見《見聞雜記》第三八頁。

❹ 見《中國近代散文選》第三一六頁。

❺ 見《郁達夫散文集》第一四一頁。

時更代後，讀者就覺得生疏僵硬。近年來，散文家追求文白參差，適度歐化，把散文語言提煉到書寫的文學語言，距離口語較遠，以便能成爲恆久長新的語言。

⑷ **作家生態演進**

早期散文作家都是業餘性質，但現在，不論臺灣或中國大陸，都出現專業作者。專業作家可以用更多的時間寫作，理當精益求精。在臺灣，作家生態的變遷主要是發表媒體有重大改變。早期稿費低、發表園地小。今天，臺灣的報紙副刊能吸收大量散文創作稿，副刊具有經濟效益，直接影響作家創作。例如五〇年代副刊以文學爲主要發展方向時，可以容納大量創作稿，長篇散文容易刋登，產量便豐富。但八〇年代副刋改變型態，喜歡容納篇幅短小的散文，抒情小品復大行其道。也因此，散文的消費性格日益形成。

⑸ **讀者品味移轉**

在資訊發達的社會，一本書常如黑馬，突然從書肆竄起，成爲暢銷書，作者一夕成名。暢銷書代表大部分讀者的品味，直接刺激其他創作者的風格走向。暢銷書也反映當代文學教育水準，消費性的通俗文體廣收歡迎，表示文學教育水準尙低。同理，高層次的作品在市場必然滯銷，打擊創作者努力的意願，若放棄理想，隨俗浮沉，則會造成消費性文學的量產化，作品中也產生大量套板的修辭模式。

時代變遷，散文修辭的時代模式確是不同。七、八〇年代和二、三〇年代相較，試舉出下列特色：

(1)**文類的消長，使修辭模式改變**

早期散文以雜文爲主流，魯迅、王了一、錢鍾書、梁實秋等具爲一時之選，揆諸今日，已後繼者少。雜文在今天，大部分變成非文學性的社論、方塊，已落入應用文範疇。少部分嘻笑怒罵，謔而不虐者，已不能與其他次文類相頡頏。

早期抒情小品則發展較晚，創作量亦不大，咸以短小精鍊爲主，後人多視爲散文詩。此類作家自廢名、許地山、陸蠡、麗尼以降，創作量都不大。但這種軟性小品文，容易模倣，便於傳承，到了五、六〇年代，讀者普遍歡迎，作家輩出，乃膨脹起來，成爲晚近散文界的主流。八〇年代散文的敍述性加強，描寫多，散文修辭講究練形練音練意。而雜文大率以實用爲主，此一文類有萎縮現象，跟抒情散文成互爲消長之勢。

時代模式不僅是時間的，也有因空間隔閡而產生不同的模式。例如七〇年代大陸報導文學，不論理論與作品，都跟臺灣皤然而異。他們鼓勵作者感情介入作品，文章本身都「飽含濃烈的感情色彩」❻，「充滿激情」❼。站在這個立場上撰寫報導文學，自然產生新的修辭系統。

---

❻ 見趙遐秋《中國現代報告文學史》第九七、一〇〇頁。

❼ 見吳歡章《現代散文藝術論》第一六三頁。

(2)文學的演進，使修辭觀念改變

首先是散文語言的觀念。早期提倡白話文學者，咸認爲散文的書寫文字應以口語爲依歸。這種觀念廣爲作家接受，於是產生體勢相當一致的散文語言。其特色是大量使用虛詞，尤其的了嗎吧等介詞及語助詞大量使用而不覺其多。其次是修飾辭藻的方式是模仿外文連綴形容詞或副詞子句。試看吳伯簫〈夢到平滬夜車〉中一段❽：

> 車廂裏也已亮了灰黃的燈光。乘客們都偎依著踡跼著睡了疲憊的旅途啊，都這樣可憐。他們都在做什麼夢呢？寧靜和樂的故鄉？艱難饑餓的荒旱？寶寶祖母底糖菓？青年愛妻底溫馨？還是風，雨，突突的槍聲啊，做著各種的夢吧。你看，一個蹙了眉頭苦喪著臉，一個唇邊掛著微笑，唉！醒也是悲歎，夢也是悲歎，這網羅，這樊籠，誰是自由人呢？正笑著忽然哭起來了。正哭著忽然笑起來了。解不開的謎喲！

此段短文的特點是：文字正面敍述，略無波瀾起伏。它不但廣用虛字，復多感嘆詞、語尾助詞及感嘆號、驚嘆號。八〇年代讀者看它，已覺浮詞泛濫過度，可是這種體勢確爲當時人所習用。例如許傑〈周作人論〉有云❾：

> 以這士大夫的風度在亂動的時代中間的心理的演變的路線，來衡量周作人從五四以後

一直到現在為止的在中國的文壇上的活動的情形，幾乎是完全吻合的。

這一句裏竟然使用十個「的」字，才把許多附屬子句連綴起來，這樣的文字在二、三〇年代俯拾皆是。余光中歸咎於中國作家西化之弊。例如他舉出周作人下面一段文字❿：

小詩的第一條件是須表現實感，便是將切迫地感到的對於平凡的事物之特殊的感興，迸躍地傾吐出來，幾乎是迫於生理的衝動，在那時候這事物無論如何平凡，但已由作者分與新的生命，成為活的詩歌了。

余氏批評它「不但文理凌亂，『便是將切迫地感到的對於平凡的事物之特殊的感興』一段，名詞之間的關係也很不清，『感到的……感興』尤爲敗筆。」其實以上所舉諸例，其文意邏輯都非常清楚，讀者不會因其「文理凌亂」而誤解其意。我們發現前此中國的書寫文字，極少有這麼長的句子，即使長句，也會有節奏調整，使它成爲許多分句。唯獨早期白話散文出現許多既長又無法中斷的句子，大率用「的」字串連。這種用法，多少受西方語法影響。可

❽ 見《羽書》第五一頁。

❾ 見《周作人論》第五七頁。

❿ 見〈早期作家筆下的西化中文〉，《分水嶺上》第一二六頁。

是在英文中，相等於中國「的」字的用法極多，有的只要把形容子句放在被修飾的名詞旁邊就可以成立，卽使要用到相當於「的」的字，也可以變化使用代名詞所有格、名詞加's、名詞間扦挿 of 或 belong to 等等。歸根究底乃是，西方語法繁縟的句型司空見慣，有時一大段文字僅有一句，但是其句型搭配活潑生動。中國書寫文字慣用短句，當我們想使用複疊的句式表達關聯較多的思想時，就不自覺借用西方的表達方式，反而造成尾大不掉的累贅句型。

從另一個角度看，如上所引，句型長節奏舒緩的文字跟周作人式鬆散、溫和、閒適的風格，實爲早期大部分散文語言的模式，當時習慣成自然，並不曾有人引以爲怪。我們今天翻讀周作人散文，時常有諸如「但我覺得不大能夠聽到」[11]、「那簡直是十里洋場自然更不敢去一問津了」[12]、「我終於沒有能夠多吃。」[13]這些句子其實並不是中文西化，而是當時口語跟今天不同。讀者如果有耐心，先習慣早期散文語言的模式，就能進一步欣賞語言背後隱藏的其他魅力。

回頭看當前的散文語言，幾十年來作家們努力吸收文言文的簡鍊、西方活潑的句型，散文作家創造屬於新時代的語言模式，距離口語系統已有相當距離，希望不因時間的緜延而有強烈斷層，造成與後人的隔閡。

其次是辭格運用的觀念。辭格運用得越頻繁、變化越多，乃至產生新辭格，證實文類演進的通則，亦卽格律必然由樸質轉爲精緻。早期散文慣常使用的辭格都是較基礎的，例如類疊、對偶、排比、譬喻、轉化、夸飾、摹寫等等，在字句鍛鍊上不易見功。例如前舉吳伯簫例子，整段文字都沒有運用什麼辭格來整飾，文字本身也未經錘鍊，這時期的散文練意時常不從練形練音下手，它的正意往往是用整篇散文烘焙出來。要比較前後散文修辭的時代模式，實可以從譬喻轉化等修辭格抽樣來看。早期的譬喻格大部分停留在明喻、隱喻階段。例如朱自清〈綠〉⑭：

> 這平鋪著，厚積著的綠，著實可愛，她鬆鬆的皺纈著，像少婦拖著的裙幅；她輕輕的擺弄著，像跳動的初戀的婦女的心，她滑滑的明亮著，像塗了「明油」一般。有雞蛋清那樣軟，那樣嫩，令人想著所曾觸過的最嫩的皮膚……她又不雜些兒塵滓，宛如一塊溫潤的碧玉，只清清的一色——但你卻看不透她！

這是典型的明喻，把喻體連續做四度轉換成喻依；喻體、喻依、喻旨三者同時出現。像這種原始的譬喻格，大量出現在早期散文修辭中。又如袁昌英〈琳夢湖上〉⑮：

⑪ 見〈鳥聲〉、《雨天的書》，《周作人全集》二冊第二七〇頁。
⑫ 見〈廠甸〉、《夜讀抄》，《周作人全集》二冊第五七二頁。
⑬ 見〈關於苦茶〉、《苦茶隨筆》，《周作人全集》三冊第五頁。
⑭ 見《朱自清全集》第六五頁。
⑮ 見《袁昌英文選》第一三頁。

人間畢竟有美地。上帝為亞當夫婦造的伊甸園，據說是極世界的美麗舒適了，可是想來也不能美過於這瑞士的湖山。空氣是如此的澄澈，灌入你的肺部，清洗你的血液，使你整個的身心都如浸在一潭由白峯流瀉下來的冷泉一樣，有說不出的舒怡清爽。初春的葉芽，鮮妍嬌艷得透人心骨。尤其是這琳夢湖兩岸的楊柳，反映在湖中，簡直是浴罷的仙女，在與玉貌翩翩的阿波羅，一步步的展開舞步，一聲聲的細吟戀曲。你彷彿看得見他們眼內的謔，唇邊的笑；可是笑與謔都是綠得這麼沁心，不由你不狂醉，不由你不神往。

朱袁二人修辭的方式極為相像。蓋當時文人面對相同的題材會產生相同的聯想。例如面對優美的風景，會產生女性意象，所以把綠水、楊柳等柔媚的景物比擬成少女、仙女等成為當時的聯想模式。因聯想相同、修辭方式相近，就產生如此接近的描寫方法。

又如許地山〈山響〉⑯：

羣峯彼此談得呼呼地響。他們底話語，給我猜著了。

這一峯說：「我們底衣服舊了，該換一換啦。」

那一峯說：「且慢罷，你看，我這衣服好容易從灰白色變成青綠色，又從青綠色變成珊瑚色和黃金色，——質雖是舊的，可是形色還不舊。我們多穿一會罷。」正在商量底時候，他們身上穿底，都出聲哀求說：「饒了我們，讓我歇歇罷。我們底形態都變盡了。再不能為你們爭體面了。」「去罷，去罷，不穿你們也算不得什麼。橫豎不久我們又有新的穿。」羣峯都出著氣這樣說。說完之後，那紅的、黃的彩衣就陸續褪下來。

我們都是天衣，那不可思議的靈，不曉得什麼時候要把我們穿著得非常破爛，才把我們收入天櫥。願他多用一點氣力，及時用我們，使我們得以早早休息。

本文與前例不同，它先把山峯及山彩轉化擬人，最後一段才把擬人的山彩隱喻為「天衣」。以上所見譬喻或轉化辭格，不論是把抽象事理具象化，或是用以形容景物聲音，其使用的辭格仍然是修辭的基本方法，且反覆使用，使用模式亦復一樣。例如通篇一喻到底，模式出現太多，很容易產生呆滯之感。近期譬喻格往往在喻體轉換成喻依時，就成為一個獨立的生命，繼續發展下去。例如羅智成〈芝城〉⑰：

⑯ 見《許地山散文選》第一三頁。

⑰ 見《夢的塔湖書簡》第三二頁。

> 我來到芝城。人類在這湖濱留下了不可磨滅的足跡：巨量的洋灰、森然的鋼筋、無數的資金和勞力，在北美平坦的地表上矗立起頑強不拔的印記；繁褥的交通、急促的腳步、無饜的需求與巧妙的平衡，使得這個巨人雖帶著潰爛與瘡疤，仍矍鑠地站著，他向我重現了人類營建拜波之塔時的意氣。

「芝城」原來是物，被人類用洋灰、鋼筋等打造成強大的「印記」。芝城已由物被譬喻成一個印記。立刻作者又把它譬喻成「巨人」，跟前邊巨量的、森然的、無數的、頑強不拔的等等諸多「大」的意象配合銜接。而在它要把芝城譬喻成巨人時，也不待喻旨轉化，其手法簡潔俐落、待它比擬成巨人時，又繼續發展出「巨人」的特色：身上雖有潰爛瘡疤，卻仍然矍鑠地站著。喻體與喻依的最大特色能綰合在一起，且使無生命的芝城有潰爛之苦及倔強之精神，譬喻才有生命。回頭看許地山把山彩譬喻成天衣，則是十分單純、直接的聯想，喻體轉為喻依後並沒有發展的前景及表現個性的能力。

辭格運用日趨精緻與變化，無疑是近期散文修辭模式的特色。

其次，文類之間互相吸收特質，為近期散文一大特色。早期散文與詩、散文與小說之間文類頗有重疊之處[18]，但那是現代文學發展之初的現象之一，對於文類的分界還不太清楚。晚近文學發展則是有意吸收其他文類的特質。尤其散文，例如吸收詩的意象語言、跳脫的句法，吸收小說的敍述方法等等，在在使修辭產生新面貌。

許地山的〈蟬〉⑲被選入《中國現代散文詩選》，全文如下：

> 急雨之後，蟬翼濕得不能再飛了。那可憐的小蟲在地面慢慢地爬，好容易爬到不老的松根上頭。松針穿不牢底雨珠從千丈高處脫下來，正滴在蟬翼上。蟬嘶了一聲，又從樹底露根摔到地上了。
>
> 雨珠，你和他開玩笑麼？你看，螞蟻來了！野鳥也快要看見他了！

這篇文章除了文字短，篇幅小之外，絕少具有詩的形貌(雖然文短字少也非詩的基本條件)，更難說具有詩質了。首先是它的句法，長短錯落，平順流利，毫無詩句跳盪突兀之感。其次

---

⑱ 一九二二年朱自清撰〈匆匆〉，後收入他的詩集《踪迹》中。後人有的視爲散文，有的視爲散文詩。一九八六年兪元桂等人主編《中國現代散文詩選》收一九一八至一九四九年間的散文詩二百篇，其中大部分作品都是散文與詩界限模糊之作，基本上詩質較少，以散文爲多。又如許地山〈讀芝蘭與茉莉因而想及我底祖母〉一文，同時被楊牧選入《許地山小說選》及《中國近代散文選》中。在筆者看來，以上是作者對各文類的定義界定不夠清楚而寫出的中間文類，並非有意讓文類出位。

⑲ 見《許地山散文選》第三頁。

是它的筆法，每一句上下文意都在字面上說得一清二楚，欠缺詩該有的含蓄蘊藉。其文法也是散文式的，每一句都是完整句、上下交待得極清楚，不像詩之跳脫。前舉許地山〈山響〉一文也被收入《中國現代散文詩選》中。跟這篇文章一樣，也是散文多而詩質少。但是〈山響〉之具有詩的含蓄蘊藉、飽含言外之意者，乃是他通篇文章背後的影射意義。也就是說，它是一篇寓言。表面上作者把山比擬成人，實際上山影射人心，而山彩影射人身。人類的心靈與形體存在著矛盾，在這篇短文中輕輕點逗出來。即令如此，寓言點化並不就是詩法。

以下再看蘇偉貞〈山月〉及簡媜《私房書》[20]中文字：

因為月的陪伴，也單單是為了月的陪伴……山心甘情願的虬蟠在大地的胸前好幾千年好幾萬年了。

天也不荒地也不老。俯視與仰望之間有光年為媒。

俯視著山的飽滿，衝冠一怒為紅顏。

仰望著月的淨瓶擲下些星斗如同甘霖。

而，月與山都不這樣認為。他們說：「相看兩不厭」。

隔著虛空凝望的歷史，比大地的明暗更永恆亙古，他們隔著風霜斷斷續續地聽過萬里長城的呢喃。

太陽從天空向我灑絮，案頭一片水光浮影，照得笠葉、印石與爐煙都透亮起來。每當我感覺到自然界步履輕盈地行進時，常想靜靜獨坐，什麼也不想，任憑心中的經卷被風翻亂，字句鏗鏘一地。

「山虬蟠在大地胸前」、「仰望著月的淨瓶擲下些星斗如同甘霖」、「歷史諦聽長城呢喃」、「太陽灑絮」、「心中經卷翻亂」、「字句鏗鏘落地」等等，都是飽含詩質的意象。其次〈山月〉的句與句之間多用跳接法，也就是省略了許多說明性的文字及連接詞。而《私房書》則出現許多作者近佛後的個人意象，如「笠業」、「印石」、「爐煙」、「經卷」等。

早期雜文的訴求是：用犀利的文字抨擊社會問題。以魯迅爲標準的雜文，短語成篇，箴言、警句、雋語不斷，反語、曲筆連續使用，造成文氣串連、酣暢淋漓的風格，縝密的邏輯論證尤爲一篇之柱石。如此「正宗」的雜文形式，在今天承其衣鉢者並不多，倒是「改良品種」的異軍突起。例如張曉風《通菜與通婚》中系列文章，其內容具爲社會問題，其態度亦爲批評角度，唯其寫法不類早期雜文。例如〈喂，大家笑一個！〉㉑全文重點只在倒數第三段。早期雜文家針對此一段，就足鍛鍊出一篇擲地有聲的社會批評，可是本文作者在前邊迂

⑳見《歲月的聲音》第九頁及《私房書》第一二七頁。

㉑見《通菜與通婚》第七三頁。

迴再三才進入正題。這種迂迴法，實是借用小說的敍述方法。此外，對事件的批評，保持詼諧的態度，使其鍼砭深入而不見血痕，亦是其特色。

黃凡的《東區連環泡》則是用小說筆法來處理散文，它具備小說的敍述性、故事情節以及大量的對話，像〈暴發國的困擾〉㉒通篇用對話寫成。他最慣用的模式是開頭一段或兩段敍述文字，接著一連串對話直到結束。

以上討論的是因時間隔閡而產生修辭模式的差異；附帶要談的是，空間隔離，也會產生相同的情形。因爲修辭牽涉到散文最基本的單元，從字到句串成的語言，每個地區都會有當地的方言及特殊語彙，自然流露在作品中，產生地方色彩。例如老舍文章中多北京方言，魯迅則雜有紹興方言。這些省分就有差異，何況臺灣與大陸及其他海外華文地區相較。各地區因政治經濟社會等變動都會帶動語言，「文化大革命」就產生許多新語彙及術語，例如「五七幹校」、「紅五類」、「黑五類」、「臭老九」、「靠邊」、「關牛棚」等等，其他因大陸近四十年來特有的政治、社會氣氛而產生的新語彙諸如「三灣子弟」、「打翻身仗」、「燈下黑」、「三面紅旗」、「單幹戶」……等等諸多術語㉓，異域之人讀來，多有隔閡。其他諸如語言表達的方式、辭格認識的深淺等都有差異，其各自塑造模式乃是必然的結果。

（二）個人模式

每位作家的語言都有其個人模式；包括口語及書寫文字。因爲不論說話或寫作，每人都會習慣性選擇他常用的詞彙以及造句方式。報導文學就能同時傳達書寫者與口述者的個人模式。例如黃國兆訪問編劇家邱剛健的紀錄㉔，訪問者一連串的問題看似皆爲中性語言，可是仔細觀之，可以發現問者極善於掌握對方關鍵性的地方，例如邱氏在香港是與倪匡並駕齊驅的兩大編劇，但是邱氏編劇量遠不如倪氏，此一問題訪者連問數次；又如邱氏與邵氏公司的僱主關係，訪者亦再三追問。通篇訪稿，訪者問話都非常簡短、扼要，很能抓重點、把握要害。可是在上舉兩三處地方卻一再盤桓，就顯露出訪者的「興味點」。另方面，被訪問者的回答也透露個人的語言模式，例如他喜歡的語言：

> 我是公司找我才寫，公司沒有找我，我便不寫……
> 如果覺得不適合便索性不用。
> 公司看後，或者採用，或者不採。
> 我自己沒有管什麼市場不市場……

㉒ 見《東區連環泡》第二〇八頁。
㉓ 參見《大陸慣用語》。
㉔ 見《香港電影風貌》第一二〇頁。

……要嘛就不通過，要嘛就改很多。

不論是訪問者或被訪者，在這篇報導中，我們都可以看出他們語言模式背後透露出人物的個性、風格。尤其被訪者，他回答的語言比較多，可以追蹤的蛛絲馬跡也多。例如透露他是率性、自負、不主動迎合時代潮流、不遷就市場需求的人物。他編劇不積極，所以無法跟倪匡比較產量。他很率性，不願降格以求，劇本送出去後是「如果覺得不適合便索性不用」。他最任性的地方是老闆要求他寫什麼，他一概答應，回家後只照自己的意思寫。他的處世哲學完全是文學家式的矜持而非編劇工匠的唯利是圖。這樣一位性情中人也不怕得罪別人，所以他說「對導演最大的報復就是把原著劇本出版」，但他終究沒有出版，因爲他覺得自己的劇本不夠好，這裏又表現一個才子的謙抑。邱剛健的語言在一連串的辯證中，不僅襯托出他的脾性與才情，也表達他的處世哲學、藝術觀念。

在純粹的書寫散文中，個人模式可以從下列三方面來看：

(1) **遣詞造句習慣**

作家有個人的造句習慣，例如老舍喜歡巧用虛詞、常將長句壓縮成爲短句，能盡量發揮語音的表情功能、常用方言。㉕有些作家面對不同的文類，其句型模式也會改變，例如羅門詩句多二、四字的短句，而評議性散文則特喜長句。余光中極注重長短句參差安置，產生特定節奏感。

溫瑞安的詞句組構方式沒有固定的模式，但卻有特定的原則，有時用詩的句法、詩的圖象，有時用小說的對話、散文的敘述，極盡變化之能事，乍看似有賣弄之嫌，細讀乃知他有以形式搭配內容的企圖。例如㉖：

> 我忽然想起白衣，那在靜夜裏笙歌曼妙的白衣。那愛穿淡紫衣的白蛾，那酒渦深深的水仙。騎火疾閃，笳鼓悲鳴，腰間弓，匣中劍，就這樣，我在風沙萬里的江湖中去來至今，白衣呵白衣妳是否仍在空谷鳴琴？玉樓笛斷，但我在這裏，車中也好，畫舫中也好，卻未可聞，且絕不可聞！笙呢？簫呢？當然都不會夾雜在適才的華宴：它在萬里外喚我，聲聲喚我，直至弦斷、刀斷，人去
>
> 去
>
> 　去
>
> 　　去
>
> 　　　去向天涯！

㉕ 參見程祥徽《語言風格學初探》第四九—七五頁。

㉖ 以下兩段見〈八陣圖〉，《龍哭千里》第三三頁；〈勝雪〉，《狂旗》第三一頁。

> 但你想告訴他們的不止是這些絕望悲哀的泡沫。而是有一天子夜裏，風響鈴動時，掠窗而入的，是你和你的白衣，那時，滿座衣冠俱雪的壯士們，花啦啦的九環大關刀與霍地一聲張開的白色水墨儒士扇，那輪舞開揚的時候：到了！

第一例中的「我」就是第二例中的「你」，第一例中的「妳」也是第二例中的「你」。「白衣」是個人化意象，是他所尋找的沆瀣一氣的伙伴，「衣冠俱雪」也「衣冠泣血」。第一例的構句與語氣是推衍而前進的，因此末尾用「去／去／去／去向天涯。」的圖象形式，把前邊洶湧而來的波瀾更用力往外推展出去。第二例的組構方式也把力量放在段尾，但效果卻不一樣。作者使用一長句，錯落而行，至結尾用兩字促收。它把推展而來的波瀾急速截住。由此可以看出，兩例因句子組構的方式，都造成文章氣勢強勁，但前者把力量張揚外放，後者把力量橫刀攔截，給人的感覺自然不同。

(2)**辭格的習用**

辭格原本就是文字書寫者長期形成的共同表達模式。這種模式具有特定功能、特定結構、特定方法。符合特定類聚系統。某些有「特定」效果的模式，如果作者經常使用，自然產生個人模式。例如溫瑞安的散文大量使用感嘆、設問及呼告等辭格；這三種都是危險性、失敗率極高的辭格。可是溫氏卻在散文中經常把三種辭格連續使用。例如〈龍哭千里〉㉗：

啊啊是晚風晚風啊涼風為你澆一盤冷水……

一座怒海呵不息的海高高低低嘆息的海。……

有人一落筆便要人去擁抱生活啊舉起鋤頭，窮喊地主剝削勞工啊三輪車夫最偉大……

……你該回去了！少年，你有最安寧的小房子，你僅是一頭哭在千里的龍，你年紀輕得連感時憂國都說不上，也沒有人會相信。一般人的心目中你只是才斷乳便假裝吶喊幾聲的孩子，在朋友的心目中你只是身著白衣負手皺眉的不合羣，少年啊少年，只有你兄長始洞悉一些你的心境；只是鵬飛千里，鵬在天涯，這兩頭困龍又何其鬱鬱啊！何其鬱鬱！

以上四例出現最多的是感嘆與呼告，其設問句多半放在段尾。這些句型扞插在敍述文字中，必然極具突兀感；單獨抽離來看，尤不見辭格產生什麼效果。接著要注意〈龍哭千里〉時常用類疊辭格，有許多的疊字、複字、重複的句型等。例如上引第三例接著下句是：

㉗ 見《龍哭千里》第一一頁。

有人永遠「媽離不了你」總是一把眼淚加上一灘鼻涕加上一點心理變態加上幾聲嘆息，且把那樣的貨色稱為「淒涼美」「失落美」，……

本文中有一段隔離重複使用相近的句型：

你疾步走過密密麻麻的星光下，月亮以異樣的青黃向你一排排掃來。你驀然回首，小房裏的燈火已那麼遙遠，那麼遙遠，那麼遠不可及。你看著遠燈，腳步仍在後退著，你彷彿是為了膜拜而前往的朝聖者，腦中的信念是：必須前去。你彷彿聽到踏過的步履，一聲聲單調地傳來，如深深的山谷底迴響。你仍向前走，路很快便走到盡頭，路的盡頭接到另一條小徑，那是，一大片荒墓。你走著……

此處重複「你疾步走過」、「你驀然回首」、「你看著遠燈」、「你彷彿」、「你仍向前走」、「你走著」等句型，充滿前行的節奏感，一種無可逆折的意志力從辭彩中流盪開來。這樣的修辭貫串全篇；以上諸法，就全文來看，作者長歌當哭、氣勢如虹的悲愴之情，像火山般壓在心底，隨時都有噴薄而出的可能，其情其境，用這種崢嶸鬘鑠的語言來表達，倒是頗為切合。

(3)語言的情彩

語言文字，由於人類慣常使用而有約定俗成的指涉意義，產生富有聯想性的語感，例如「兄弟」、「哥兒們」意義平行，但風味不一，前者較爲嚴肅，後者較爲親暱。是以，雖是中性語言，仍然可以流露出情彩。

有些作者遣詞造句時，情感已溢於言表。例如前舉溫瑞安的文字充滿感性，〈八陣圖〉中「我仍年輕，我仍豪放，我的刀尖而利，我的簫並不淒涼！」在在可見他用熱筆撰文。徐志摩的散文也是情緒先於理智、感情流竄於文字間、熱情洋溢的作者。溫、徐等作家的散文屬於繁縟富麗的文體，其特色是書寫者幾乎直接進入文字中，例如徐志摩〈我所知道的康橋〉㉘書寫者跟一般人寫景不同，他不是「參觀」景物，乃是與景物交友，且陷溺在與景物的「交情」之中。也因此，介紹景物外貌的文字很少，交待相知相感之情的文字極多，這樣看來，徐志摩用熱情洋溢的筆觸正適合。

再其次是辭彩華麗，大抵文字繁縟、詞藻豐富。例如〈我所知道的康橋〉使用許多重複的語調，其實只表達一個單純的意思：

㉘見《徐志摩全集》第五二頁。

你如愛花，這裏多的是錦繡似的草原。你如愛鳥，這裏多的是巧囀的鳴禽。你如愛兒童，這鄉間到處是可親的稚子。你如愛人情，這裏多的是不嫌遠客的鄉人，你到處可以「掛單」借宿，有酪漿與嫩薯供你飽餐，有奪目的鮮果恣你嘗新。你如愛酒，這鄉間每「望」都為你儲有上好的新釀，黑啤如太濃，蘋果酒、薑酒都是供你解渴潤肺的。……帶一卷書，走十里路，選一塊清靜地，看天，聽鳥，讀書，倦了時，和身在草絲絲處尋夢去——你能想像更適情更適性的消遣嗎？

類似這樣重複的語調在「我」文中再三出現，其殷切之意一遞一遞傳達出來。文中的人稱「你」既是讀者也是作者，其親和力更強。

作家個人的修辭模式會形成其文體風格。徐志摩不僅抒情散文如此，即令在議論散文中，也慣常跟讀者有毫無間隔的狎暱態度，以及使用活潑跳宕的語言、情感熱烈的態度、繁縟的文字。

跟徐志摩、溫瑞安風格相反的是梁實秋，他擅長處理中性語言。徐、溫二人是筆端常帶感情，梁氏則是感情抽離文字。因此，他適合寫小說而不適合寫感性散文。像〈槐園夢憶〉對逝世不久的愛妻之悼念文字，就缺乏感情在文字上的潤滑度。例如梁氏對妻子最見懷念之意的地方是第一節末段：

> 死是尋常事，我知道，墮地之時，死案已立，只是修短的緩刑期間人各不同而已。但逝者已矣，生者不能無悲。我的淚流了不少，我想大概可以裝滿羅馬人用以殉葬的那種「淚壺」。有人告訴我，時間可以沖淡哀思。如今幾個月已經過去，我不再淚天淚地的哭，但是哀思卻更深了一層，因為我不能不回想五十多年的往事，在回憶中好像我把如夢如幻的過去的生活又重新體驗一次，季淑沒有死，她仍然活在我的心中。

第一句在談道理，第二句敘述兼譬喻，實是《雅舍小品》的文字模式，在抒情文中實嫌僵硬。接著說自己不再「淚天淚地的哭」云云，都是說明性的文字，交待作者處理「心情」的方法，其感動力亦不大。同是悼念亡妻，巴金的〈懷念蕭珊〉㉙就讓人覺得是筆蘸血淚之作。

梁實秋的文字模式在雜文及《雅舍小品》則能發揮其優點。他的立場永遠客觀、態度鎮靜、文字中性。例如《罵人的藝術》開頭：

> 古今中外沒有一個不罵人的人。罵人就是有道德觀念的意思，因為在罵人的時候，至

㉙見《懷念蕭珊》第二二一頁。

> 少在罵人者自己總覺得那人有該罵的地方。何者該罵，何者不該罵，這個抉擇的標準，是極道德的。所以根本不罵人，大可不必。罵人是一種發洩感情的方法，尤其是那一種怨怒的感情。想罵人的時候而不罵，時常在身體上弄出毛病，所以想罵人時，罵罵何妨？

構成本段的文字全是中性語言，其文章的幽默及諷刺是透過思維的辯證而來。人人皆會罵人，因罵人為道德之事。其「道德」即指維持公理，可見罵人為必須。再說罵人可抒怨怒，有益身心，結論是想罵人即罵人。這種推理過程表面上看似合理，但讀者都看得出來，它是具有諷刺性的反面推論，關鍵在於文字指涉意義的弔詭性。例如「罵人就是有道德觀念的意思」、「抉擇的標準，是極道德的。」表面的意義是理該如此，但骨子裏暗藏的意思是：許多假道德公理之名罵人，許多抉擇錯誤的罵人是同時存在的。此段文字既要從正面解讀，也要從反面解讀，其機趣自然湧現。

形成作家文字的風格雖然有許多因素，無疑的，修辭模式是重要的一環。余光中的修辭模式使他的散文能剛而不能柔，楊牧則宜柔不宜剛，溫瑞安則能外放不能內斂，梁實秋宜冷凝不宜熱烈，種種不同風格，形成許多繽紛的文學世界。

第二章 散文意象論

第一節 意象的意義

現代文學理論的傳統中，意象常常被視爲詮釋現代詩作品的專有術語——一種現代詩創作心靈的基礎元素。然而，意象實不應僅僅用在現代詩的討論中。事實上，意象正是一切語言藝術中最具特色的符號功能——因爲透過意象旨趣的繁複投射，形成作者情緒綜合的媒介，傳達出種種特殊的訊息。因緣於這些訊息，使文學正文有別於一般被簡易化、概念化的哲學或科學正文。

意象，可以說就是文學作品意義構成的基礎元素之一，它並不僅具有裝飾性的功能，而且是文學美的重要成因。意象的基礎就是心象，經由心象，作者內心的造形和思維，進一步透過文學的媒介、語言的轉義借喻等而產生的一種形象就是意象。簡言之，意象是以心象爲基礎，以各種譬喻手法做爲表現程序的一種語言圖象——轉義、象徵、隱喻、類比，正是構成意象的幾個主要修辭途徑。事實上，並不僅限於以上四種辭格才能構成具體的意象，更多的修辭手法也常被容納進意象形成的程序中。意象存在於現實語言多重規範的認識領域，它必然和上一章《修辭論》產生不可分割的關係，但是這兩個術語的運用範疇，以及它們確切的定義還是有分別；基本上，修辭是針對同一描寫或敍述內容中，辭彙、句型不同表現方式的考量運用，因此修辭可說是正文所欲傳達訊息的權變與修飾。意象雖然難免使用到修辭裏的辭格，可是意象就是正文訊息所繫，它本身就成爲語言藝術的髓質，而不是一種裝飾工具，它成爲作者情智的調和點。過去在詩學討論中廣泛使用意象術語，今天在討論散文的意象理論時，實在也可以借來定義意象論在散文構成觀念中的地位。換言之，意象論就是「散文的詩學」，也正是散文美學基本成因的探索，是較描寫更爲基礎性的造形方法。

第二節　意象類型

前面說過，意象論就是「散文的詩學」，就本質而言，意象論的眞正根源在心象的演繹。心象有兩種，一種是事物現象的投影。另外一種是抽象的、幾何的、圖像的造形之凝聚。換句話說，產生心象的途徑可分爲具象和抽象兩種。所有的意象無非是由具象、抽象兩者交互輪轉、承接而呈現的一種語言特殊型態。更明確的說，作者的思想和作者的情感是透過心象互相還原、甚至互相衍生，這種還原和衍生的結果就在意象呈現出來，透過意象的訊息傳達到讀者的心裏。

心象是本質，意象是表現。心象是作家的一種夢，是理性與非理性交雜、意識與潛意識相互融滙的心靈狀態，而意象就是將這種心靈狀態轉化爲可以統計、可以計算、可以分析訊息的文學符號型態；因此進一步可以說，散文的心象美學就是以意象論爲核心。

要探討意象的類型，可以分成兩個角度來看，第一依意象的本體，第二依修辭的角度。意象本體又可分爲兩個類型，第一類型是感官式意象，可再細分爲五個分項：視覺意象、聽覺意象、觸覺意象、嗅覺意象及味覺意象。第二類型是心理式意象，又可區分爲概念式意象和情緒式意象。

意象之出現，尤其在意象的系統裏，往往不是單純感官式意象或心理式意象。有時在意象羣裏，感官式意象和心理式意象是互相搭配、互相烘托的。如果從修辭角度來看意象論，它無疑是修辭論的延伸，意象的表現方式基本上是以修辭為基礎，因此可以透過辭格的存在與否把意象分為兩大類，一種是字義式意象或表義式意象，一種是轉義式意象。

（一）意象本體的類型

(1) 感官式意象

感官式意象是指作者憑藉人類之感官特性而產生心象，直接投射在文字上所形成的意象；或者是作者內在之寓意寄託於感官的描述而產生的意象。感官式意象分為視覺、聽覺、觸覺、嗅覺、味覺五種，只是為了討論上的方便；一篇散文很少僅存在一種感官意象，甚至在片斷文字中都時常有兩種感官意象並呈。更甚者，有許多意象是綜合各種感官而成的「感覺」意象。

視覺意象是由作者眼睛所見，經由心象再折射出來的意象，例如葉維廉〈陽光大道與天藍海岸〉❶：

至於華燈，都能毫不吝嗇地爭放。尤其是在美拉堡大街上，兩邊的梧桐樹把街變成綠葉覆蓋的隧道。路邊咖啡座、茶座、餐廳都從內裏推到大街的中央，推到噴水池旁。在華燈下，杯光四起，躍自紅色的桌布。在華燈下，盛裝的男女，相互依倚，慢步來慢步去。

以上純粹是用作者的視覺來描述他所看見的現象，並且把一個個現實的素材作爲意象而羅列起來，成爲一組視覺意象。作者彷佛是位導遊，介紹他眼中所見的景色。在這組意象裏除了「毫不吝嗇地爭放」的華燈，使華燈之「華」意象較強烈外，作者並沒有摻入個人的聯想及感情，因此它是一組中性的意象。再看徐鍾珮〈多少眞命天子——記艾思各里亞爾宮〉❷，全文以西班牙菲力普二世所造的艾思各里亞爾宮爲描寫對象，介紹整個皇宮建築堪稱仔細：

皇宮的四角有四個塔，中央一塔突高，是教堂。樓上樓下都有四方窗戶。這些窗戶橫豎成行，遠遠看去，好像在排隊看齊。參加排隊的窗，有二千六百個，門有一千二百扇。這種紀律森嚴的排列，常使我覺得它不像皇宮，而是一座兵營。

這一段描寫文字，乍看也是一連串中性的視覺意象：塔、教堂、窗戶等組合成一個立體的視

❶見《聯合報》，一九八六年四月六日。
❷見《追憶西班牙》第一三頁。

覺意象。可是文字中加入作者個人的感覺，例如排列整齊的窗戶，她覺得「好像在排隊看齊」，這便是外在之物投射在作者的心中產生的「心象」，被作者用文字描寫出來。同理，後邊「紀律森嚴的排列」、「是一座兵營」都是作者主觀心象的反映，「窗」經過聯想作用產生的意象就較塔、教堂富有生趣。

不過全文重點不在窗，乃是宮與人。窗是「宮」建築的一部分，讀到後文我們就知道窗的意象是「宮」意象的輔佐意象。作者說「遠看此宮，莊嚴偉大，近看則覺得其陰冷逼人。」接著立刻把宮跟人聯立起來：

> 如要了解菲力普第二，卻非看艾思各里亞爾宮不可。因為此宮和建造的人太像，可說是宮如其人。菲力普二世之威，史不絕書。天顏咫尺，常常唬得有些使臣啞口無言。他沉默寡言，已使他威重，又兼他愛凝眸看人，給他看得汗毛直豎。他聲音又低，非得用心諦聽，才知道他在說些什麼，因此常令對方手足無措。

此段敍述文字是作者從文獻上綜合而得「人」的形象。從此以後，宮的意象與人的意象一直互相印證、互相補充。最具興味的是，「宮」完全由作者視覺掃瞄而得，「人」則是完全靠文獻支撐出來。此後描寫宮的地方，時時扣合菲力普二世這個人。回頭再看前邊「窗」之冷列森嚴的意象，它不僅用來輔佐「宮」的意象，實在乃是輔佐這位不存在的人的意象。最後把一位皇帝的威儀和盤托出：

這座皇宮雖不能把人嚇得說不出話來，卻也毫不可親，它缺少了皇室的華麗，只有教堂的嚴肅。菲力普委實崇拜他父親，連他的臥室，也和他父親加洛士一世晚年在猶斯地的臥室一樣，只有一張床，一張凳子，一張書桌，一個十字架，完全是修道士的宿舍，那裏像皇帝的寢宮。

以上視覺意象，包括前敍窗的意象，都只是停留在眞實現象的投射，以及部分聯想，並未經過轉化而呈跳躍狀態。它的意象並不以豐富多變化取勝，而是以木然的靜物意象來譬喻活生生的人物，產生關聯呼應的趣味。例如：

……（金鑾殿）是長方形，中央放一塊小小地毯，上面是一張龍椅，椅上張著華蓋。那張龍椅没有靠背，也不大結實，我常擔心菲力普二世會不會坐不穩江山，因為他還有痛風症，坐在龍椅上，一脚還要翹在前面的凳子上。以這樣的宮殿，而能使使臣張口結舌，不敢發言，更令我敬佩菲力普二世的威儀。

此段兩組視覺意象並呈：皇帝的金鑾殿不僅樸素，實在可說相當寒酸。另一組意象是皇帝坐在「沒靠背」的龍椅上，他的坐姿不平衡，又有痛風病，如何坐得穩江山？其「坐」的意象由坐龍椅之具體視覺意象而滑落到坐享帝位的抽象意象，造成本段的興味點。

聽覺意象大抵是描摹聲音而產生的意象。例如司馬中原〈麥管和蘆笛〉❸：

無論如何，小小的一截麥管不是樂器，它的聲音也是原始的、單純的，而那種或高或低的咿唔，都是那麼渾圓，那麼柔潤，有一種暮春的黏性，彷彿那是一股子濃膩的流液，徐徐的打管心擠出來，變成一條曲折迴環，牽人撩人的聲音的帶子，捆著誰，誰就會惜春，就會慵懶。

咿呀咿呀咿——呀咿呀，咿呀咿……

呀咿呀咿呀，咿呀呀……

要形容麥管的樂音，最基本的方式就是擬聲：「咿呀咿呀咿……」，但是這種狀聲法太呆板，記號的聲響完全取代了記號所指的空間。於是作者用不同的意象來表達。渾圓、柔潤如暮春的黏性，這仍然是抽象的意象，但此抽象的「暮春的黏性」本身，又轉化爲具體的可視可摸之「渾圓柔潤」。這便是此意象設計巧妙之處。其次「一股子濃膩的流液」是用實質的流體感覺來處理聲音意象，「打管心擠出來，變成一條曲折迴環……的帶子」也是化抽象爲具象的意象，使不可觸不可摸、無法看見的聲音具象化並立體化。

蕭蕭〈驚蟄〉❹中〈大暑・花開的聲音〉節云：

你確實聽到了嗎？——花開的聲音。

花開，花由小小的蓓蕾走向少女，慢慢展開翅膀，振動翅膀。

那是很輕很輕的香氣。

你真的聽到了？——花落的聲音。

花，通常是筆直筆直地落，往往來不及張開翅膀，來不及閉上眼睛。

那是很細很細的無奈。

還要更輕、更細、更柔、更無奈……

會是風的嘆息嗎？一瓣花片緩緩落入你的懷裏。

「小小的蓓蕾走向少女」、「慢慢展翅」、「振翅」以上使用三個動作意象，中間一度把花

❸ 見《鄉思井》第四五頁。

❹ 見《感性蕭蕭》第六三頁。

擬人，又擬物。把花開的動作「走」及聲音「振翅」都形象化、立體化。同理，花落也有聲音，以「來不及張翅」、「閉眼」的意象說明花落比花開聲音更細更小。最後再以「風的嘆息」聲音意象形容花落的聲音不但小，且隱含無可奈何之感。

觸覺意象是由肌膚的接觸而產生的感覺意象，也有並未實際接觸，但心中產生接觸感，亦可形成觸覺意象。例如履彊〈山中・風動〉❺：

涼意如冷柔的玉，貼著我們的臉，但我們不得不提高警覺。如詩的霧中行，很容易使人失去敵情觀念，藍軍當不會放過我們這支先遣特攻部隊。山裏的霧，好濃，無聲無息的滲入人的每一吋肌膚，走在微滑山路，有種騰起、飛昇的快意，不過也喘氣不止，因為我們必須攀上制高點，這是一條陡急的小路。槍藏在寬鬆的雨衣裏，頂觸著背肌，槍管堅硬而寒凜，裏面有我們有限的彈藥，真是一身重負啊！弟兄們在霧裏穿行，但每一人的臉上都滾動著汗珠。

本段出現三個感官意象，首先寫涼意沾臉的感覺，作者先把涼意譬喻成「冷柔的玉」再以「貼」來形容涼意與肌膚的關係。「冷柔的玉貼在臉上」此一感覺意象令人有心涼舒適感。其次霧滲入每一吋肌膚的意象，也凸顯霧之「濃」與「強」，其意象效果作者已說出來：有種騰起飛昇之感。最後槍頂觸著肌膚，「槍管堅硬而寒凜」此一意象出來，跟前面兩個意象成爲對比。蓋前兩個意象充滿浪漫情調，如詩如畫，如臨仙境，後一意象立刻落回人間。槍是象徵作戰，因此「堅硬而寒凜」，跟肌膚的關係是「頂觸著背肌」。由以上三個觸覺意象之並列，可以發現兩種對比的情境：一是冷柔如玉的沁涼、無聲無息的濃霧，它們造成的氛圍是柔和適意。一是堅硬寒冷，明顯是戰爭意象。觸覺意象在此對比之下，發揮了較高的作用。

嗅覺意象在散文中較常處於輔佐地位，很少成爲散文刻意雕琢的主要意象。有直接呈現的，如前引葉維廉〈陽光大道與天藍海岸〉中云：

在華燈下，咖啡香、茶香、酒香、花香、水果香爭相繞升，好一片悠閒之樂。

此處是透過各種讀者熟悉的香氣，如咖啡、茶、酒、花、水果，由它們散發出的香味，呈飄忽形態，乃烘襯出當時的氣氛，堪稱典型原始的嗅覺意象。有許多作家已不甘於僅利用事物本身的香臭來做爲意象，例如林清玄〈象牙球〉❻中云：

❺ 見《驚艷》第五七頁。

❻ 見《鴛鴦香爐》第一九九頁。

> 在故宮的呼吸，又像是走進一個春天裏繁花盛開的花園，有許多花我們從未見過，有許多花是我們見過而不知道名字的，但是我們深深的呼吸，各種花的香氣突然滙成一條河流，從極遠的時空，流過歷史、流過地理，一直流到我們的心裏來。我們的心這時是一個湖泊，能夠涵容百川，包納歷史上無數偉大的藝術心靈。

此段作者把故宮珍藏的諸種國寶譬喻成花，故宮乃成爲盛春花園，「各種花的香氣突然滙成一條河流」，把抽象的香氣具象化，立刻「從極遠的時空，流過歷史、流過地理」，又有時間的綿延、空間的拓展，再「流到我們的心裏」又回到可呼吸的「香氣」來。譬喻及轉化在意象中的用處大抵如此。以嗅覺意象而言，特殊的處理方式如陳金〈在曠野中獵日〉❼云：

> 肺和心臟都很寬弘大量，它們不一會兒就跟空氣握手言歡了。

此處是形容劇烈運動之後的猛烈呼吸感，可以說是廣義的嗅覺意象。

味覺意象，以司馬中原〈壺中天地〉❽爲例：

> 那時我根本沒有品嚐過酒，卻深深迷上了那種安閒自得的獨酌的情韻。父親端著杯，

彷彿並不是在飲酒，而是在飲著牕外的黃昏和金鱗般的霞雲，飲著一樓悄然而來的暝色，飲著寒夜乳色的月光。也許酒就是那樣的罷？風聲、簷瀝，畫裏的山水，詩中的章句，紅紅的爐火，明亮的燈色，都彷彿能注入酒盞，一仰而入肺腑，轉化為一片咿唔的哦吟。

如此看來，我也非品嚐品嚐不可了。頭一回嚐酒不是用杯子，是用筷端醮著一點兒，點在舌尖上的，哦！辣得人眼淚直淌，好半天張不開嘴來。

以上引文出現三種飲酒方式，一種是直接飲酒的滋味，結果是「辣得人眼淚直淌」。第二種是想像飲酒的滋味，黃昏、霞雲、暝色、月光，在悠閒的鄉村中成爲浪漫富有情調的氣氛，飲著黃昏霞雲等等，並不是眞正飲酒的感受，乃是想像飲酒的感覺。第三種飲酒是風聲雨聲讀書聲中飲酒，俯而讀聖賢書，仰而爲當代文章，縱橫古今，出入中外，感時憂國種種情懷，都在壺中天地裏呈現，此一飲酒感覺已不是少年不識酒滋味的偷飲，也不是旁觀而得的酒趣，那實在是作者經歷過人生的風風雨雨，走過山山水水，長久出入壺中天地而後得到的結論。以上三種飲酒意象，各自表現不同的情境及趣味。

❼ 見《將軍碑》第一〇〇頁。

❽ 見《鄉思井》第七一頁。

感官式意象，能直接或間接給讀者生理上以刺激。但是一篇散文，很少，而且也不應該僅僅只出現某一種感官意象。大致上，感官意象時常綜合起來，以多樣形式出現，朱自清〈歌聲〉❾為典型例子，試看其前兩段：

> 昨晚中西音樂歌舞大會裏「中西絲竹和唱」的三曲情歌，真令我神迷心醉了。
>
> 彷彿一個暮春的早晨。霏霏的毛雨默然灑在我的臉上，引起潤澤，輕鬆的感覺。新鮮的微風吹動我的衣袂，像愛人的鼻息吹著我的手一樣。我立的一條白礬石的甬道上，經了那細雨，正如塗了一層薄薄的乳油；踏著只覺越發滑膩可愛了。

文中第二段，「毛雨灑在臉上」是視覺兼觸覺意象，「新鮮的微風吹衣袂」，「新鮮」有嗅覺，微風吹在衣袂是視覺兼觸覺意象。愛人的鼻息吹手，不僅是觸覺，而且是心靈綜合的感覺，例如它包括視覺、嗅覺、味覺等。最後一句，雨淋洗白石甬道，原是視覺，作者加一句「如塗了一層薄薄的乳油，踏著祇覺越發滑膩可愛了」就增加了觸覺的意象。本段感覺意象不但豐富，而且層疊出現。於此可見感官式意象運用之一斑。

(2) 心理式意象

心理式意象的第一個類型是概念型意象。概念型意象基本上是一種概念的表達，透過知識領域的認識和思維模式的組織而形成意象。這種意象的呈現便是概念化的表述，藉著思想的重新組織來處理意象的主旨。例如喻麗清〈盒子〉⑩，敍述作者對盒子的一番情懷。她喜歡各式各樣的盒子，包括看見的以及想像的。她收集看得見的盒子，但更多的是在心中收藏各種盒子：

> 我最早的一個盒子是希臘神話裏頭潘朵拉的盒子。那盒子裝的是疾病與災禍，潘朵拉由於好奇，盒子一開，統統放到人世間來了，幸好她蓋得快，把希望還留在盒裏。它成了我們人類的「希望之盒」了。盒裏乾坤，還有比它更具神秘色彩的嗎？

文章的結尾說：

> 是的，設若五臟六腑為底，七情八慾為蓋，底蓋相合時，應當可以關牢我們的靈魂。我的身體便是我的潘朵拉之盒——我最初的、也是最後的一個盒子——而那無限大的

---

⑨ 見《朱自清全集》第六四頁。

⑩ 見《聯合報》，一九八六年九月二十六日。

小希望，它是我的一點秘密的內涵。

潘朵拉的盒子原來是神話中具體的盒子，可是盒子中裝的東西卻是抽象的「疾病與災禍」，卻放到人間來了，幸好希望仍留在盒子中，「潘朵拉之盒」成爲人類的「希望之盒」。由此看來，神話中的盒子，其實也是一種抽象的意象。它成爲「希望之盒」更是一種抽象的理想與願望。最後一段敍述者再以自己的身體譬喻爲潘朵拉之盒，這分明是把具象化爲抽象。更確切的說，「我」的身體並非指血肉之軀，而是指「我」的精神世界，這世界固有「五臟六腑」亦有「七情八慾」。具象的五臟六腑和抽象的七情八慾做爲人的元素，結合成象徵人的「潘朵拉之盒」，是一個抽象的概念，借一個也是抽象的神話故事來表達作者的思想。抽象的概念不能出現眞實的形象，作者仍然用概念去譬喻它、形容它，組織一個超越物理規律的新意象，使讀者可以會意而無法描摹，這便是概念式意象的神妙處。再如七等生〈我年輕的時候〉⓫有云：

但是突然我意外地發覺我能思想，那是三月，我能知道我長期的禁錮和憂鬱，我像有另一對眼睛看到我過去的形體，它在時間的流動裏行走，我清楚地窺見到那行走的陰沉姿態；然後我又驚奇地發覺我能夠說出與別人不同意思的語言，也許我一直就如此，在這之前，我沒有知覺我能語言，但現在我十分驚喜地聽到我自己的聲音。我像在夢景中看見了這樣荒謬的事，我像一個做夢者，除了意識一個睡眠的自我形體外，還有一個在那夢景中活動的相同人物存在，我看見他行動，他說話。當我醒來時，我不知道我是那夢中的人或是原來的我，但我的清新意識有如一個包裹在絲繭裏睡眠的蛹，它成為一隻蛾突破了那層包繞的殼，然後拍翅顛簸地走出來下蛋。

本段主要表達一個創作者當初創作時「找到自己」的概念，那個「自己」也非常不具體，文中用抽象概念來詮釋另一個抽象概念。其中出現三個重要的概念意象，而且這三個意象一個包羅一個：第一個意象是「我」有另一對眼睛看到「我」過去的形體，這是作者發現了自我的概念。第二個意象是在第一個意象中，也就是由我的另一對眼睛所看到的「我」在夢中。第三個意象是，我像絲繭中的蛹，突破絲殼，蛻變成蛾，飛了出來，並且「下蛋」。以上的概念意象在詮釋一位創作者當初如何發現自己：包括找到自己與眾不同的性情(如陰沉的姿態)、獨特的語言，清晰的看懂自己，並且突破自己（破繭而出），並開始創作（下蛋）。以上三種層次的意象，是用較複雜的方式來詮釋一個概念：即開始創作時的「我」與過去的「我」

⓫ 見《散步去黑橋》第二四五頁。

不同，也跟現在的「我」不同。書寫者使自覺成爲一個作者的「我」跟過去的「我」分離，成爲另一個「我」來觀察自己。其表達方式十分婉轉曲折故而意蘊深厚。

情緒式意象是賦予外物以情緒，使它產生人格與性情。或者把外物優美化、生命化。總之，作者主觀的感情投射在外物上便形成情緒式意象。這類意象在抒情散文中最常出現。例如梅濟民〈草原故鄉〉⑫：

一年四季中的巴克哈倫草原，就像一首美妙的詩篇。春天在這兒閃耀著美麗的野火，就像一條條舞動的赤龍。夏日那些繁茂的野花，會把這兒裝點成一個仙境，你看那暑雨後滿野迷人的新綠配著天邊的彩虹；你看那夏夜含煙的月色就像一片柔情的夢。秋日那河邊醉人的紅葉，和那長空悠悠的雁鳴，以及那秋夜撩人遐思的蟲聲和風聲。冬夜那皎潔的雪月，和霜林中神秘的月影，還有那從禿枝中透過來的滿天星星……

上引文中，草原如詩篇、草花如仙境都是作者主觀印象的投射。「美麗的野火」，「如舞動的赤龍」，不但賦野花以美麗的形象，且有勃勃的生氣。其他如新綠迷人、月色柔情、紅葉醉人、蟲聲風聲撩人、月影神秘等等俱是。

(二) 修辭角度的類型

從修辭角度來看意象的類型，可分爲轉義式意象及字義式意象。

(1) **轉義式意象**

轉義式意象的使用是廣受散文家採用的意象表達方式，它是利用譬喻、轉化等修辭格來產生意象。例如秦情〈夜夢記五則〉⑬中〈薔薇和荆棘〉一則：

我是一株植物，長在沙漠上，渾身都長滿了刺，這是一片空曠的沙漠，我獨自站立，一天，來了兩個人。

甲說：「這是一株薔薇，馬上就要開花了。」

乙說：「它是一團荆棘，不會開花，是完全無用的。」

兩人在那裏爭吵半天，走了。

有一天大雨來了，我看到自己開出花來，高興的叫喊：「我是一株薔薇。」可是只有

⑫ 見《北大荒》第三頁。

⑬ 見《中國時報》，一九八三年四月二十四日。

幾天，花謝了。

不久又來了兩個人。

甲說：「呀！這裏有一團荊棘。」

乙說：「不，它像一株薔薇。」

兩人爭吵了一陣，又走了。

我叫著：「我是薔薇，不是荊棘。」可是沒有人聽到我的聲音，也再沒有人來了。

到我枯萎的時候，終於有兩個人來。

甲乙異口同聲的說：「呀！這裏有一團乾枯的荊棘。」

本文把「我」置於客體，轉化比擬為「一株植物」，但又把此植物譬喻成「人」，通篇貫串到底，從植物的意象看，它長刺不開花時，人類無法界定它是薔薇還是荊棘。當它開花時，沒有人看見；在它枯萎時，人們卻又出現了，異口同聲界定它是荊棘。本文借著植物盈虛枯榮的意象，來暗示人生的遭遇。「植物」和「我」互相投射隱喻，且經過轉義之後產生的意象又迭生變化。

(2) **字義式意象**

字義式意象是對客體事物的白描意象。所謂客體事物包括現實世界的事物，以及心靈中心象的直接剖白：例如豐子愷〈鄰人〉⓮：

> 前年我曾畫了這樣的一幅畫：兩間相鄰的都市式的任家樓屋，前樓外面是走廊和欄杆。欄杆交界之處，裝著一把很大的鐵條製的扇骨，彷彿一個大車輪，半個埋在兩屋交界的牆裏，半個露出在簷下。兩屋的欄杆內各有一個男子，隔著那鐵扇骨一坐一立，各不相干。畫題叫做「鄰人」。

此一幅畫就是一個大意象，整段文字都是介紹畫的內容。其中只有「彷彿一個大車輪」為譬喻辭格，其餘全部都是白描文字，針對畫這個具體事物。此段由畫內容產生的隔離意象跟畫題「鄰人」產生的親暱意象並列，產生反諷的效果。此處「畫」由白描文字敍述而出，「鄰人」則由字義本身產生意象，都未經過辭格處理。

作者接著發表他對鐵骨扇的看法，認為那是人類社會醜陋的表徵。法律、刑罰等防範犯罪者，皆不露形跡。有形跡者如鎖，但因形狀太小，不易引人注意，混迹在箱籠門窗的裝飾紋樣中，看慣了也不易讓人聯想到偷竊：

⓮ 見《豐子愷文選》二集第三五頁。

……只有那把鐵扇骨，又具體，又龐大地表出著牠的用意，赤裸裸地宣示著人類的醜惡與羞恥。所以我每次經過天通庵，這件東西總是強力地牽惹我的注意，使我發生種種的感想。……對稱的形狀，均齊的角度，秀美的曲線，是人類文化最上乘的藝術的樣式。把這等樣式應用在建築上，家具上，汽車上，飛機上，原足以誇耀現代人生活的進步；但應用在鎖和這鐵扇骨上，真有些兒可惜。

以上是把心靈中的心象用白描來演示，可以直接表達思想觀念。

以修辭來劃分的意象和以性質來劃分的意象，其間實際上具有互相交叉的關係。轉義式意象可以同時是感官意象或是心理意象，而字義式意象也同樣可以跨越感官式意象和心理式意象。反過來說，感官式意象可能是轉義式意象或字義式意象，心理式的意象也可能是轉義式或字義式意象之一。以上做這樣的區分只是爲了有利於對意象的分析討論。

第三節　意象構造

當意象在一篇正文中出現，有時是一個單一的訊息，有時則是一組訊息。從系統角度來看，意象在正文中有其結構系統。如果把一位作家某一階段的系列作品彙集起來，也可找出慣用意象發展的脈絡和軌跡。因此，我們可以就四種層次來討論意象的構造：單一意象、複合意象、意象羣、意象系統。

(一)單一意象

單一意象，首先從詞彙的層面來看：也就是用微視的觀點把一篇正文中所有的意象語都區隔成個別的詞彙單元。作者面對特定對象，產生美感經驗，這種美感經驗透過轉形轉義而雕鏤、鑄造成一個詞彙。這個詞彙就是一個單一意象，或者稱爲意象單元。

秦牧〈廣州城徽〉⓫敍寫廣州市的城徽是五隻羊，它來源於古神話。傳說周朝時有五位仙人騎著五隻羊飛臨廣州，祝福此地永無饑荒；廣州乃有五羊城、石羊城等等稱號，許多產

❶見《拾貝採英》第二八頁。

品且以「五羊」爲商標，商標皆以五隻大小相近的山羊聚在一起，並不美觀。後來由藝術家匠心獨運，雕出五隻體型大小懸殊、姿態各別、形貌相異的「五羊石雕」，有人大爲喝彩，但也有人反對公開陳列，蓋石雕上的五隻羊跟神話中五隻大小相近者不同。可是羣衆日漸喜歡石雕，紛紛把它刊印出來，大部分人還是接受「五羊石雕」成爲廣州城徽。

這篇散文的主要意象只有一個：「五羊」，最先它存在於神話中，後來具體落實在市井商品如啤酒、火柴、電池等的商標廣告上，最後成爲藝術家手下的石雕。「五羊」的變化，代表藝術在人間萌芽、生長、成熟的過程。「五羊」不僅給讀者故事上的趣味，而且象徵藝術品降臨人間——尤其是文明地區「城市」——被接受的可能性。本文雖然肯定藝術品終究會被人間接受認同；但是，有發明、有創意的藝術，總是會被某些人反對。因爲他們會泥古不化、耽於現況，更嚴重的是把低水準的商標廣告視爲藝術內容。可是，藝術總是經得起時空考驗，石雕不會腐朽，長期流傳，終究被人間接納。

「五羊」意象的另一層意義是探討藝術。藝術固然要承襲傳統，但也要善於變化生新，正文仔細描寫五羊石雕的形狀時，已充分表現其創造觀念。其次五羊與神仙掛勾也是很有興味的事，蓋「變化乃仙家常事」因此藝術家雕塑五羊時，可以大小自由變化，人們實不應限制禁止他求變。而藝術能巧奪天工，就像得到神助，也指出天才在創作中蛻變的重要。

再看琦君〈不再是蘭花手〉❷，通篇以手爲主要意象貫串。一開始，「我」的母親，手指就出現許多裂縫，那是因爲不斷做粗活、家事而產生龜裂的、粗糙的手。這隻手原先是一隻細緻、白嫩的蘭花手，「我」小時候寫給父親的家書中有一句說道：「媽媽磨米粉做年糕，手背的筋都一根一根鼓起來，像地圖裏的黃河揚子江。」這裏以黃河、揚子江做爲輔佐意象，來形容手背上浮起的粗筋，是一個相當精彩的畫面。文章從母親的手渡到「我」的手，在最後一段，寫道「凝視著自己由細嫩變爲粗糙的雙手，半個多世紀的時日就這麼匆匆過了。」這時候她自己的手，也像母親一樣，由細嫩而變爲粗糙。最後，再又渡到兒子的手，「我」看著兒子的小拳頭，畫ㄅㄆㄇㄈ。本文手的意象之演變與演繹，運用相當傳統的手法，在意象的轉遞上，有時間因素，也有空間因素。在不同時間、不同空間中，不同人的手並陳，就形成一種歷史感的織串。而這種歷史感的織串，本身就蘊藏著薪傳意味，母女兩人的手，重覆著相同的歷史，儘管發生在不同的空間中，女人的手之宿命，竟是相同。因此，在這一連串完整而富有推理性質的手之歷史，呈現一種線性的意象思考。

(二) 複合意象

複合意象基本上是以單一意象做爲構成單元，經常透過一個完整的句型，或幾個連續句

---

❷ 見《燈景舊情懷》第一頁。

型來呈現。例如王樹青〈神秘的額吉淖爾〉❸：

> 茫茫的烏珠穆沁草原，坦蕩雄渾，草深而綠，與天相接，猶如天海的合頁在最遠的地方吻一條虛線。蒙古包星星點點綴在綠的海洋裏，羊羣像一朵朵白雲輕飄慢移，我們的「巡洋艦」行進著。單調的顛簸，無盡的草原路，漸漸使人產生倦意。

「天」、「海」、「一條虛線」是三個單一意象，它們無法單獨存在而有意義，必須複合在一起才能組合出完整的心象。蓋三個單一意象中，只有「天」是實體存在者。「海」並非指海洋，它已被草原所借喻。而「一條虛線」是天跟草原（海）交接造成的意象。經由此意象之組合，把草原的坦蕩雄渾、草深而綠（綠草如湛藍的海水，足見其色深）形象化的呈現在讀者眼前，其力道絕非八個形容詞所能及。下文出現「巡洋艦」的意象也是要依賴前邊的意象才產生意義；作者既把草原譬喻成海，則在海上行走的車便可譬喻成船。此一「巡洋艦」出現看似突兀，實乃警策而鮮活。

> 驀然，遠處現出一圍晶亮的湖泊。望去，湖的四周有一圈銀白色的結晶體在太陽下熠熠閃光，向來客盡情展露出它的綽約多姿。嚮導激動起來：「看！那就是額吉淖爾。」

「額吉淖爾，蒙語的意思是：母親湖。」鹽湖場長向我們介紹，「這湖呈帶狀，湖面二十五平方公里。為什麼牧民尊稱她母親，因為這湖的晶鹽像母親的乳汁。取之不盡，用之不竭。

本文第二段出現「晶亮的湖泊」意象，仍然承第一段意象而來。在無邊無際的大草原中，突然出現晶亮的東西是極眩人眼目的事，也就是說，「晶亮的湖泊」跟「草原」組成複合意象。同時，第一段「巡洋艦」是船，它尋找的目標自然是眞正的湖海，因此「湖泊」又可以跟「巡洋艦」組成複合意象。接著湖邊有「一圈銀白色的結晶體」本身是一個新意象，它又是下一個意象「母親的乳汁」的伏筆。在大草原裏鹽是可貴的民生用品，這湖泊能生產用不盡的鹽，它像母親的乳汁，哺育百姓，因此有「母親湖」之稱。也因以上建立的意象，接著作者又說：「八荒大野，坦蕩無垠，卻碧玉般鑲嵌著一小塊鹽湖，彷彿母親寬濶的胸膛上戴著一顆晶亮的寶石。」把「母親胸膛」跟「寶石」又複合成一個承接前邊意象的意象。本文下一段還敍說此地一個傳說，謂額吉淖爾傳說古代此處爲一片汪洋大海，這大海的意象又遙遙承接前邊海、湖而來。由以上討論可知，本文作者不但善於製造複合意象，而且使意象間

❸ 見《內蒙古散文選》第五一頁。

互相呼應。由於意象之巧於雕琢與設計，使得一個平凡的草原充滿神秘氣氛，湖泊意象是全篇的凝聚點，由湖而鹽衍生出生命與環境奮鬥的意涵，使全文不僅寫景優美巧妙，其包藏的意義尤爲深刻蘊藉。

（三）意象羣

意象羣則常常安置在整篇正文的各個情節以及段落中，形成散點式或放射狀的分佈，這種散點式或放射狀的分佈，因爲單一意象以及複合意象的系列性及關連性而構成意象的族羣，此族羣本身就是一種準結構的形態。

雷驤的〈濁水行〉❹開頭一段云：

> 那一年秋天我行經一座橋，被溪流呈現的奇異圖案所吸引。那是一片漂浮的、不定型的濁白，像滲在泡沫裏的乳酪，而整條河面是無可加深的墨黑顏色。這是淡水河流經板橋、新莊的一段，上游滙聚了數千家工廠的廢水。由於水位低，這些乳酪擱淺在橋柱附近的蛇籠上久不去。這個無可名狀的圖象，如同原子彈在陰霾的空中爆炸後形成的蕈狀雲，令我無比震驚。

這段文字有許多可以區隔出來的單一意象，例如橋、奇異的圖案、泡沫、乳酪、蛇籠以及蕈狀雲，都是單一意象。這一連串單一意象，在此段文字中，又形成幾組複合意象，例如「那一片漂浮的、不定形的濁白，像滲在泡沫裏的乳酪，而整條河面是無可加深的墨黑顏色。」以上用不定形的濁白、滲在泡沫裏的乳酪、以及墨黑顏色，這些單一意象組合起來，就變成段落中的一組複合意象，而這複合意象，進一步呈現比較完整的畫面。第二組複合意象，是透過乳酪、蛇籠、以及原子彈、蕈狀雲、空中爆炸等等聯立起來，而且這組複合意象，是緊緊扣連在第一組複合意象之後產生的。換句話說，這一組複合意象其實是第一組複合意象的一個補語，其整體效果就在於要呈現出奇異的、無可名狀的圖案。整篇文章中，作者透過「河」的意象，不斷演繹，從一條河到達許多的河，從現實的河，到歷史的河，從河又通達到海。例如，後文中提到，行經北部濱海公路的人，一定對突然變成紅色的某一片海域印象深刻，就是從這許多河的意象演繹與變化，沿著流向通達到海的景觀，終至出現紅色的海洋意象。這一連串有關河、海，包括現實的描寫、歷史的敍述、空間的推廣，這一系列有關水、河、海的意象，就形成一組意象羣。事實上，這篇文章不僅存在這樣單一脈絡的意象羣。在河、海的自然景觀外，生態又形成另一條意象羣的脈絡。例如魚的反覆出現，就形成

❹ 見《中國時報》，一九八四年三月二十一日。

另一個意象羣。

（四）意象系統

一篇散文中，往往會有一組以上的若干意象羣疊復出現，這些意象羣的聯立，就形成一篇正文的意象系統。

馮青〈消失的街道〉❺由兩組字義意象羣，以及穿插在全篇正文中的許多譬喻意象所構成。兩組字義意象羣，分別是街景以及人。街景意象羣，包括跟街道有關的擺置、設施、店面、店面中的物品，以及跟都市有關的自然景象，構成一系列無機物的意象羣。另外一個意象羣是人之諸貌，透過出現在街道上不同的人，及具有暗示性的動作，乃構成本文中人的意象羣。

穿插在這兩組意象羣中的譬喻意象是聯繫兩組意象羣的橋樑，甚至可以說這些散佈在正文中的譬喻意象通常是膠著在另外兩組意象羣上。本文倒數第三段中有云：「一羣人，一條街，一個文化。」這十個字事實上已經點出全文主旨。關於街景的意象羣，其實是背景的舖述，而種種不同人的動作才是眞正前景所在。這些人的動作具有相當統一性，其統一性存在於人的內在心態及外在動作表現。一開始，夥計們敞著店門，乾脆歪恃在油紙舖滿的空桌上打盹。不久，又提及年輕微胖的婦人俯在櫃上打鼾。整個都市裏出現的人都呈現一種慵懶、散慢、倦怠的形貌。唯一不同的是一個三四歲小女孩，在這篇文章裏突然由慵懶的人羣中跳了出來，開始旋舞，但是隨即這個孩子也跳累了，便坐在紅磚道旁休憩發愣，又回歸到那個慵懶、散慢、倦怠的人的表象世界裏。譬喻性的意象在本文中通常是以一種稠密的、超現實意象的表現方式來做爲扣合人的慵懶關係的媒介。譬如第二段，固態世界開始軟化，第三段，人在走廊下等車，看著一灘將溶未溶，完全攤在黃色豔陽裏的街景，類似這樣超現實譬喻意象，和第一組意象羣聯結起來，結合成一種特殊的背景，此背景暗示的情境和這一系列人的動作有互相呼應、互相激盪、互相補充、互相敍述的功能。

意象的系統結構基本上是一種動態的觀察與聯繫，透過作者對人世間各種動態行爲的觀察，而提煉出動態的意象結構，動態結構是處於運動狀態的系統結構。但是這種觀察以及意象的提煉並非完全客觀記實，它是透過作者的選擇以及心象本身反映出來的動態結構，所以這種動態的意象系統結構仍然受到作者心象的控制。

林燿德〈地圖思考〉❻分爲七節，依序分別是第一節〈剝其哀〉，第二節〈夢幻大陸〉，第三節〈另一張地圖〉，第四節〈另一種邏輯〉，第五節〈地景變位法〉，第六節〈另一種

❺見《自立晚報》，一九八五年一月九日。

❻見《自立晚報》，一九八八年六月十一日。

邏輯〉，第七節〈紙上作業〉。文中提到的地圖一辭（當然包括世界地圖、行政區域圖、浮雕地圖、市街圖等等以及和地圖直接產生關聯性的辭彙）可以分爲兩大類：

第一大類是全稱性的地圖意象，又可細分爲下列八類，(1)世界地圖，出現在第一節，第二、三、四、十、十一、十二、十三段，(2)行政區域圖，出現於第一節第五段，(3)市街圖，(4)觀光導遊圖，(5)下水道分佈圖，(3)、(4)、(5)都出現在第一節的第三段，(6)浮雕地圖，出現在第一節第六、七、九段(7)心靈的地圖，出現於第一節的第十一、十二段，(8)文化藍圖，出現於第七節第四段。

第二大類是特定的地圖，包括：(1)《非氏世界輿圖》，出現於第一節第一段，(2)《北京行政區域圖》，出現於第五段第五節，(3)《中國浮雕全圖》，出現在第三段第二節，(4)作者自製的地圖，出現在第二段第一、二、三節，(5)四〇年代上海製《中華民國全圖》，出現在第三節第一、二段以及第五節第一段，(6)《中華民國標準地圖》，出現在第五節第五段，(7)《中華人民共和國行政區劃簡圖》，出現在第七節第一段。(8)《臺灣導遊圖》，出現在第七節之中。

比較特殊之處是第四節〈某種邏輯〉和第六節〈另一種邏輯〉，第四節只容納一段話：「香煙不在大小五葷之列，煙絲是煙草製成，煙草是植物，所以香煙是素食，而且是熟的素食。」而第六節裏出現的意象如香煙，或警句——如卡爾·拉內的話——這些內容看似和地圖思考的主旨無關，也和通篇出現連綿的地圖意象並未扣連，但是作者已經透過該節標題〈某種邏輯〉、〈另一種邏輯〉的訂定暗示出一種特殊的思考方式。因此，其所扣連的是地圖思考主旨中的思考層面，「香煙」在本篇中就成爲一個孤立的意象，卻是具有啓示性的意象。

如果把大自然眞實的地景地物，各種構成地球的地質結構當成一種正文，則此正文事實上是由一種既存的意象系統所組成，亦卽，地理景觀本身依四季輪替呈現出規律性的循環以及自然運動的系統結構，而這種系統結構出現的自然意象事實上也處處與正文相干。然而如果把地景地物視爲正文，就會發現紙上的地圖只不過是正文的媒介，其所透露的訊息也就是地圖上所要透露給我們的地理形勢以及人文景觀的位置，這些位置是處於訊息內容的地位。地景地物既是正文，則地圖不過是媒介，它眞正透露出來的訊息是位置。

因爲中間透過媒介的仲介，使得原本的眞實和地圖的眞實產生某種曖昧性以及失眞性。這時作者通篇就是企圖利用地圖意象的反覆思索，以及各種地圖意象間的結構係來討論正文與媒介間的疏離和矛盾。前文提到地景地物成爲正文，可是對於一個閱讀地圖的人而言，地圖成爲一種媒介——用來負載著地景地物的正文。事實上，地圖本身也是一種正文的形態。

在這種情況下可以發現，所謂「地圖思考」有三個向度：第一是對正文的描述，亦卽地圖正文的描述。地圖正文本身負載著地景正文，是一種雙重的正文；因此第一個向度也卽是陳述現實中各種版本的地圖身姿各異的形貌，例如一個地圖集如何裝訂成册、內容是什麽、其中陳述了些什麼東西。第二個向度是提出心靈地圖，亦卽在作者本身的心象世界精神結構裏，當地圖正文投射其中，並反射出的重新組構的心靈地圖。第三種向度是在許多地圖正文梭織的訊息之間，試圖找出其矛盾性和衝突性的眞實聯繫。譬如，四〇年代上海《中華民國全圖》，並未將中國的眞實地理坐標做完整客觀的描寫，反而嚴重扭曲中國在特定歷史條件下眞實的地理位置；又如《中華民國標準地圖》和全世界不同的國家對於中國疆界的認定產生嚴重的衝突和矛盾。另外，《中華民國標準地圖》和《中華人民共和國行政區劃簡册》之間存在著政治及人文的矛盾。作者的企圖正在於對這種矛盾以及地圖與眞實間的裂縫提出意見。

這些僵硬的、甚至毫無文學趣味的單一地圖意象串連起來後何以還能產生文學性呢？基本上，在本文中，作者用了許多超現實意象的聯結，使得整篇文章產生一種活潑的脈動感，因此不致因爲各種平板僵硬的地圖描繪及敍述而使文章缺乏文學性。

第一節第三段，作者提到「有時，我甚至可以聽到地圖裏湧現出雜沓的聲音，吱吱喳喳，忽遠忽近，那些異國的語言滙聚成波波的浪潮，將我的意識刷洗得空無一物。」這時候，從地圖裏湧現出超現實意象，這意象並以感官式的聲音意象的狀態登場。這裏可以發現作者爲了補充地圖的沉默，而透過聲音意象來湧現地圖的生命力。這些意象語充分掌握了詩的質素；詩的質素加入散文，才使本文不致停留在報導性階段。又如第一節第六段「我們看到這些地圖的時候，宛如站在地球數十哩乃至數百哩上空，鳥瞰這顆行星各個角落深淺不均的色澤。」這是一個空間意象，將觀察者或地圖客觀思考者的地位提升到高空。距離一旦加大，就把平面的地圖意象放進立體的地圖思考裏，使得整個空間忽然充滿張力地漲裂開來。透過空間意象的描述，也使得這篇文章不致停留在平面的概念論辯裏。

更具有魔幻寫實手法意味的意象處理方式出現在第一節十一段：

> 起身時，手肘不意擊中了那一疊疊搖搖欲墜的地圖集，它們乒乒乓乓摔落地面的粉紅色地磚。十幾巨册散落三十公分見方磁磚拼貼出的平面上，攤開的、豎立的、拗折的册頁在電風扇的吹拂下搧動，每一頁地圖裏的人類都被倒了出來，他們的比例太小，比重太低，像灰塵一樣散布在我的房間中。

這是一個虛實交替的意象組織，在平面的地圖裏，因爲電扇的吹拂而將地圖裏的衆人吹拂出來，事實上地圖本身不可能負載眞實人類，可是地圖所指涉的對象如都市名稱，河流道路及自然景觀等事實上是有眞實的投射。地圖是象徵性的「縮影」，而「縮影」中關涉到現實，「縮影」與現實間就是透過上述意象的轉化，將眞實的世界和地圖的世界轉換過來，於是人可以從地圖裏傾倒出來，這是相當具有爆破力的意象的使用。

第一節第十二段，作者提到：「每一本世界地圖裏都住著一個我。」這種「我」的意象存在於地圖之中，而且遍遍具在，如同如來化身千萬，這種特殊的思考方式的奧妙在於將「我」的主觀性轉化成客觀性的意象，使得「我」不再是一個主觀敍述者，也不是正文中的「我」，而是關於〈地圖思考〉這篇文章中的第三個「我」，這個「我」成爲主觀觀測下的客觀對象。

事實上，作者在在提示著：任何一個地圖的閱讀者基本上也是一個「書寫者」。第七段第二節，作者將行政區劃圖上空白的臺灣省，透過一本《臺灣導遊圖》將山脈、河川、都市、鐵路、公路、機場一一標示在空白上，此時這個「我」又回到了「書寫者」的立場，而將空白的臺灣地圖塡上所有的地景地物以及人文的標示。同一節的第四段，又提到：「我將自地圖啓程。」他又把正進行書寫的「我」投射進了一個虛幻的空間裏，要從一個標示性的地圖裏出發，而不是透過現實的地景去眞實地行動，這種主客易位又使得「我」在正文裏成爲特殊的意象。因此我們可以發現，意象的系統性和主題本身有所關聯，這種關聯雖然已經超出意象論的思考範圍，而應該置入主題學的範圍去思考，然而這無非是一種意象論的延伸思考。

我們可以從單一意象、複合意象、意象羣的結構立場找出意象系統。同樣，意象系統投射在個別的作家身上，會形成個別作家的意象模式，譬如〈地圖思考〉便是一例。作者善於使用字義的意象和譬喻的意象，從虛實交替和主客交替的原則去發展作者獨特的意象思維模式，這個意象模式和修辭模式同樣成爲風格的基本要素。譬如琦君通常都選擇生活中的事物作爲意象羣的基礎，相對地林燿德則會選擇諸如道路樹、路牌此類當代都市的景觀作爲意象基礎。

通常，出生於農業背景的作家多半擷取大自然的景觀，如日、月、星辰，或生活周遭的事物，如田園裏的作物、植物、動物，以及生活中的鞋、布、衣、甚至人體的器官等作爲意象系統的主要單元。而對於較新一代的作家而言，像馮青、林彧、杜十三的散文裏，其意象模式則常採擷自現代都會中的素材作爲他們散文意象的主要來源；更甚者如前述的林燿德，他的作品竟把地圖這種資訊產品作爲意象的基礎。

老一代作家和新生代作家不僅在意象的選擇上有所不同，而且意象的處理方式也相異。老一代作家的意象系統通常以字義性的意象爲主，而新生代作家則不僅滿足於字義性的意象，而且大量採取譬喻性意象。譬喻性意象大量出現將使散文的明確性降低，曖昧性提高，可是從另一角度來看，由於歧義性足以包涵更多的文化訊息，使得文學的密度提高了更多。

第三章　散文描寫論

第一節　描寫的意義

在正文中針對特定客體呈現出具體藝術形象思維的段落，稱爲描寫。在本書中描寫形成敍述的基礎單元，透過描寫，作者可以再現事物、表現風格，從而印證作者的觀察思維和形象創造的能力；同時描寫也是製造、引發讀者想像力的要素。

在散文構成的程序中，描寫的位階顯然高過從語法和音位出發的修辭，而邁入實際意義和表現的層次。意象在正文中的地位，雖然也涉及到意旨和表現的層次，但是意象的出現往往寄託在句型中；就意義的結構觀而言，意象系統本身跨越了正文的各種段落，因此我們可以發現，在同一個描寫段落中，意象成爲描寫的一部份，但是意象結構本身又常常以跳接方式跨越了段落的描寫。藝術現象原本就是延續性和間斷性的統一，如果就一個間斷性的劃分來看意象跟描寫的關係，可以發現一個描寫的獨立段落中，出現的意象只不過是整個描寫的一部分而已。因此意象論和描寫論之間有重疊的關係。

至於敍述和描寫的區分，除了在構成層次上不同外，它們也有各自的特性，敍述的進行有時間性，必須分淸主次；而描寫則僅重視空間性，往往抹煞時序差別。換言之，描寫把被描寫的客體擺置在眼前；而敍述的對象，卻是歷史裏的事件，因爲描寫的對象常常具備空間的第一現場性格，把人和事物置入並時性的現場，但是這個現場和下一章《敍述論》裏面連線一貫的情節變化是有區別的。

一個片斷的、細節的描寫，雖然不能獨立呈現具體的情節，但是透過描寫對客體深入探索，可以使敍述的主題分佈在各個局部，並且得以深刻化；而透過段落的描寫，以及意象系統的加入，也使得敍述本身不致變爲平板呆滯而淪爲故事大綱。

第二節　描寫角度

描寫角度是指散文中各個單一人物面對描寫客體時所顯示的觀察角度。描寫角度存在於敍述觀點的統轄之下，可以存在於局部的敍述段落或插敍之中，因此是一種「加上括弧」的視角，較貫徹全文的敍述觀點更爲活潑。描寫角度大致可以分爲陳述者視角及人物視角兩類。

(一) 陳述視角

陳述視角，就是以散文各描寫段落中敍述者本身觀物態度出發的描寫角度，這種視角容易拉近讀者跟作品的心理距離。陳述視角又可分爲三種：(1)第一人稱視角(2)第二人稱視角(3)第三人稱視角。

(1) **第一人稱視角**

就是描寫中以「我」作爲描寫角度的原點。大致上第一人稱敍述觀點的散文就會出現許多第一人稱的描寫視角。例如子敏〈家裏的畫壇〉[1]文章從「我的家族」寫起，「我的祖

❶ 見《小太陽》第七四頁。

父」、「我父親」、「我們兄弟」等前邊五段都以敘述爲主。直到「我的孩子」段，才出現細緻的描寫；如：

> 老大在還沒上幼稚園的時候，就已經成為我的畫友。我在書桌的這一頭兒畫插圖，她在我書桌上的租界，靠左手那一頭兒，拿著小蠟筆打紙，紅紅綠綠，黃黃藍藍，在紙上點了數不清的點子。

此處由「我」的視角來看「她」，像一幅小小的銀幕般，出現一幅畫境，「她」在書桌靠左邊，拿小蠟筆在紙上打出各種顏色的點子。描寫視角既可捕捉片斷的鏡頭，也可以連綴許多鏡頭把畫面串連起來。

再看李廣田〈他們三個〉❷的尾段，對於老人、母綿羊及老人的孫子的描寫，也是透過「我」的視角：

> 我看見那一隻垂著肥大奶子頭上有轡頭繮繩，又以種種紅綠東西作著裝飾的老羊，我就覺得歡喜，我對於這個丟了一條胳膊的「老兵」，有一種說不出來的感情，我不曾向他交換過一句話，然而我覺得我同他非常熟識。小孩的樣子也很結實，很胖大，有棕色的圓臉，大眼睛，黑頭髮，這使我想起那個被人用槓子抬回又抬了出去的年輕

人。小孩子手裏又時常拿一件粗糙玩具，那是尺八長的一段彎曲木材，我以為那很像一支小槍的樣子，因為我遠遠望見那老人用它作描準的姿式，以哄笑他的孫兒……

以上也僅僅是捕捉一個現場鏡頭，但已顯現出描寫的魅力，老人與小孩及綿羊三者應該產生嚴重代溝及隔閡的人物，卻能相處於一片祥和之中，如果把這段描寫放在全篇中來看，更可以感受這片祥和鏡頭所反襯出來的震撼力。

(2) 第二人稱視角

此一描寫角度是把「我」調換成「你」，原則上存在於第一人稱敘述觀點的散文中。大部分文中的「我」實際上就是「你」，造成陳述者的自我對話。也就是說，第二人稱視角本質上是第一人稱透過第二人稱來描寫而已。典型例子如溫瑞安〈勝雪〉❸，但也有偶而跳出第二人稱者，例如盧隱〈夏的歌頌〉❹：

……只有夏天，它是無隙不入的壓迫你，你每一個毛孔，每一根神經，都受著重大的壓扎；同時還有臭蟲蚊子蒼蠅助虐的四面夾攻，這種極度緊張的夏日生活，正是

---

❷ 見《銀狐集》第九頁。

❸ 見《狂旗》第二九頁。

❹ 見《東京小品》第一五三頁。

> 訓練人類變成更堅強而有力量的生物。因此我又不得不歌頌夏天！

值得注意的是本篇使用第一人稱觀點敍述，但敍寫至此突然轉爲第二人稱，並用第二人稱視角進行描寫，但旋即又轉回第一人稱。讀者當可以明察此處的第二人稱實際上是第一人稱的假借。這一類將「我」移置爲「你」的伎倆，在徐志摩散文中也時常出現，讀者細讀，復可知道，文中的「你」實際上包括了第一人稱陳述者及接收訊息的讀者。

有些散文參差出現「你」、「我」，看似分明有兩人存在，仔細觀察，文中的「你」仍然處於虛擬地位，也就是文章中的「你」不具備人格地位，它依然是「我」的另一面。例如蕭白〈又是東風上小樓〉❺，文內看似「我」與「你」相偕出遊，因此文中一再出現「你」，可是「你」從來不曾自己發言，他的發言權仍在「我」手上，例如：

> 你大概已目睹這些了吧！
> 你預計過自己的出世嗎？
> 你看到了以後嗎？
> 你心中也還留著矮牆嗎？
> 你也加進一筆吧！

我們發現「你」出現最多的是疑問句，是被「我」所問，要不然就是命令或祈使句。「你」在文中沒有發言權，也沒有人格，實際上是位不存在的人物。在這種情況下，萬一出現以「你」爲視角的描寫，實可斷言「你」、「我」仍是同體。

「你」、「我」同體，而能從「你」的視角做成功描寫的如溫瑞安〈風動〉❻，這篇文字的正文幾乎沒有透露「你」「我」同體的訊息，因此它可以算是第一人稱敍述觀點的散文。該篇敍述一對同行的兄弟，哥哥是「我」，不斷的跟弟弟「你」說話。弟弟也「一直在跟我說話」，但是正文中從不引出弟弟的語言。文中「我」年紀已老大，蓋許多人上山的目的乃是爲了要下山，可是「我這次上山，是走不回去了的」，弟弟乃窮追不捨，其目的似乎是想把哥哥留下來。最後百諫無成只好返身回去；哥哥與他訣別，請弟弟「你回到你的振眉閣」，讀至此，讀者必可恍然大悟，文中的「你」正是「我」，因爲「振眉閣」便是作者個人的閣名❼。「你」既是作者，那麼「我」是誰呢？當然還是「隱藏的作者」，只不過年齡有差

❺ 見《響在心中的水聲》第一三五頁。

❻ 見《狂旗》第二十四頁。

❼ 本文開頭有云：「我看到你雙眉聳動之間，已隱然有我當年眉動時的殺氣與豪情。」這裏已暗暗關鎖注你、我皆能「振眉」，與「振眉閣」呼應。按，溫瑞安〈振眉五章〉後註云「振眉是我的名號」，又〈振眉閣四章〉後註云：「振眉閣就是我的書房睡房廳堂。」（以上兩文見《龍哭千里》第一一三、一一七頁。）

距。換句話說，目前的作者是文中的「你」，而文中的「我」是將來的「你」，作者預想有朝一日他年紀大了，要回山上，「赴一場必死的約會」，他內心必有衝突，因爲跟年輕時的想法扞格。這篇文章第一人稱與第二人稱疊合，作者把書寫者視同編撰敍述者，變身爲兩個人，在互相對話，也就是跳出自己來看自己，自問自答。在這種文章中，透過第二人稱視角的描寫文字都是強勁的暗示「我」的另一面。例如本文中的弟弟「軒眉揚動」、「返身而去，走得畢挺，像一柄劍」、「眼中無一絲憤懣，而對我深深一揖」都是極爲強勁的文字。

(3)第三人稱視角

如果是用第三人稱敍述觀點寫的散文，則其形式上與小說沒有什麼分別。自然可以透過第三人稱視角做各種描寫。例如許達然〈邊〉❽便是第三人稱觀點敍述的散文，有許多從「他」的視角所作的描寫，透過「他」的視角，讀者看見湖邊的水、沙灘，甚至感受到冷風及「他」心中的感想。本文採取第三人稱敍述觀點，本質上與第一人稱敍述觀點無何不同，把文中「他」抽換成「我」，文章仍然跟原來的效果一樣，其描寫視角亦然。由此可知，第三人稱視角，是陳述者以第三人稱來取代第一人稱。

由此可知，不論採用第一人稱、第二人稱或第三人稱視角，基本上都只是形式上的轉換而已，因爲仍然以第一人稱陳述者的視角爲原點。形式上的轉換，只不過爲了引起閱讀時的興味，把「我」改成「你」或「他」。

（二）人物視角

所謂人物視角就是散文中出現的人物，可以透過他自己的視角來觀物、描摹、發言等等。此一視角又可分爲四項：⑴第二人稱本身視角⑵第三人稱本身視角⑶第二、三人稱轉述視角。

⑴第二人稱本身視角

就是散文中，以「你」的觀點爲變證對象時提出的片斷描寫。例如丘秀芷〈池塘的水滿了〉❾云：

> 你在長途電話中說：不想教書了，因為當前一切一切，使你覺得寒心。你說：小學教師是夾在中間的皮球，校長、教育局、督學、家長、學生都把小學教師當皮球踢，尤其男性小學教師，被認為「沒有出息」，但工作卻格外繁重，如今男老師又少，學校值夜非由男老師輪值不可，每三幾天就輪值一次，冬夜喝北風，夏夜餵蚊子。

❽見《水邊》第七七頁。
❾見《留白天地寬》第六九頁。

以上是由第二人稱視角呈現的「教師」處境，此種視角幾乎僅見於書信體散文中。

(2)**第三人稱本身視角**

是指正文中透過第三人稱的角度提出的描寫。例如茅盾〈我的學化學的朋友〉⑩大部分由第一人稱與第三人稱對話組成：

「……上海的男男女女就好像是一個新的人種，也是歷史上從來沒有的。從前我住在上海，並沒有過這樣的感覺，這次久別重來。我就分明感到了！我回到了故鄉，可是我好像飄洋飄到了荒島，什麼都是異樣的，我所不能了解的！」

本文是用第一人稱敘述觀點寫成，第三人稱「朋友」剛從國外回來，對國內的變化十分驚訝與不滿。第一人稱「我」變成第三人稱所批評的已經「異化」的新人種。本文饒富意味的是，此處陳述者的觀點與第一人稱觀點並不一致。

(3)**第二、三人稱轉述視角**

由第二或第三人稱轉述某個事情時，在轉述過程中進行描寫，稱為第二或第三人稱轉述視角。例如琦君〈靜止的風鈴〉⑪中云：

她追憶了一下說：「記得在一本雜誌上也看到過中國大陸的山水畫。有一幅畫的是一座光禿禿的山，幾棵枯萎的樹木，小河中一隻小小孤舟。山邊是一行彎彎斜斜的足印，一望而知是一份孤寂和徬徨；又有一幅記得也是一片荒蕪的山巒，矗立著一座孤塔，山後一片陰沉沉的天容。同樣是山水畫，看了卻叫你的心直往下沉，太不愉快了。」

上文由第三人稱的口中轉述一段「描寫」過程，山水畫中的景物描寫，此景物畫又透露出畫者的孤寂徬徨感。在轉述中也同時反映轉述者的觀點。所以，通過第二或第三人稱轉述視角，可以呈現的面會更多。

⑩ 見《速寫與隨筆》第五八頁。

⑪ 見《千里懷人月在峯》第二九頁。

第三節　描寫手法

描寫是把素材用文字呈現出來，其方法可以開宗明義、直截了當向讀者介紹，也可以轉彎抹角，婉曲含蓄向讀者暗示。也可以一部分直接透露主旨，一部分暗藏玄機，兼重字義與寓意的傳達。因此，描寫的方法大致上可分爲三種：(1)正寫(2)側寫(3)綜寫。片斷的描寫屬於正寫或側寫，要看那一部分在整篇文章所處的地位而定。以下試分別討論：

(一)正　寫

正寫是針對特定對象不用任何迂迴的方式，直接而正面進行描寫，使正文中描寫之客體成爲描寫的旨趣所在。例如蕭紅〈一天〉❶：

他在祈禱，他好像是向天祈禱。正是跪在欄杆那兒，冰冷的，石塊砌成的人行道。然而他沒有鞋子，並且他用裸露的膝頭去接觸一些冬天的石塊。我還沒有走近他，我的心已經為憤恨而燒紅，而快要漲裂了——我咬我的嘴唇，畢竟我是沒有抑起眼睛來走過他。他是那樣年老而昏聾，眼睛像是已腐爛過。街風是銳利的：他的手已經被吹得和一個死物樣。可是風，仍然是銳利的。我走近他，但不能聽清他祈禱的文句，只是喃喃著。

以上段落描寫一位凍餒行乞的老人，正面介紹他的姿勢是：行乞。他的衣著是：無鞋無衣——他裸露的膝頭跪在人行道上。他的身體是：年老昏聾、病眼。他所處的環境是：冬天銳利寒風侵襲中，他整個人已凍僵，因爲他的手如死物。以上都是用直接的說明性文字來介紹一位孤窮的老乞丐，分別從不同的角度正面描寫，並不嫌露骨、累贅。此外，上引文還有對第一人稱的描寫，很扼要的介紹他面對老者的高度同情。這兩項都是正面描寫，前者是形象描寫，後者是思維描寫。

正寫或側寫並非以文字篇幅來斷定。以上例子中，行乞老人與第一人稱「我」的地位相等，老人的處境造成「我」的強烈反應，二者爲因果關係，如果行乞老人居於陪襯關係，則第一人稱描寫變成正寫，而行乞老人一段則淪爲側寫了。

❶見《蕭紅散文》第一頁。

(二) 側　寫

側寫是指描寫的內容和被描寫的客體產生間接的、周邊的聯繫和關係，但在描寫進行中並不直接針對被描寫的對象，而是透過被描寫客體周邊的事件環境或人物進行描寫，藉以烘襯出要描寫的對象。側寫主要的功能不限於塑造人物的形象，在散文中的寫景小品，或詠物小品都可以透過側寫烘襯主要描寫的旨趣，所以側寫是一種間接描寫。散文中常見的側寫方法是透過氣氛的渲染來烘托和突出人物、事件或者環境的地位與作用，或者是透過描寫旨趣所在的客體，由周邊人事物的反應來突出其旨趣的特徵。側寫通常成爲正寫的前奏或間奏，而側寫有時出現的一個特殊面相是背面敷寫，也就是完全以相反的語氣，用嘲諷的方式，把旨趣寄寓於反面角度的摹寫。

趙雲〈故鄉〉❷云：

屋簷下那黃銅的風鈴，在微風中搖落細細碎碎的鈴聲：叮鈴鈴，叮鈴鈴，輕飄飄地勾起了一股愁意，湄公河畔的風，殘缺的佛像……有一種孤零凄冷的意味，尤其在這秋涼時分，懶散的陽光；夜變得漫長而帶著涼浸浸的寒意；小徑上鋪起了軟軟的黃葉，鄉愁就會乘機瀰漫開來，有時濃得化不開，有時卻淡淡地似有若無，徒給人增添一種悵然若失的感覺。

前三行是「興」，先描寫一段情景：細碎的風鈴聲、秋涼時節的冷風、懶散的陽光、軟黃的落葉小徑，漸漸涼浸浸的漫漫長夜等等，表面上都是情景正面的描寫；但在這篇散文中，他們不是全文的重點，只是重點出場的前奏而已。蓋前段描寫都是淒涼、孤單、寂寞、寒冷等情景，最容易引起人的愁緒。而由第二段文字，讀者知道「細碎的鈴聲使我回到了第一次流浪的歲月裏」，由此可知，前段所有描寫到的事與物，都變成勾起「鄉愁」的引子，雖然篇幅多，但居於陪襯地位，所以是側寫。如果刪去鄉愁的主題，前邊那一大段描寫文字則成爲景物的正面描寫。以上引文中的鄉愁直到末一句始爲正寫，它是由前邊的側寫烘托陪襯而引帶出來的正意。

又如蘇雪林〈我們的秋天〉第七則〈禿的梧桐〉❸有幾處描寫梧桐云：

不幸園裏螞蟻過多，梧桐的枝榦，為蟻所蝕，漸漸的不堅牢了。一夜雷雨，便將它的上半截劈折；只剩下一根二丈多高的樹身，立在那裏，亭亭有如青玉。

❷ 見《零時》第七三頁。

❸ 見《綠天》第三六頁。

一陣風過，葉兒又被劈下來。拾起一看，葉蒂已囓斷了三分之二，又是螞蟻幹的好事，哦，可惡！

但勇敢的梧桐，並不因此挫了它求生的志氣。

螞蟻又來了，風又起了，好容易長得掌大的葉兒又飄去了。但它不管，仍然萌新的芽，吐新的葉，整整的忙了一個春天，又整整的忙了一個夏天。

此處的梧桐多災多難，枝榦被螞蟻所蝕、雷雨所折、強風所劈，種種外力的傷害並不是文章的重點，重點在梧桐求生的志氣，不折不撓。所以，上述描寫都成爲正意的陪襯文字，是爲側寫。又如何達〈聞一多先生的畫像〉❹云：

聞一多看我給別人的畫像，左一個，右一個，高興了，對我說：「你也給我畫一個。」左手拿著速寫簿，右手拿著軟鉛筆，抬眼一望，我呆了。我知道，我不能畫，一下筆就是禍。平時，只覺得他可親、可愛、可信、可敬，並沒有細看他的相貌神情。這時，要動筆畫他，才驚覺他相貌神情之美。我知道，一下筆就會走樣。

以上三段文字分別有三種描寫指向。第一段是說作者善於畫人物肖像。第二段是說作者打算爲聞一多畫肖像，卻發現無法畫。第三段說面對聞一多的相貌神情時，才驚覺其美乃無法以筆墨掌握。以上三段描寫文字針對一個主題，就是聞氏的相貌，文中說是「美」，此一「美」的意思實包括靈魂動態等韻味，那是許多畫家無法捕捉到線條中去的。爲了要說明聞氏相貌之奇美，本文用前引三段文字來做陪襯，亦是側寫方法。

使用反語也是側寫的一種方法，作者不從正面去肯定或否定某件事物，但從反面去肯定或否定，由於使用特別語氣語法，因此使讀者能覺悟語言背後的正面意義。例如陳西瀅〈模範縣與毛廁〉❺：

> 無錫果然是中國絕無僅有的實業區。從火車站上望去，可以看見疏疏密密的三四十個大大小小的煙突，而且嫋嫋的在出煙。下了火車便可以坐洋車到中國洋式的旅館和飯店，或是直到有名的惠山。無錫也實在夠得上當中國的模範縣的名稱。雖然沒有自來水，卻有一口極深的洋井。城中居然有一座三層樓的圖書館，而且居然每天有二十個人去看書。

---

❹ 見《香港文學散文選》一集第六五頁。

❺ 見《西瀅閒話》第一〇九頁。

以上如洋車、洋式旅館、洋井等，都是反語。表面上說無錫因開發而現代化，實則指崇洋媚外。城中「居然」有圖書館，「居然」每天有二十人去看書。這種看似讚美的語言，其實是諷刺三層樓圖書館一天只有二十人去利用，此地缺乏讀書風氣可知。這等等反語充斥於描寫文字中，所以「無錫果然是中國絕無僅有的實業區」、「實在夠得上當中國的模範縣的名稱」等等也都順理成爲反語了。

(三) 綜　寫

散文創作中，有時描寫以正寫爲主，以側寫爲輔，有時反過來。因此，整篇散文必然正寫與側寫兼而用之。此處所要談的是，在某些描寫段落中，也有把正寫、側寫交雜鎔爲一爐而冶之，乃至難以區分者，這種方法，稱爲綜寫。例如周作人〈碰傷〉❻全文幾乎都是用反語組合起來。這篇文章是對一九二六年三一八慘案的批評。當時段祺瑞政府槍殺請願人民，造成兩百人傷亡，但是政府報紙卻說那只是「碰傷」，本文即針對此一事件而寫，文章第三段說：

近日報上說有教職員學生在新華門外碰傷，大家都稱咄咄怪事，但從我這浪漫派的人看來，一點都不足為奇。在現今的世界上，什麼事都能有。我因此連帶的想起上邊所記的三件事，覺得碰傷實在是情理中所能有的事。對於不相信我的浪漫說的人，我別有事實上的例證，舉出來給他們看。

「教職員學生在新華門外碰傷」就是一個反語描寫，他們明明是被槍殺及槍傷。但是上一句加上「大家都稱咄咄怪事」則成爲正寫。作者又說「碰傷實在是情理中所能有的事」又是一句反語。基於這種正反的弔詭語氣，接下來的描寫是：

三四年前，浦口下關間渡客的一隻小輪，碰在停泊江心的中國軍艦的頭上，立刻沉沒，據說旅客一個都不失少。（大約上船時曾經點名報數，有賬可查的。）過了一兩年後，一隻招商局的輪船，又有長江中碰在當時國務總理所坐的軍艦頭上，隨即沉沒，死了若干沒有價值的人。年月與兩方面的船名，死傷的人數，我都不記得了，只記得上海開追悼會的時候，有一副輓聯道，「未必同舟皆敵國，不圖吾輩亦清流。」

以上兩樁撞船事件都是正寫。但正寫中隱藏著側寫，例如「死了若干沒有價值的人」、「旅客一個都不失少」等都是反語。其正寫部分也因「小輪」碰「軍艦」在微妙的並置中產生似

---

⑥ 見《澤瀉集》，《周作人全集》一冊第一七五頁。

正實反的諷刺效果。

又如陳明〈三訪湯原〉❼敍及一九六七年文革期間，丁玲於睡夢中突然被紅衛兵揪走，陳明敍道：

我披著棉襖，追到門外，只有滿天星斗懸在寒冷的夜空，殘月透著微紅的淒慘的光浮在西邊的地平線上，我像落在一個毛玻璃似的世界裏，在淡淡的霧似的光亮中望著寂靜的四方，看不到一個人，聽不到一點聲響。我跑到街頭，零落的幾盞街燈，孤寂的閃著幾點淡黃的光。

「我」披棉襖、追趕等爲正寫，立刻接著是屋外的夜景，便是正寫側寫交融。因爲它不僅有作者客觀的觀察，也有作者內心主觀的感覺。例如滿天星斗、殘月孤懸、街燈零落等爲客觀的事物，其描寫固爲正寫。但是夜空之「寒冷」、月光之「淒慘」、街燈之「孤寂」則純係作者心理之反映，可是正文不直接描寫，乃以景物暗示，是爲側寫。這其中還把自己譬喻爲落在毛玻璃似的世界裏，亦是側寫。如此正側綜合而寫，「我」之孤單之情，無力之感便畢現紙上。

❼ 見《丁玲散文選》第一六二頁〈附錄〉。

第四節　描寫類型I

描寫類型從兩種不同角度來畫分，可以分爲兩類，將在此兩節中分別討論。第一類型的畫分基礎是依描寫客體的性質來分類，透過被描寫的客體性質，還可以把描寫再分成三類：(1)環境描寫(2)人物描寫(3)事件描寫。❶前已說過，描寫只是敍述的基礎單元，在散文的段落中出現。可是本節爲了探討描寫的功能，因此不免把注意力放在連續性的描寫在全篇文章中的作用。在舉例說明時，將做通篇的關照。

(一)環境描寫

所謂環境，是指文學作品中環繞著人物和人物活動所展現出來的相關行爲條件，及生活因素等等的構成，它包含人物活動的時間、處境、場合以及人際關係，甚至關涉到歷史社會的大背景，但是在本書中對於環境一詞以及環境描寫，賦與限定的解釋，凡是人物以外一切

---

❶有關描寫客體之分類，實可以無限細分。下文之分類，僅舉大要以供參考。目前已出版許多描寫辭典，分類極細。例如《文學描寫辭典》、《人物描寫辭典》、《最佳心理描寫詞典》、《科學文藝描寫辭典》等等。

非事件性的對象爲描寫客體者，統稱之爲環境描寫。

環境描寫常常成爲散文中眞正的旨趣所在，這乃是散文和小說不同的地方之一，因爲小說本身無法脫離以人物與情節爲中心的構成觀念，但是散文如物趣小品、景觀式遊記，環境的本身就成爲縱貫全文的主題，人物以及敍述者本身的思考，反而淪爲次要地位，在此情況下，環境描寫超越了小說中陪襯的地位，而可以構成獨立單元。換言之，在各種不同類型散文中，有時描寫和小說中的描寫地位相同，是基於陪襯、烘托、渲染的地位，以支持主要描寫的對象。但是有時候描寫本身已經獨立成爲一個完整自足的段落，而成爲主題的旨趣，成爲藝術表現的完整客體。環境描寫又可分爲人文環境描寫與自然環境描寫。

(1) **人文環境描寫**

舉凡生活周圍存在的器物、建築、街巷以及其他人工塑造的物品及景觀，都是人文環境構成的要素。針對以上客體進行描寫，則爲人文環境描寫。描寫人文環境，一方面可以完成它獨立自足的審美對象，另方面又可以成爲記載書寫者心智情感的表現主體，許多以單一器物爲主題的連綴性散文正是此類人文環境描寫的有力例證。

例如陸蠡〈燈〉❷對於中國鄉間古式的青油燈描繪極爲詳盡，不僅關於燈的來歷、造型、鑄造方法、用途，還包括它被使用、流傳的情形，作者歷歷敍來，毫不含糊。然而，散文如果只是單純介紹器物，則僅是一篇乾燥的報導或者說明性文字。〈燈〉的文學價值就在這些報導、說明之外，賦予人文意義及投射精神價值。讀者赫然發現，那只精緻、古老、實用而發亮的燈，正是影射文中主角：那位少婦。擴大一點看，乃是影射中國傳統的婦女。肯定燈的地位，就是肯定傳統婦女在社會中的重要性。試看該文如何描寫燈：「用生鐵鑄成燈碟」，如果髒了，只要把油傾去，放在火中燒一陣再往水中一浸，立刻煥然一新，不但日新又新，且經久耐用。「有一次，一位遠房的伯父隨手翻起一只錫製的燭臺，底面寫著一行墨筆字，『雍正七年監製』」，該是兩百年前的古物了，「而仍是完好的被用著，被隨便地放在隨便的角落，永久不會遺失」，這些描寫文字在在都是雙絹燈與人的特質。少婦是擎燈的人，她最接近燈、主控燈，因此可以用燈指涉少婦。由她來點燈最適當不過：「驀然一室間都光明了」她正是一個平凡家庭中不平凡的燃燈者。像「燈」一樣，她默默的燃燒自己，溫暖著家人與親戚。

「燈」不僅指中國傳統鄉間某一個家庭中的某一位少婦，它還指許多鄉村中的無數婦女。前邊說過，一位遠房伯父隨手翻起「一只錫製的燭臺」並未指定是文中少婦手上的燈臺，那「隨手」代表的是隨處可見。這些像古董般珍貴的燈，在鄉間竟然「被隨便地放在隨便的角落，永久不會遺失」，證明她們在家庭中不可或缺的地位，但卻實際上被人忽略其存

---

❷ 見《陸蠡散文集》第一一二頁。

在與意義。它竟不會遺落消失，因爲「這燈擎是祖母隨嫁帶來這家裏的。後來這祖母的女兒長大了，這燈擎復隨嫁到另一姓。那位女兒又生了女兒，女兒長大之後，又嫁給祖母的孫孫，這燈擎復隨嫁回到這祖母的屋子裏來。」「燈」不僅由母親傳給女兒，再由女兒傳給女兒的女兒，代代相傳，而且中國人喜歡親上加親，傳來傳去，還不是傳回自己家來了嗎？女性的美德正是如此薪火相傳著，且在自己的國度裏生生不息。

老式青油燈的燈光「是這樣地安定，這樣地白而帶青，這樣地有精神。」，爲中國傳統社會所接受、喜愛。所以來聊天的伯伯們都嫌「城裏」點的「洋燈」不好，「叫人看得不服眼」，「洋油那裏比得上青油！」男性在不自覺中已給兩種燈（女性）品評出分數。總結而言，燈在這篇文章中，不僅顯現出器物本身的價值與光華，同時透過物人雙寫，把中國傳統女性的地位給予肯定的讚許。實際上可以說，器物的燈只是陪襯，作者文化思考的影射意義才是全篇的正意呢。

胡寶林〈失巷的文明〉❸描寫越南、臺北、愛琴海及維也納等地以街巷建築爲主的人文環境。作者爲建築學者，不僅有專業建築的學識，也有閱歷諸城市的經驗，復有人文發展的省思。因此，描寫街巷不僅歷歷如繪，也同時帶出作者個人對街巷建築的喜好，以及文明城市發展的批評。他很眷戀越南及臺北市的老舊街巷，尤其臺北街巷：

我們住過同區附近的兩條巷子。這是四層公寓的六米巷道，雖然滿巷鐵籠，窄巷的尺度仍然把鄰居距離拉近。同樓的對戶有個大男生和我家小孩玩得熟絡，後來他大學聯考，居然考到我教書的班級來，成了我的學生和好鄰居。五樓有一戶人家，家裏有兩男兩女，都已在社會做事。孩子也不放過他們，常到樓上去打擾，纏著「大哥哥」、「小姐姐」玩遊戲……

我在巷子洗車時認識了對面師專的老師，孩子從此可就近學琴。二樓的陳太太常幫忙代繳上門現收的水電費；樓下豆漿店的老闆每次讓我取水洗車；郵差先生用鄉下的茶葉和我們交換外國郵票。有幾回，我帶著自己的孩子及幾個學生義工在巷口公園和社區裏的兒童畫畫演戲，他們畫得一巷子的彩色粉筆，陽光和笑聲灑了一滿地。

作者用相當多文字描寫早期臺北市區街巷裏的居住環境充滿人的情與趣。可是這樣的巷弄已是「快下完的一盤棋」，因爲都市發展的結果乃是：

臺北市住宅區棋盤式的巷弄，四通八達。

幾乎每條巷子都停滿汽車，計程車和幼稚園娃娃車每日穿梭其間。我也不放心孩子自

---

❸ 見《中國時報》，一九八七年八月二十四—二十六日。

己在巷子中遊戲……

車輛強奪一巷的活力。爾後恐怕只有「野孩子」、販夫和浪人才敢在巷子的汽車陣中剪接自己的影子。

二十年前的小孩，大都已經就業他遷，新搬來的白領階級，襯衫穿著整齊，不露肺腑胸膛。錄影機和電腦遊戲取代鄰居的對話；停車位代替家家門前的竹椅板凳。

我們忘卻當年阿公阿嬤陪孩子在陽溝邊玩耍的景象，忘記半夜被巷子吵醒，跟著鄰居大喊捉賊的童年。

老者漸漸住到金山的養老院去。許多花信少女、白馬少年正日夜在籠子公寓內備考。

聯考過後，青春學子又遠去升學。只剩提著菜籃的家庭主婦和背著書包的小學生，躲閃地穿過滿佈汽車的棋盤陣。

臺北的巷弄，一盤快下完的棋。棋盤上的笑聲和童年，即將被汽車棋子逐個擠出局外。

臺北市建設使巷弄「四通八達」的結果，並沒有使人與人之間的感情更加能通能達，恰好相反，街巷間的人情味完全被抹煞，孩子失去活動地區，人類不但失去老年（到金山養老院）也失去童年、青少年。被代表文明的「汽車」驅逐了人類的幸福（笑聲）。本文描寫臺北早期街巷時，也不完全滿意舊式街巷的人文環境，例如用擴音器播放的叫賣聲、居民齟齬時，噪音擾耳等等。究竟理想的街巷在那裏呢？他終於在愛琴海的希達羅島找到了：

我貪婪的走向山坡。一棟棟白屋連成巷子，一條曲徑走出一頭驢子，一角凹地引入一座白色的小教堂。像國畫的手卷，我捲出下一個景物，又貪婪地回頭再攤開上一場景。

天空染了一片藍。畫面的空白處留給房子和土地。

白牆、白地，比漂白過的萱紙還要潔白。島上的居民每年在復活節前都有個習慣，把屋牆和地面用白灰水粉白一遍。

由海邊高眺，房子像島上漁民，一個個堅實謙虛，用簡單方整而細小的窗眼向海微笑。由山上鳥瞰，則杏瓦斜陽夾雜百花綠樹和曲徑羊腸，輝映海水閃爍的波光。

白石曲巷有矮石牆，路邊入口牆頭置個大花瓶或橄欖醃甕。牆內有院，院前有花叢半掩的花架和石柱門框。門框或梯級扶手，漆上對比的色彩。大概不出三種顏色：海天的深藍、草原的深綠和土地的深褐。框邊深色的線條，襯在大塊的白牆上，像蒙得利安的構成畫面。強烈而粗獷的陰影，配上紅花綠葉，甚至有點像齊白石樸拙的畫風，和諧中帶有原始的張力。

此段描寫寓藏著作者心中人文環境的理想，它被描繪得近乎不存在，因爲當他從海島一回到雅典，立刻又是都市文明畫面撲人而來：

近四百萬人口的雅典市，密麻灰黯。除了數處有廟柱殘墟和老城區的觀光夜市還值得緬懷之外，雅典市幾乎一種面目：玻璃幃幕牆商業大廈、被陽臺包圍一圈圈的平頂公寓和四十萬部汽車的污染。（像不像臺北？像不像臺北？）

夾在臺北與愛琴海小島之間的是維也納，它是「有刺的玫瑰乾花」：

維也納也有巷子。城裏用「巷」來命名的街道，通常至少有十二至十五公尺的寬度。巷的兩旁有狹窄的人行道，雙邊有停車位，中間是車道。住宅區側巷的地面層多為出租倉庫，少數為住家。平日靜寂，行人稀少，沒有小孩遊戲，更沒有人敢在樓下大喊陽臺上的名字。地上沒有紙屑，卻有許多狗糞狗尿。

五層高的舊樓房，看起來有新樓房的七層高度。有些屋面被洗得整潔傲慢；有些日久失修，烏黑黑的表面雖然帶著蕭瑟落魄的疤痕，卻也尊嚴得隱現昔日的風華……

每逢假日，美麗的巷子更是肅穆得有如天堂一般的平靜，尤其是艷陽高照的周末，有

> 車的維也納人都逃逸到郊外或河邊……
>
> 死寂的高樓和寬巷，也許是建築政策的敗筆……
>
> 樓高則令居住者遠離地面，巷寬則只方便汽車行駛。個人主義的孤獨生涯，疏離了鄰居和朋友。孤獨、自閉和神經質，寫下了許多自殺和離婚的紀錄。

維也納的建築沒有臺北及雅典的缺陷，但是又產生自己的弱點。城市建築雖然整潔，街巷寬敞，但整個人文環境卻冷漠如冰窖。教育把人民訓練得彬彬有禮，懂得社交，但是「能握得到別人的手」，卻「觸不到別人的心」，整個城像個自閉症的訓練場所，以「有刺的玫瑰乾花」形容，可以說相當妥切。

由文中幾種街巷圖，讀者可以發現作者對人文建設的關注點，寧可窮陋雜亂而不失其醇眞溫暖，也不願意高樓大厦，街寬巷廣，出入便利而人情寡淡。「巷」在文章中已由建築的考察提昇到深層的人文思維。二十世紀的文明建設已使人類「失巷」，這是一宗世界性的危機：

> 紐約、巴黎、西柏林、雅典、東京、香港、新加坡、臺北和搭上末班車的今日北平，都在玩「寬街」、「大厦」、和「光輝城市」的遊戲。巷弄式的居住文化，漸漸消

失。失巷的居民從此失去鄰居。

〈失巷的文明〉由大量描寫街巷的段落組合而成，我們必須串連通篇描寫，才能發現本文已把實物轉化爲象徵系統，使得作者豐富的專業知識與強勁的人文思考自然融滙進文學之中。

(2) **自然環境描寫**

對山川大地時空等等自然構成的條件所進行描寫的段落，稱爲自然環境描寫。自然環境描寫又可分爲兩類：

(a) **時間描寫**：例如光陰、季節以及其他跟時間有關的描寫。此類描寫通常把抽象的時間化入具體的形象中。

(b) **空間描寫**：對於自然環境中空間存在的各種形象來進行描寫，稱爲空間的自然環境描寫。舉凡天文、氣象、水文、地理以及大自然中的動植物等等都是這一類型描寫的客體。

時間是抽象的，它分明有流動性，可是無法觸摸更不能掌握。豐子愷思考時間的特質乃是〈漸〉❹，它是「使人生圓滑進行的微妙的要素」，它的作用，是「用每步相差極緩的方法來隱蔽時間的過去與事物的變遷的痕跡」，這是用抽象思維來描寫「時間」。大部分作者則是用具象來描寫時間，例如蘇偉貞〈歲月的聲音〉❺：

……風吹雨淋，椅子十分有歲月的顏色……

……太陽一落，毫無準備下，黎明驀地就冒闖而來。

光陰不但有顏色而且有動作、有聲音，完全立體化。至於朱自清寫〈匆匆〉❻的角度跟豐子愷不同，豐氏從光陰流逝於不知不覺的角度著眼，人乃衰老於緩慢的時間之流裏。朱氏則從光陰無一刻停腳，使人快速失去生存的歲月。角度雖異，其主旨則相同。相互對照，可以比較描寫方法實是因文而生，並無定格。

片斷描寫季節，成爲散文中的陪襯，其例所在多有。以季節爲描寫主題的作品也很多。例如郁達夫〈故都的秋〉❼，文中每一段都針對秋而描寫。有從反面寫江南之秋不及故都之秋者，也有正面寫北國之秋者。有從整體描寫北國之秋給人感覺的，還有從北國的槐樹、秋蟬、秋雨、菓樹等最具特色的地方全力描寫，以見故都之秋不同凡響。例如秋雨段：

還有秋雨哩，北方的秋雨，也似乎比南方的下得奇，下得有味，下得更像樣。

---

❹見《中國近代散文選》第一七〇頁。

❺見《歲月的聲音》第五二、五七頁。

❻見《朱自清全集》第六二頁。

❼見《閑書》第六四頁。

在灰沉沉的天底下，忽而來一陣涼風，便息列索落的下起雨來了。一層雨過，雲漸漸地捲向了西去，天又青了，太陽又露出臉來了；著著很厚的青布單衣或夾襖的都市閑人，咬著煙管，在雨後的斜橋影裏，上橋頭樹底去一立，遇見熟人，便會用了緩慢悠閒的聲調，微嘆著互答著的說：

「唉，天可真涼了——」（這了字念得很高，拖得很長。）

「可不是麼？一層秋雨一層涼啦！」

北方人念陣字，總老像是層字，平平仄仄起來，這念錯的歧韻，倒來得正好。

此段並未針對雨本身而描寫，而是針對雨下得奇妙、有味而寫。更妙的是故都的「都市閑人」跟這雨搭配成一副聲色俱絕的立體圖畫，如此才讓人在「下得奇，下得有味」之外，還有「下得更像樣」之感。季節描寫配合人文現象及作者的文化思考而寫，就豐富蘊藉得多。前面的光陰、季節爲時間的自然環境，其實在描寫時都不可避免的也會涉及空間因素。至於其他的時間描寫客體，例如早晨、黃昏、深夜等亦然。

空間的自然環境描寫客體則更多。有的居於陪襯地位，例如陳義芝〈我徂東山〉❽首段：

羣山擁立著荒野的圖騰，當我們仰望，彷彿有鐘聲一排排「噹！噹！」地傳來，每一聲都是莊嚴宏偉的召喚，鼓舞人拾階而上，跨過這一峯又那峯；在飛瀑下豪放、絕崖邊騁思，在空谷跌宕的清寂裏縱歌。

此處作者一改慣常溫婉的文字風格，呈現陽剛的氣勢。本段僅描寫山及瀑布，但是敷陳甚是用力。例如「羣」山，「擁」立，「荒野」，可見山多而有勁氣，又如從洪濛初闢的原始走出，不論時間空間都有超越感，氣勢乃大。接著一排排的「噹噹」聲音，其實是虛擬的，完全係因雄偉山勢造成的幻覺；在這種糾結的羣山中，懸掛的瀑布自然豪放跌宕。此段描寫景物實爲全文的「興」，引帶下文「行軍」的氣氛，是爲陪襯之筆。

陳明〈三訪湯原〉❾敍寫陳明三訪湯原，始把丁玲帶回「家」，在由兩位紅衞兵押送的回程中，作者寫道：

雪後的晴天，真是玉宇無邊，清澈透明，萬里平原，成了一派晶瑩世界。不多久，我們的眉眼上都凝結著一排細細的冰花，我們盡情呼吸著我們最喜歡的、充滿了生的鬥爭的、北大荒冬天特有的冷冽的新氣，我和D會意的互相望著，高傲地在深厚的雪道

❽見《在溫暖的土地上》第九五頁。

❾見《丁玲散文選》第一六二頁〈附錄〉。

上穩穩地走去。我們忘記了一切，忘記了這一個多月的分離，忘記了我們曾經受過的苦難，忘記了我們現在的處境，忘記了等著我們的更加艱險的未來。

一對受盡折磨的患難夫妻，經過長久分離，終於團聚，互相扶持，走在北大荒冰天雪地之中。由於團聚的時光太少，分離的事實隨時可能發生，使這對夫妻格外珍惜共處的時光。冰天雪地，可以使人寒顫凍餒、志氣萎靡，可是，廝守的幸福感，使他們精神振奮，這種心情下觀察的雪景，自然是「玉宇無邊，清澈透明，萬里平原，成了一派晶瑩世界」，此處描寫的自然環境優美如仙境。事實上，北大荒此時冷冽異常，下一句立刻給我們訊息：「我們的眉眼上都凝結著一排細細的冰花」，這寒冷的景物環境實在已象徵他們目前的處境，可是，只要兩個人能在一起，便能化冷冽為清新，便可以高傲地、穩健地往更加艱險的未來行去。此段雪景描寫也做了相當成功的陪襯作用。

何其芳〈雨前〉[40]融氣象、水文、地理、動植物等自然環境於一爐，例如：

幾天的陽光在柳條上撒下的一抹嫩綠，被塵土埋掩得有憔悴色了，是需要一次洗滌。還有乾裂的大地和樹根也早已期待著雨，雨卻遲疑著。

我懷想著故鄉的雷聲和雨聲，那隆隆的有力的搏擊，從山谷返響到山谷，彷彿春之芽就從凍土裏震動，驚醒，而怒茁出來。細草樣柔的雨聲又以溫存之手撫摸它，使它簇生油綠的枝葉而開出紅色的花。這些懷想如鄉愁一樣縈繞著使我憂鬱了。我心裏的氣候也和這北方大陸一樣缺少雨量，一滴溫柔的淚在我枯澀的眼裏，如遲疑在這陰沉的天空裏的雨點，久不落下。

以上兩段文字都針對「久旱不雨」描寫。第一段是大自然缺乏雨水滋潤，呈苦旱荒涼之景。第二段是自然環境中的人也企盼雨水，於是懷想故鄉的雷聲雨聲。作者身處乾燥多塵土的北國，其故鄉則是雨潤風清的南國，因此第二段回憶故鄉的雷聲雨聲，不論隆隆有力的搏擊，或是細草般溫存的撫摸，都充滿生命的活力。由北國之乾旱到南國的憶想，歸結於「我」心中如雨的淚，亦呈乾涸之態。「我心裏的氣候也和這北方大陸一樣缺少雨量」，立刻使讀者領悟，以上有關氣象、景物之描寫，乃是爲陪襯此一句而來。「心中缺乏甘霖」才是描寫的重心。

秦牧〈海灘拾貝〉⓫有許多關於海灘、貝殼、貝殼商店等的描寫。乃是極富科學性、知識性的小品文，它描寫貝殼云：

⓾ 見《畫夢錄》第一五頁。

⓫ 見《秦牧知識小品選》第八一頁。

令人目迷五色的各種貝殼，有大得像一顆椰子、一頂帽子、一枝喇叭的，它們的名字就叫做「椰子螺」、「唐冠貝」、「天狗螺」。也有一些小得像顆珍珠，可以讓女孩子串起來做項鍊的。它們有形形色色的狀貌，因此人們也就給起了一些五花八門的名字。像傘的叫做「傘貝」，像鐘的叫做「鐘螺」，像小扇的叫做「扇貝」，像蜘蛛的叫做「蜘蛛螺」，像髑髏的叫做「骨貝」，還有鵝掌貝、鴨腳貝、冬菇貝等等。有一些貝殼，只從它們的名字就可以想見其令人驚艷的容貌，像錦身貝、鳳凰貝、花瓣貝、初雪貝等就是。還有一些貝殼，給人叫做「波斯貝」、「高麗貝」，使人想見古代各國船舶往來，外國商人拿出新奇的貝殼來，人們圍觀嘖嘖讚美的情景。

在作者筆下，貝殼不僅千奇百怪，且美麗異常，他們比被歌頌的瓷器還精緻有韻味；它不但美觀，且實用，曾經是人類最早的銀幣。作者不僅給讀者許多有關貝殼的美感啓發，也提供許多貝殼的常識。甚且更進一步，描寫海灘的生存環境，帶入哲理思考的層次：

海水受月亮的作用，每天漲潮二次，在高潮線和低潮線之間有這麼一片海灘。這裏熙熙攘攘地生長著各種小生物，不怕乾燥的貝類一直爬到高潮線，害怕乾燥的就盤桓在低潮線，這兩線之間，生物的類別何止千種萬種！潮水來了，石頭上的牡蠣、藤壺，海灘裏的蛤貝，紛紛伸手忙碌地撲食著浮游生物，潮水退了，它們就各各忙著閉殼和躲藏。這看似平靜的一片海灘，原來整天在演著生存的競爭。這看似單純的一片海灘，內容竟是這樣的豐富，單是貝類樣式之多就令人眼花撩亂。這看似很少變化的一片海灘，其實岩石正在旅行，動物正在生死，正在進化退化。人對萬事萬物的矛盾、複雜、聯繫、變化的辯證規律認識不足時，常常招致許多的不幸。而一個人在海灘漫步，東撿一個花螺，西拾一塊雪貝，卻是很容易從中領會這種事物之間複雜、變化的道理的。

前一段引文是知識性的描寫文字，此一段則由許多客觀描寫轉入哲理思考。看似平靜的海灘，實際上存在著變化而複雜的競爭。不僅在海灘世界上有矛盾、複雜、聯繫、變化等辯證規律，人類生存的世界亦是。由此可見，前段貝殼之具有千般面貌、萬種風情，正是在複雜的世間淬練出來的。可見前段精緻的描寫文字的作用又是陪襯正意了。

由上諸例可知，散文全篇以時間或空間等自然環境爲描寫對象者並不多，許多描寫或止於段落，或者由許多段落連綴起來，大多作爲陪襯或加強主題之用。

(二) 人物描寫

人物描寫，就是針對特定的人物進行描寫，不論是概括描寫、速寫或者人物特寫，都是人物描寫中的主要描寫方法。在散文中人物描寫的地位和小說中的地位同樣重要；人物是藝術作品中的形象主體，也是所有審美及創作藝術性的核心，所以人物描寫往往最見散文家功力之處。

人物描寫相當複雜，因爲它包括心理及生理兩大部分。作品不但要掌握人物外觀和行動，同時要跟他的心理印證。因此，人物描寫可分爲：心理描寫及形象描寫兩類。

(1) **心理描寫**

心理描寫是針對人類心理活動的描寫，它其實是動態的描寫，不是靜態的觀察。散文家必須能以虛化實，把抽象的心理活動轉換成讀者可想可知可測的正文。事實上人物眞正的特徵及個性是必須透過心理描寫來揭示，也只有通過生動細膩的心理描寫才能掌握文學人物的眞正本質。心理描寫對象，不僅是人物表面上的所感所悟、所思所想，同時也包含一個人的幻覺夢境及潛意識等等，都可以納入心理描寫的範疇。心理描寫又可以分爲：(a)情態描寫(b)言詞描寫。

(a) **情態描寫**：情態描寫是把人物的各種心理狀況、各種抽象的感覺，例如快樂、悲傷、愛戀、寂寞、惆悵、焦急、思念等等表現在正文中。人物內心有「情」，外發而成「態」，所以，它不僅透過人物臉部表情，情態時常會經由動作暗示出來，例如姿態、行爲、語言等等，而且因時、因地、因事表現的狀況又不同。例如思果〈私念〉⓬：

> 我不能安寧已經日甚一日。因為心中有兩個念頭在和我為難，我既想向那個陌生的女子求愛，又怕自己的殘疾害她終身。我二十年來從來沒有廢讀，任何憂患不能把我從書本上摘去。我有我的日課，從不間斷。讀書讀得入神的時候，世界翻個身也不覺得。但是這個女子的顧盼卻使我無時能忘。我一時想得過分，就想和她親近了再說，什麼後果也不用擔心，讓後果照顧後果好了。但回過頭來一想，又覺得自己自私可鄙來了。我的道德力終又佔了上風，不過這樣佔上風的時候並不能持久，過了兩天又軟了。又走上了那條遇得著她的道路。

〈私念〉敍寫一位單戀男子的心理。上面一段描寫包括主角的生活失去秩序、心情不寧靜，矛盾的念頭在內心掙扎，此消彼長。其過程是內心有了感應、想念，導致他的行動——每次走上可以遇見她的那條路。可是又因自卑感而退縮，導致他回家後的難堪，心裏的一再掙扎。情態絕少只有行動或僅有心態，必然是心理影響行動，行動牽扯心理，互為因果。情態

⓬見《私念》第七頁。

描寫往往要依靠後敍的言詞描寫、形象描寫輔助完成。例如許地山〈疲倦的母親〉⑬用許多片段文字描寫一位母親的疲倦

……一個中年婦人，支著頭瞌睡。

……舉起頭來，把眼略睜一睜；沒有出聲，又支著頭睡去。

「媽媽，聽我唱歌罷。」孩子對著她說了，又搖她幾下。

母親帶著不喜歡的樣子說：「你鬧什麼？我都見過，都聽過，都知道了，你不知道我很疲乏，不容我歇一下麼？」

以上除了正面描寫母親的疲倦，也有側面描寫，例如她是個中年婦人，人間許多的事，她都見過、聽過、都知道了，她的疲倦不僅來自身體的勞累，更重要的是在人生旅途中跋涉的辛苦使她疲倦，她對未來人生已無興趣，這是心理的倦怠。在這篇文章中，跟「母親」成對比的是她的孩子，他靠近車窗坐，興奮的看遠山、近水，「一幅一幅，次第嵌入窗戶，射到他底眼中」。孩子小，對世界充滿好奇與興趣，主動接近世界，山水「射」到他眼中，其實是反寫，乃是他努力觀察山水，他對山水的反應是「手畫著，口中還咿咿啞啞地，唱些沒字曲。」天眞兒童，未曾入世，對人間充滿讚美與欣喜，表面描寫動作，實際暗示心理狀態，

利用許多片段描寫，把兩種人物的情態做爲對比，讀者自然能從情態中領悟生命的本質：歲月足以消磨生機，所以大部分的人都將在疲倦中睡去。

(b)**言詞描寫**：言詞描寫，是透過人物的言詞來間接暗示人物的心理狀態，它和情態的心理描寫不同，情態描寫是由陳述者的視角直接掌握人物的情態特徵。言詞的心理描寫，則是一種間接的描寫手法，乃透過正文中人物的獨白、對話或議論的方式，經過語言的交流和溝通過程以開啓人物心理的訊息。散文中常見的是心理描寫中的情態描寫，而言詞的心理描寫往往是意識流小說中主要呈現人物心態的方式，但是散文也可以用言詞來暗示心理。言詞描寫的對象可以是發言者的心理，也可以是第三者的心理。例如方娥眞〈我最喜愛的眺望〉⓮：

……有一天晚上阿廖來敲我的門邀我出去吃宵夜。我們一起去吃麵，他請我吃鴨肉。平時阿廖吃起東西都不管人的，也默不做聲。他和我常有相同的眼光，兩人不約而同選中一塊食物，只是他眼明手快，永遠快了一步，一雙筷子瀟灑的一個手勢，就把我的理想奪去了。我總是很氣他這一點。這次他卻比誰都客氣啦，一直吃著他的麵，彷彿要把那碟鴨肉留給我，我覺得他想讓給我，就對他印象很好了。結果兩人都吃著麵，留下鴨肉在桌上。

⓭ 見《許地山散文選》第七五頁。
⓮ 見《日子正當少女》第八五頁。

以上整段都是第一人稱獨白體，其中描寫兩個人物：「我」與阿廖。兩人平時都貪嘴，又不相讓，在挾菜之戰中，「我」老是屈居下風，很生氣。但這一回不同。阿廖很客氣，不但主動請客，請對方吃愛吃之物，而且特別禮讓鴨肉，這種舉動使「我」感動，竟也客氣相讓，結果落得鴨肉留在桌上。此段獨白同時描寫兩個人物的心理，阿廖對「我」特別客氣禮讓，這是外在行動，其內在心理必是因對方男朋友不在，他代替朋友照顧她。而「我」呢，心理轉變更爲明顯，由爭食而讓食，內心的感動就不言而喻了。

　　獨白可以分別運用在敍述者及人物視角上，都是直接描寫人物心理的方法。更多的是透過雙方對話或人物行動、表情，讓讀者掌握人物內心深處的感情思想。例如丁玲〈牛棚小品〉[15]寫丁玲跟陳明夫妻都被監禁於牛棚中，雖不得見面，總算住在同一屋頂之下，而且偶然還有碰頭的機會。可是突然有一天丁玲被揪走送去「勞動」，臨行夫妻匆匆見面：

> 於是，C幫助我清理那床薄薄的被子，……還有幾件換洗衣服。為了便於走路，C把它們分捆成兩個小卷，讓我一前一後地那麼背著。
>
> 這時他遲疑了一會，才果斷地說：「我走了。你注意身體。心境要平靜，遇事不要激動。卽使聽到什麼壞消息，如同……沒有什麼，總之，隨時要做兩種準備，特別是壞的準備。反正，不要怕，我們已經到了現在這種地步，還有什麼可怕的呢？我擔心你

……」

我一下給他嚇傻了……

文革時期，丁玲被判爲嚴重的右派份子，在六十五歲高齡，仍然被監禁、下放、勞動、批鬥。最傷害她的是夫妻不能團聚。沒有明天，是他們心靈最大的威脅。上引文字中離別時陳明跟丁玲說的話，充滿了絕別的意味，顯然陳明心中藏著不敢告訴妻子的壞消息，他希望妻子心理有個準備，但又怕嚇壞她，因此語言吞吐猶疑，而鶼鰈之情，難分難捨，都在此際流露出來。最後一行描寫妻子的反應，可看出心靈互動的關係。

張曉風〈半局〉⑯敍寫一位愛憎分明的人物杜公，有一段云：

他另外討厭的一個人一天也穿了一身新西裝來炫耀。

「西裝倒是好，可惜裏面的不好！」

「哦，襯衫也是新買的呀！」

「我是指襯衫裏面的。」

⑮見《丁玲散文選》第一五〇頁。

⑯見《你還沒有愛過》第一七頁。

「汗衫？」

「比汗衫更裏面的！」

此段對話同時表現兩個人物的心理。問者層層相逼，毫不留情，表現他嫉惡如仇的心理。被問者因得意而忘形，被抽絲剝繭得已沒法遮羞尚且無自知之明，正是小人得志的心理。

散文中的議論描寫也能呈現心理狀態。它或出諸敍述者之口或出於人物之口。前者夾議論於描寫文字中，後者則出現於人物的對話裏。議論是作者表達主題的重要部分，必須成爲散文有機組成的一部分。例如何其芳〈坐人力車有感〉⓱直接由第一人稱視角出發，一開頭就說：

> 坐在車子上，讓別人彎著背流著汗水地拉著走，卻還有什麼感想，而且要把它寫出來——真是可恥笑的事。

此段出於第一人稱視角的議論，一開始就橫掃千軍，嘲諷對象包括敍述者自己。因爲接著第二段開頭就說：「然而事實上我常常坐車，常常看見人坐車，人拉車，也常常有感想，」以上人物的矛盾心理是透過議論而呈現。全文的議論終結是希望人力車能消失於人間。這許多議論都由第一人稱心裏發出，並連綴而成，其串連的基本因子乃是人道精神，此爲人物心理的底層，讀者不能忽視。

許地山〈落花生〉⑱中父親跟孩子們說過一段話：

> 爹爹說：「花生底用處固然很多；但有一樣是很可貴的。這小小的豆不像那好看的蘋果、桃子、石榴，把他們底果實懸在枝上，鮮紅嫩綠的顏色，令人一望而發生羨慕底心。他只把果子埋在地底，等到成熟，才容人把它挖出來，你們偶然看見一棵花生瑟縮地長在地上，不能立刻辨出它有沒有果實，非得等到你接觸它才能知道。」

此段描寫展示「爹爹」的精神世界、思想觀念及人格特徵。是用議論做爲人物描寫的典型範例。「父親」喜歡實用質樸的事物，以花生爲代表，它可用之處很多，卻不賣弄炫耀自己的長處，他把自己深深埋在地底，待成熟才出土。我們無法從花生的枝葉判斷它的果實成熟與否，必須實際接觸才知。這些論點自然都刻意把花生跟人相綰合，這是「父親」的人生哲學、價值觀，也代表他個人的品質。心理描寫最膚淺的層次是表達人物的喜怒哀樂，較深一

⑰ 見《星火集》第三六頁。

⑱ 見《許地山散文選》第九一頁。

層是表達其潛意識、情結等，更大的企圖則是掌握人物的思想、情感、人生觀等足以構成人物整個精神世界的東西。

(2) 形象描寫

人物描寫中的「形象」是相對於「心理」而言，指人物外在可視可見的外貌形狀，包括靜態的如容貌、身材、服飾、儀表、生理特徵等及動態的如行爲特徵、動作反應等進行描寫，謂之形象描寫。

散文中人物的外在形貌很少有必要全部仔細描寫，大體而言，凡是被描寫出來的部分，並非僅用來介紹人物的外觀，它或者用來暗示人物的處境、身分，或者做爲伏筆。例如蕭紅〈他的上唇掛霜了〉[19]描寫夜夜出去「家教」的丈夫云：「禿著耳朵，夾外套的領子還不能遮住下巴……他帶著雪花回來，褲子下口全是白色，鞋也被雪浸了一半。」此處描寫丈夫的衣著不足，禿著耳朵露出下巴，可是雪卻下得很兇，浸濕他的鞋、黏住他的褲口。後來他脫下襪子，「雪積滿他的襪口」等等描寫，都有相當的暗示性，他們被貧困窮追不捨的窘境自然透露出來。

張愛玲〈童言無忌〉[20]中〈弟弟〉一節開始便介紹她弟弟的長相：

> 我弟弟生得很美而我一點也不。從小我們家裏誰都惋惜著，因為那樣的小嘴、大眼睛

與長睫毛，生在男孩子的臉上，簡直是白糟蹋了。

這裏的描寫表面看來似乎跟後文沒有直接關係，因爲接著是兩段敍寫姐弟童年的瑣事，再接著敍述父親娶了後母，「我」住讀學校，難得回家。有一次放假回來，「看見他，吃了一驚。他變得高而瘦，穿一件不甚乾淨的藍布罩衫……」弟弟的長相讓姐姐吃驚，當然不是他的小嘴大眼長睫毛變了形，而是沒有人照顧弟弟，弟弟復自暴自棄竟變得如此邋遢。由後文的種種事件，使讀者知道第一段描寫「弟弟」的「美麗」乃是別有用心。蓋弟弟原是天生粉妝玉琢般的孩子，卻在母親出走、後母虐待、父親兇暴之下，將其「美麗」摧殘。可見該段相貌描寫實寓有暗示意義。

　描寫人物動作則更可以直接表現人物的性格、品質、身分、地位、處境等等。散文中人物如果沒有行動，則會流於呆板，不僅造型僵化，其精神世界更難凸顯出來。方娥眞〈驚喜的星光〉㉑第二節云：

⑲見《一又二分之一》第一六一頁。
⑳見《流言》第七頁。
㉑見《重樓飛雪》第三七頁。

我們在千萬點星光裏坐下。你忽然捉起我的手，用食指在我手心的掌紋上寫一個我，一個空格和一個妳字：「我」「妳」。「我」「妳」我跟著你指下的字念。「妳，填填看。」你望著我說。「我和妳。」我脫口而出。你笑了笑：「不是，妳真的想到是我和妳？」我也笑著點頭：「不是我和妳是什麼？」我說。你想了一會，又說：「妳真的想不出嗎？」我認真地搖首。「那我回去用筆在信上寫，寫了寄給妳填。」你鄭重又帶點霸氣的看著我說：「妳一定要填。」我詢問你該怎麼填呢。你叫我想，你再念了手心上的字一遍，我忽然大悟。我說我知道了。我在你手上寫下去。你捉住我的手，在我手心上再寫了一遍。

本段描寫戀愛中情侶一個很單純的行動，在過來人看，也許感到頗爲無聊，可是熱戀中人卻樂此不疲，像既知道謎底的遊戲，卻是萬分的認眞，戀愛的情與趣就在這千篇一律的動作中盪漾開來。作者把它形諸文字，重心放在男主角的熱烈、專注與固執上，女主角因心不在焉而沒有悟出對方要她塡的字，也因此更襯托出男主角愛的熱力。全段不着一字點破，全用行動表出，情趣才會飽滿。

人物描寫大抵都不會缺少動作描寫，動作時常跟情態關聯密切，因爲行爲反射出人物的心理。如前舉許地山〈疲倦的母親〉，孩子好動，比手劃腳、眼觀萬物、口唱童曲，忙個不停，顯現充沛的生命力，其心態是擁抱世界；可是母親的動作慵懶，其心態乃是應付世界。人物的言詞也經常跟動作同時出現，相輔相成，人物乃栩栩如生。

(三) 事件描寫

事件必然統合環境與人物的綜合作用才會產生，針對事件來描寫稱爲事件描寫。首先我們要注意的是，事件描寫是構成事件敘述的單元，必然限縮於描寫段落（並非體裁上的分段）中，針對一個單元進行描寫。敘述則是縱貫全文，針對「整體事件」而進行。就事件而言，描寫乃是敘述的環節。

歐陽子〈移植的櫻花〉㉒同時敘述兩宗事件；一個是她家院子種植了一株從臺灣輸入的櫻花，起先它光禿乾瘦，種下之後沒有什麼反應，不知是死是活，有一天，居然結苞，而後竟然盛開。另一宗事件是作者因眼疾三度住院開刀，內心空虛沮喪，感到生命凝滯。可是春天帶來新的訊息與生機，給她無限啓發，重新燃起生命的火力。本文兩宗事件互相指涉，作者本人就是一株由臺灣移植到美國種了十多年的櫻花，如機器般移動忙碌，沒有生氣，靈魂已昏迷沉睡，直到那年春天才甦醒。春天的契機緣於開刀事件，因此櫻花開花與她生命的轉

㉒見《移植的櫻花》第七九頁。

機是同時，證明此二者互相影射。這兩宗事件其實只算一宗事件，但是卻由許多片段的事件描寫組合而成，例如：

> 然而眼前的「臺灣櫻花」，卻是一根光禿禿不及五呎長的乾瘦木幹，無花，無葉，除了兩三條比筷子還細的枝子，和爪狀的根，其他什麼都沒有。祥霖檢視一番，搖搖頭，說大概養不活，標價十元，又是桃樹的五倍，就沒意思要買。後來大概見我捨不得的樣子，就說種種看也好，買了下來。

前半描寫櫻花本身，後半描寫購花情事。前者的描寫文字可以雙關於主角原先之缺乏生氣活力的精神狀態，因此描寫樹的形貌較爲仔細；後半亦可雙關主角對當時生活的精神世界之雞肋心態。文中有許多地方把樹與人的相似處境、發生的相類事情同時描寫。

描寫只是敍述的環節，因此，無論是環境描寫、人物描寫或事件描寫，都無法切割出來單獨審視。描寫段落要放在全篇正文中檢驗，其價值才會凸顯，但是就欣賞或寫作的角度而言，描寫卻是值得注意的細節。

第五節　描寫類型Ⅱ

描寫的第二種類型畫分法，係依描寫的風格來畫分，可以區分爲四種類型：⑴寫眞式描寫⑵印象式描寫⑶魔幻寫實式描寫⑷超現實式描寫。

寫眞式描寫和印象式描寫，基本上都是一種模擬再現的寫法，魔幻寫實式及超現實式描寫基本上已進入表現層次，也就是說前二者是以模擬論爲出發點，力求透過不同的藝術形象恩維，將現實中的實體移轉到文字中，而魔幻寫實、超現實等等表現式描寫，本身已不僅僅滿足於外在情況的直接模擬，乃加入作家心理活動等創造性的因素，也就是說，把現實經過變造轉化滲透入作者本身的藝術創造行爲。因此再現式的描寫，較趨向客觀性，而表現式的描寫則趨向於主觀性。

寫眞式描寫、印象式描寫出自現實主義，超現實式描寫出自現代主義一支的超現實主義，而魔幻寫實式描寫則與心理寫實主義與魔幻寫實主義密切相關，這些流派分別反映不同的心理結構，不僅僅是單純文學風格的表現，也是當代中國散文作者接受不同時空觀念撞擊而衍生的文化風格。

(一)寫眞式描寫

寫眞式的描寫，是把描寫客體以攝影手法「再現」出來。從文學創作原理來說，作品既是作家「創作」出來，那麼就難免虛構性的滲透，而且作品所呈現的部分必定比原始眞相來得少，這其間經過作者細心的選擇素材，就必然靠主觀的判斷。所以，既是創作，就不可能完全照相寫眞。此處的寫眞乃是相對於反模擬論者而言。針對客體的外觀、事情的現象而描寫，使讀者透過描寫文字，感到跟現實極爲接近。寫眞式描寫的基礎是用細針密線的筆觸，把描寫客體的形象完整的推展至讀者眼前，傳達時立求客觀。在散文諸種類型中，報導文學、傳記文學最需要寫眞式的描寫。劉克襄曾做系列有關「鳥」的報導散文，努力介紹鳥類的生態狀況。例如〈溪澗的旅次〉❶中云：

> 這種溪道長則一兩公里，短則一兩百公尺時便形成一個獨立的小天地，每一個山迴溪轉以後，就出現另一個類似的溪澗王國。一個王國銜接著另一個，沿著溪道的上逆下溯，在平地與高山之間，從三四百公尺海拔起到一兩千公尺內，一條溪的上游就是無數個溪澗王國的大串連。

此段描寫溪鳥的家鄉「溪澗」，作者使用明確的丈量數字來描寫溪道的長短、溪澗的高低，其求準確、客觀的用心昭然可見。但是在寫眞的精神下，我們又可以發現文中「小天地」、「王國」這等可以發揮想像的譬喻並不足以「傳眞」。事實上，在一篇散文中，寫眞式描寫只是相對性的說法，如果文字完全是記帳式的介紹，必然會枯燥乏味。

范長江在〈行純藏人區域中〉❷描寫藏人騎馬上下山的鏡頭云：

> 只見他略整韁鞍，皮鞭響處，馬蹄風生，馬鬃直立，馬尾平伸，頃刻間，即上山頭，略無喘氣。待我們後面馬隊趕到後，他又揚鞭一揮，怒馬直奔下山。他安坐鞍上，到山下平地，始勒馬回頭向記者等招手。其英勇豪邁之姿態，令人神往不已。

以上大多是描寫動作，如整理韁鞍、馬蹄奔跑、馬鬃豎直、馬尾平伸，喘氣、揮鞭、狂奔等。應是客觀的描寫事實了。但仔細檢視其字眼，例如「略」整韁鞍，是透過作者心中主觀判斷的；「皮鞭響處」就「馬蹄風生」其實也是作者個人感覺之反映，其「頃刻間」並不像三分鐘兩分鐘般有準確的時間概念。以上兩篇都是報導文學中的例子。可見寫眞式描寫在散文中不能完全擺脫作者主觀的色彩。其他情趣小品等散文更是不避諱了。例如琦君〈貓債〉❸：

---

❶見《隨鳥走天涯》第七五頁。
❷見《中國的西北角》第五一頁。
❸見《水是故鄉甜》第八七頁。

太陽已經下山，外公牽著我的小手，走回廚房。母親已經把熱氣騰騰的飯菜擺在桌子上，中段黃魚仍然放在我的面前，外公面前是鷄蛋蒸肉餅。這樣好的菜，我肚子也好餓，可是在吃黃魚滷汁拌飯的時候，又不禁想起可憐的小貓來。我在心裏默默地祝禱著：「小貓，你知道我是愛你的，原諒我的粗心大意吧。從今以後，我一定要好好看顧所有的貓，因為做一世貓很苦。這裏面也許有你再投胎的呢，我一定要好好待你啊。」

此段文字實可以代表絕大多數寫眞式描寫，段落中有明確的時間、地點、人物、動作及語言。從第一人稱視角來觀察，把「我」所見、所想、所做歷歷道來。寫眞式描寫的情節比較落實、明確，讓讀者有眞實感。其描寫次序則按部就班，或依時間或依空間的秩序描摹。其使用語言也以明朗清晰爲主，暗示性、象徵性的語彙很少。

(二) 印象式描寫

印象式描寫也是以再現描寫客體爲目標。不過寫眞式描寫注重客體本身的客觀性，印象式描寫則以客體在作者心目中的形象爲主，客體本身的眞實形象爲次要考慮。換言之，印象式描寫是努力再現作者心中對描寫客體的直接印象。

事物的本象跟投射在人類心靈上感覺後的印象不但有距離，且因人而異；每人因時因地因情結等諸因素，對同一事物的感覺亦不同。印象式描寫常表現作者內心的瞬間感受和印象，把主觀情緒投射到具體事物之中。寫眞式描寫是企圖全面寫實，印象式描寫是寓寫實於寫意之中。因此印象式描寫著重感覺、氣氛的渲染。蕭乾〈人生採訪〉中記錄一九四七年以前的旅行通訊，這種報導文字照理應該用寫眞式描寫爲主，但書中大部分描寫段落卻是用印象式描寫。例如〈銀風箏下的倫敦〉云：

> 轟炸時，還有許多趣事。一個十四歲的女孩在亂磚中埋了四日夜。拆卸隊發見她後，問她痛嗎，仰臥在重樑下的她，還照平時禮數說：「謝謝先生，我很好。」大家把磚石清理出點路子來，才問她要什麼。他們喂了她五杯熱茶，六小時後，橫在她胸上的樑木才移開了。她抬上布床後還說：「瞧，我手錶打破了，是生日祖母給的呢！」

這段文字是寫眞式描寫。作者完全站在局外，用中性的語言報導事實，是純粹的報導文字。再看〈刦後的馬來亞〉❹云：

❹ 以上兩文見《人生採訪》第二一四、二三七頁。

在我到過的馬來亞城市中，我最愛吉城，不但整潔體面，街道有條有理，而它那印度式的建築，尤其使人感到和諧。異於新埠的臭水溝味雜以辣咖喱，這裏尤其黃昏時分，滿城是一片蘭花香，滲著櫻椰的香，充滿了異國的情趣。

跟上一段比較，立刻見出差異。本段客觀描寫的文字很少，或者偶而描寫，但又不夠完整，大抵是概略性的介紹，並且涉入作者主觀的愛惡，並對描寫客體進行批評判語、夾入感想；在文字上，修飾語也比較多。這一段文字，與其說是眞實現象的反映，還不如說是根據眞實現象反映作者心中的感受。此卽所謂寓寫實於寫意。

印象式描寫，往往只抓住客體的某一項特色，且將其放大誇張，使描寫所呈現的客體在讀者心中產生鮮明感。例如描寫人，或描寫其長相太醜、太高、個性太強、太軟，描寫景物時，或抓住其某一端而放大。例如徐鍾珮〈她沒有來〉❺描寫「她」的形相針對矮小一端：

……我卻決沒有料到她一小至此，天哪，連我這「排尾」和她說話都要低下頭來。她比我矮一個頭，和她一起走路，我常想脫下我的高跟鞋來。她是有生以來我見到的最小的女人。

如果是寫眞式描寫，則可能把女主角的身高列出。但印象式描寫則憑自由心證，其「小」乃是相對比較而來，「我」是「排尾」，而「她」比我矮一個頭，那麼「她」身材如何，讀者自得比較。事實上這種介紹相當不精確。但「小」乃是作者刻意強調，其目的達成便好。

徐志摩〈我所知道的康橋〉❻幾乎通篇皆以印象式描寫完成。康橋許多表面現象打動徐氏，使他產生許多瞬間感悟，而將主觀情緒投射到具體事物之中，文中的景、事、物等細節都缺乏逼眞性，但作者主觀的感悟卻強烈而突出。由此可知印象式描寫雖然以現實形象爲基礎，但多以簡鍊的筆墨，勾勒人物事物的形象，其描寫講究傳神、突出主體，文字注重鮮明度。

(三) 魔幻寫實式描寫

魔幻寫實式描寫，是受二十世紀六〇年代盛行於拉丁美洲的魔幻式寫實流派影響的手法，描寫時融合現實與幻境，使夢幻感與眞實感交相滲透，使讀者在「似是而非，似非而是」的形象中，激起追源溯本，找尋創作原點的欲望。

魔幻寫實式描寫方法用在散文時，往往是在現實生活的描寫中，插入神奇、荒誕的人物

❺ 見《我在臺北及其他》第八六頁。

❻ 見《徐志摩全集》第五二頁。

事件或環境，構成現實和超現實交雜並呈的奇特形象。此奇特的部分要放在通篇結構中才能看出它的意義。

例如王鼎鈞〈失樓臺〉❼中，「我」出生於一個沒落的大家庭中，古老的樓臺是外祖母精神上的依靠，即令它腐朽將傾、日本人的砲火狂擊，她仍然捨不得拆掉它，她也不准年輕的舅舅出去闖天下，直到有一天：

> 昨夜沒有地震，沒有風雨，但是這座高樓塌了。不！他是在夜深人靜的時候悄悄的蹲下來，坐在地上，半坐半臥，得到徹底的休息。它既沒有打碎屋頂上的一片瓦，甚至沒有弄髒院子。它只是非常果斷而又自愛的改變了自己的姿勢，不妨礙任何人。

〈失樓臺〉全篇都用寫實文字描寫敍述，只在此處突然插入超乎現實的描寫。在現實中，樓臺自然沒有倒、沒有蹲、沒有拆。可是在精神上，它已被拆卸下來。從整篇文章來看，樓臺具有象徵意義，它象徵古老的中國——曾經被祖先（如外祖父的祖父等）篳路藍縷艱苦締造的家園，不論歲月如何流逝，時代如何前進，它——以外祖母爲代表——仍然堅持維持原貌，以不變應萬變，雖然實際上，這個大家族已經「沒落」了。在「我」以外甥的身分走進這個家庭的時候，正是中國內憂外患的時代。在沒落的過程裏，新生代必然有嶄新的覺悟，

「舅舅」便是代表：他在槍聲中出生，注定了要關切這個古老腐朽的「樓臺」。他不斷向外祖母要求去大後方闖天下，這個請求與里長請求外祖母拆卸樓臺同時發生，其意義完全綰合；里長說日本人「老遠先看見你家的樓，他一定要開砲往你家打」，日本人遠在日本，已遠遠望見中國是一尊富庶卻將傾頹的樓臺，因此渡海來侵。

里長與舅舅是二而一的人物，他們都知道中國需要改造，像舊樓臺必須拆了重建；因此里長的勸解與舅舅的請求並舉，其意義是相同的。樓臺終於自動塌了下去，那代表歷史中巍巍中國因逐漸腐朽而不可避免的低姿態，也代表許多頑固的「外祖母」們之降服，因此樓臺塌失與外祖母答應舅舅的請求也同時發生。在這裏，樓臺之塌失，乃是一種抽象的事實，作者把它化爲不可能存在的現實事件，乃成爲一種幻想，可是變幻想爲現實，並不失其眞，卻能使意義表達得更透徹。

林彧〈保險櫃裏的人〉❽敍述第三人稱「他」自己躲進保險櫃中，櫃子的鑰匙和號碼只有他自己知道。大夥都在猜測他爲什麼把自己關進一個出不來的世界。包括第一人稱「我」也不停的猜想，他何必如此等等，可是：

❼見《碎琉璃》第六三頁。
❽見《愛草》第一三六頁。

想著想著，突然，我發現，四周的人都不見了，太陽消逝了，星星和月亮，所有的發光體全都不見了。我在黑黝黝的方盒裏，是我在冷冰冰的保險櫃中！

這一段突兀的「現實」乃是作者的「幻覺」，他立刻發現自己其實也是被放進保險櫃中的人。散文由寫實文字進行得極順暢時，突然插入此種幻覺，其突兀感造成人心的震撼，因爲絕大多數人都不曾覺悟到，封閉自己的正是自己。每個自閉症患者都以爲自己的「保險櫃」最安全，卻不知道走了進去就再也跑不出來。由以上二例可知，魔幻寫實式描寫在正常散文中偶一爲之，必然成爲該文的重心，成爲呈現主題的關鍵處。

林燿德〈幻戲記〉❾則通篇充滿魔幻寫實的特色。它表面看來幾乎完全寫實，製造的情境是具有現實性、說服力的外殼，例如人物及設定的場景與情節都是都市一隅中確然可能存在的眞實，但是卻把它放在希臘神話特紋斯的迷宮故事中，使古今二者形式暗暗吻合，影射意義互相扣連。並運用多種角度的敍述、幻想，幻覺與現實空間的穿插，造成全文多義且渾圓的象徵世界等等，在在使它成爲典型魔幻寫實式散文。

就描寫段落而言，本文倒數第二節末段是典型魔幻寫實式描寫。全文敍述「我」走在都市不明區域的破巷中尋找一隻黑貓，要給他家中豢養的白貓做伴。全篇都在敍述搜尋的過程，最後終於相遇；黑貓被「我」捉住，但旋而又從「我」的手掌中跳逃而走：

> 我有些兒茫然，而且被什麼東西躡追不捨的感覺再度強烈的浮現，我回頭，發現一整行的黑貓正排在我的背後，我猛然驚覺，我所留下的每一根虛線都已化做一隻靜臥的黑貓。

雖然本篇各段落中也有許多象徵性的語言暗示黑貓就是「我」的另一面，但是在正文中，「我」與黑貓的關係一直是對立的，經過互相辯證的過程後，出現此段文字，「我」其實也被「什麼東西躡追不捨」，回頭一看，才知正是黑貓——原來黑貓與我一直處於互相追索的狀態。在此進一步證實了黑、白貓皆不過是「我」的兩個面而已。因此「一整行的黑貓正排在我的背後」、「我所留下的每一根虛線都已化做一隻靜臥的黑貓」這種幻覺突然出現於表象的寫實文字中，造成全文揭示重要主題的高潮。

(四)超現實式描寫

超現實式描寫以心理主義為主體思維的軸線，作者否定客觀外在世界在文學創作中有積極效用，肯定潛意識或者深層的心理意識、夢境等才能反映人的靈魂乃至世界的內在奧秘。

---

⑨見《一座城市的身世》第三四頁。

在描寫時，則多用幽默手法表現反常的思維邏輯，創造離奇的形象、打破傳統的語言規範、追求神奇的藝術效果。超現實風格的上乘之作意象豐富，獨創性高，但文字看起來卻很混亂，且艱澀難讀。以管管〈男子之舟〉[10]為例，全文是：

自從那年夏天的頭顱被炸掉之後，那男子就天天去栽樹
　在路上栽樹
　在船上栽樹
　在鹽中栽樹
　在火中栽樹
　在風里栽樹
　在星里栽樹
某天，他就把自己也栽成一株樹，且一直栽了下去，據說竟把他栽成一座森林。
自從那年夏天的頭顱被冰凍之後，那男子就天天去畫船
　在床上畫船
　在書里畫船

在帽里畫船
在碗中畫船
在臉上畫船
某天，他就把自己也畫成一條雕著圖案的船，且順著一條河船了下去，據說到了印度洋
那男子某天早晨宣佈說：「有一個人命他去找一條那樣的路。」
終于，那男子找到了那條路。在某個晚上，在某年之後，一條栽著一排排大樹的路。
因為，那條栽著一排排大樹的路
是通往那條斜斜的天河
斜斜的天河
噢！天河

這篇文章由三個描寫段落組成。第一個段落是描寫男子想栽「樹」的意圖，可是他栽植的地

⑩見《管管散文集》第二二〇頁。

方都是植物無法生根成長之處，當然注定了他的失敗——結果只能把自己栽成一株樹，甚至森林。第二個段落重複第一段的形式。內容是男子要畫「船」，他選擇的地方也不適合畫船，他亦只好把自己畫成一條船，且眞的順河而走。第三個段落是那男子找到一條栽著一排排大樹的路，且此路通往天河，把上兩段路與河雙緒收結。

第一段落「栽樹」的行動有尋根種根的意圖，可以說是男子想尋找精神上的依靠。可是他種植在不可能生根的地方，注定其失敗的結局，他只能把自己種成一株樹。第二段落「畫船」的意象本身就互相矛盾，船如用畫，則如何能行走於江湖之中？何況男子都在固定的地方畫船——恰好跟第一段落相反，栽樹竟然都找不固定的地方栽。第二段落應是男子希望掙脫現實的桎梏，想向五湖四海遨遊，但現實環境似乎困住了他，除非他自己變成一條船，才可能順河而行。在他自由意識中，他不能種好樹、畫好船，實是充滿無力感。在第三段落中，兩種矛盾的心情交織成一個夢境，既種大樹又可通往天河，矛盾在想像中得到統一。

超現實描寫散文，完全主觀地呈現作者或人物的意識，其寓意不容易掌握，如果單獨審視某一個段落，則完全無法捉摸，因此以上將三段合併討論。

以上從風格來畫分的四種描寫類型，從寫眞式、印象式、魔幻寫實式到超現實式，排列的秩序本身也形成一個光譜，就是描寫的主客觀程度。寫眞式描寫的客觀性最強，透過印象式到魔幻寫實式、超現實式則愈來愈增加心理性的創造活動。

以下依序做一個總歸納：

寫眞式描寫，是以完全客觀的態度掌握物理的現實，以寫實爲主。

印象式描寫，是客觀中含有主觀，以物理現實爲主，摻入心理現實，其寫法乃寓寫實於寫意中。

魔幻寫實式描寫，是以客觀來包裝主觀的態度，心理現實與物理現實對等，其寫法乃寓寫意於寫實。

超現實式描寫，是以完全主觀的態度掌握心理現實，以寫意爲主。

第四章　散文敍述論

第一節　敍述的意義

敍述，是指正文中關於單一事件或系列事件的處理、演繹。單純的敍述僅運用在報導事件或資料的編年記載中，但是成爲散文構成藝術一環的敍述，其目的在於融合情節和創作的意向，因此散文敍述論一方面提高散文裏事件呈現的趣味，另一方面又賦與情節的藝術活力，使得整體結構產生有機性。

就「文」的觀點而論，敍述和議論、描寫、說明並列爲作文的四種型態❶，但就散文的藝術構成層次而言，以事件爲中心的敍述，已包含議論、描寫和說明三種型態。

就近代中國散文的發展來看，具備藝術價值的敍述往往和描寫相結合，描寫是構成敍述

❶ 參見"A Handbook to Literature"第三七、一三七、一九四、三一九頁。

的基本單元之一，就如同意象常常成爲描寫的內容一般，尤其對於以呈現事件爲主旨的散文而言，獨立的敍述只會使正文淪爲事件內容的堆砌，如果缺乏精緻的描寫做爲構成單元，就沒有傑出的敍述表現。詩中可能出現獨立的意象，散文中可能出現獨立的描寫，但是獨立的敍述無論出現在任何一種文類中，都難以發揮作者的藝術品味。

議論在現代小說和戲劇創作中不佔有任何具體的地位，作者一旦跨越了敍述者的身份而發表論辯，就會打破小說企圖建構的眞實感，即使是透過小說人物來進行議論，也難有成功的例子。但是在散文中將議論與事件的敍述交融滙合，卻是一種「合法」的手段，尤其在評議性的哲理散文和雜文中，敍述有時甚至萎縮成議論的例證，即令是情趣小品，作者透過事件的開展而提出人生哲理，不但是襲用的格式，也往往被視爲散文文類所以有別於小說、戲劇與詩歌不同之處。

說明通常運用在戲劇創作上，小說和詩歌創作極度排斥它。在散文藝術領域中，說明的運用並不寬廣，傳知散文因係以傳播知識爲目的，遂成爲說明在散文中運用的特例，其中又以流行於三〇年代後期的「科學小品」爲著例，但是仍須和細膩而生動的描寫相結合，否則就不過是一般性的報導文章。散文敍述中並非不能加入說明，以徐鍾珮遊記《追憶西班牙》爲例，在進行敍述中不時加入必要的說明，其原因在於西班牙的歷史和現況對於中文讀者而言極爲陌生，作者必須透過說明來顯現該地的人文、地理背景，形成支持敍述內容的文化氣氛。

透過以上的「說明」，可以理解敍述在散文構成中的地位，是一種以事件爲中心，結合議論、描寫和說明的結構型態。

二十世紀以降西方敍述理論伴隨著小說文類的興起而建立，倒置來看，敍述理論的建立與發展又是小說脫離詩學統轄，從次要文類躍居爲主要文類、取代詩歌中心地位的重要助力，所以敍述論往往和小說理論相結合，但是散文的敍述理論卻不見經籍。西方文學傳統不把散文視爲主要文類，而所謂「艾寫」(Essay) 也以論辯、思想爲核心，故敍述論不能延伸到散文理論實屬當然。就中國現代散文發展而言，論者每將目光注視在修辭、描寫的層次，至多著力於章法筆法等「文」論的探索，未能將敍述問題移爲散文構成的核心，一方面係受晚明小品以降偏重意境的散文傳統所影響，另一方面因晚近小說的發達，使得敍述理論獨大於小說，並被誤認爲小說一族所專有而導致。

事實上散文敍述論和結構論的建立將有助於現代散文的發展，也將改革半世紀以來漫無結構觀點的散文理論研究方向，使得散文重新移回主要文類之一的位置。晚近敍述理論雖以小說創作爲論述的核心，但不無運用於散文的部分，只是在建立散文敍述論之刻，我們也必須區隔出散文中敍述運用的特色，以有別於敍事詩與小說的敍事論。

中國現代散文中的敍述，其重要特徵有下列數端：

(一) 抒情傾向

散文敍述和小說敍述在語言方面最大的區別，在於散文的敍述語言具備濃厚的抒情傾向，而小說語言則偏重冷靜與客觀性，如果把第一人稱散文的敍述語言和第三人稱小說相較，尤其能夠顯現出這種對比。

三〇年代中國現代小說濃烈的心理主義取向，使當時的小說作者偏嗜第一人稱的獨白小說體裁或日記體小說，更使得小說出現了散文和詩的質素，如果把這種心理小說語言的抒情傾向和議論性強烈的哲理小品和傳知散文相較，卻又顯出截然相反的現象。不過一般而言，散文敍述的抒情傾向呈現在以表現意境爲主的散文類型中，至於獨白小說與日記體小說原本係自現代散文體裁中截取而得。五四迄三〇年中如郭沫若、郁達夫、許地山等作家的許多小說創作，無論是第一人稱或第三人稱觀點，嚴格地說毋寧更趨近於散文而非小說。

(二) 古文傳統

中國古典散文在帝制結束前已經完全發展成熟，現代散文中各項類型除十九世紀末二十世紀初才開始出現雛型的報導(告)文學外，全部可以在古文的發展軌跡中找尋到前身，自晚清迄五四萌芽的白話文學中獨有散文和古典文學產生最密切的關係。晚清的譴責小說已經受到西方翻譯小說的強烈影響，包括全知觀點的突破、敍事時間的靈活運用等課題都在吳趼人、劉鶚、曾樸諸氏手中開展；二、三〇年代敍事詩的出現無非西方史詩敍事傳統的輸入，至於戲劇完全採擷自西方更毋庸辭費，唯獨白話散文出現之初，僅係文言與白話之間的抉擇。基本上周作人以降的白話散文家並沒有賦與散文內外在形式以革命性的改變，就精神底蘊而言，一時也未擺脫舊式文人的興味。迄三〇年代陸蠡等作者以「美文」的觀念實踐散文創作以前，現代散文的創作模式仍不脫議論的古文傳統與追求意境的小品精神。

傳統的影響從不同的視角觀察，可以是負面的陰影，也可以是有益的資產，議論性在晚近散文創作潮流中逐漸退居次要地位，而「美文」的訴求卻依舊成為大多數散文作家默默奉行的理念，而散文理論側重於修辭論與描寫論亦與此一傳統有關，這是在提出散文敘述論的同時必須注意到的現象。

(三) 後設性質

「後設」一辭係英語字首 "meta-" 的翻譯，指的是建立在既存系統中的一套邏輯型態，而此一型態目的在於針對系統本身的探索。所謂「後設評論」指的就是以理論論理論的文學理論，「後設小說」就是以小說論小說的小說。散文敘述和小說敘述最明顯的分野；在於散文敘述容許作者的身份常與敘述者重疊；得以借敘述者之口進行對敘述事件的後設討論。一般而言，除了後設小說之外；為了保持客觀性；小說的作者無法超越敘述者的觀點對所敘述的事件進行後設性的議論和說明，但是後設性質散文敘述的內容中則允許議論或說明的滲透。

(四) 限制觀點

晚清小說家在小說中突破歷來章回小說因襲的第三人稱全知觀點，而進入第一人稱限制觀點和第三人稱限制觀點的運用，是中國小說發展重要的過渡階段；但是在現代散文的敘述領域中卻根本排斥全知觀點，而以第一人稱限制觀點爲核心、以第三人稱限制觀點置換第一人稱爲變體，這是因爲散文文類本身濃厚的「作者」性格色彩所導致，大部分的情趣小品和哲理小品無非作者人生中受想行識的經驗陳述，或多或少的自傳色彩形成了人稱觀點的限制，這種人稱觀點運用的限制基本上也是散文文類的界限。

自傳體小說和散文體自傳在人稱觀點的運用上同時集中於第一人稱限制觀點，但是前者偏重文學「眞實感」的建立，後者則著重歷史「眞實性」的建立。固然我們理解，散文創作本身潛在的虛構性並未因爲這種「歷史眞實」的追求而消彌於無形中，嚴格地說只是程度上的問題，但與其說散文是結構不完整的小說原型，不如說小說是更具備完整敘述要件的散文，在郁達夫的創作中尤其可以體會出這句話的意義。

散文敘述觀點的萎縮不僅因爲作者、敘述者兩者身份的疊合，也和讀者對散文此一文類的期望眼界密切相關，當一個作家超越了第一人稱限制觀點的限制之刻，他的作品即被認定爲小說，至少被視爲趨近於小說的體裁。

經過以上的論述，可見歷史發展和創作模式提供了散文敘述有別於小說敘述與敘事詩學的特色。

第二節 敍述者

敍述者係指散文中進行敍述的角色。前幾章中筆者並未提出「修辭者」、「意象製造者」或「描寫者」這一類名辭予以專節討論，在此將敍述者列爲專節，原因有三：

(1)敍述論中的敍述者可以統括前述各論中的「作者」位格。

(2)敍述者的分析是敍述觀點的論述基礎，獨立的修辭、意象不因敍述觀點的變化而產生變化，描寫則僅受文中人物視角的制約。

(3)敍述者的分析有助於敍述溝通模型的建立。

晚近敍述學理論對於敍述者的討論十分細密，幾近「吹毛求疵」的地步，但是卻有助於我們重建對「作者」的認識。在眞實的書寫者和正文的敍述者之間可區分出下列身份：

(1)**眞實作者**

眞實的作者就是實際進行書寫活動的人，又稱書寫者，是一個有血有肉的「自然人」，也是史傳式文學批評中的「作者」。

(2)**擬制作者**

擬制的作者是進行文學作者討論時，從眞實作者的創作行爲中區分出來的虛擬人格。擬制作者包括：

(a)**隱藏作者**（Implied author）：布斯(Wayne Booth) 把書寫者和隱藏作者區分爲二。隱藏的作者是一種擬制人格，縱貫一個作家一生的寫作生涯中，隱藏作者事實上是一個托身在系列文學成品中的「職業性作者」，他透過文學作品的文意向讀者提示作品的素材和意義，另一方面他也是一個書寫者創造性、理想性的表述者，所謂「風格」、「思想」的存在就繫於隱藏作者的存在。布斯有關隱藏作者的說法，十分類似亞里斯多德在探討修辭學時提出的「氣格」（Ethos）：演說者的修辭和他的氣格同時成爲使人信服的元素。同理，隱藏作者、書寫者以及作品就如同「氣格」、演說者和修辭術三者之間的關係。在本書中所指的作者，實際上皆指隱藏作者。

(b)**編撰作者**（Dramatized author）：隱藏作者並不直接出現在正文中，但是編撰作者卻可能以「我」的身份出現，章回小說中編撰作者便以「看官聽說」的方式出場。散文作者以編撰作者立場出現的情況最多，這時編撰作者往往與後述編撰敍述者合而爲一。

(c)**編撰敍述者**（Dramatized narrator）：正文中出現進行敍述行爲的人稱人格，也就是一般所謂的敍述者。

從隱藏作者、編撰作者到編撰敍述者，事實上是一個擬制的敍述者進行敍述行爲的三個位格，可以統稱爲敍述者（Narrator）或陳述者（Addresser）。這種觀念在當代西方評論界的提出，無疑重新賦與一度被宣告「死亡」的作者在文學中一個新地位，眞實書寫者的身世被區劃出進行正文研究的範疇之外，而代以敘述者身世的討論❶。

散文敘述者和小說敘述者最大不同處，便在於隱藏作者在散文篇章中透露的弦外之音較小說中更顯而易見，以第一人稱觀點進行敘述行爲的敘述者位格，事實上已和編撰作者以及隱藏作者的位格合而爲一，從這個角度來看，小說中隱微的隱藏作者正以編撰作者的身份在散文敘述中出現，其編撰的內容是透過隱藏作者之前的眞實書寫者所受、所想、所行、所識，經由隱藏作者的思想和風格而貫注到正文之中。

散文的虛構性並不因散文敘述者和眞實書寫者密切的關係而完全喪失，敘述者仍然正在進行編撰和虛構，所不同者在於文學素材本身，係來自眞實書寫者切身的經驗領域之中。如果我們相信所有的散文作品都不過是眞實作者自傳的延伸，就會陷落在一個弔詭的陷穽中，從而史學眞實性的要求就會躍居一切創造性要素之上。

因爲不同位格的敘述者登場，對於資訊的接收者——亦卽讀者，也可以自有血有肉的「自然人」中區分出各種身份：

(1) **擬制讀者**

---

❶ 以上參見 "Recent Theories of Narrative" 第一五二—一七二頁。

擬制的讀者是進行讀者分析時，從眞實讀者閱讀行爲中區分出來的虛擬人格。擬制讀者包括：

(a)**潛在讀者**（Implied reader）：潛在讀者是指作者理想中接受敍述行爲的讀者，這個抽象的觀念用來討論眞實讀者對於作品的支配能力。

(b)**典型讀者**（Model reader）：典型讀者是潛在讀者的類型之一。潛在讀者被作者所設定，有時作者會將預設的潛在讀者賦與特殊的個性，而成爲特定對象的典型讀者，冰心書信體散文《寄小讀者》每篇大都以「似曾相識的小朋友們」、「親愛的小朋友」開頭，無非將典型讀者——「小朋友」予以標識；朱光潛《給青年十二封信》開宗明義地「給現代中國青年」；又如楊牧系列散文《給青年詩人的信》篇篇與新世代詩人談詩論藝，是將典型讀者的性質和人格直接揭露出來。事實上，未揭示典型讀者的作品亦不表示典型讀者不存在，從作品的文學深度以及內容取向中可以發掘出這抽象的準虛構角色。

(c)**作者化讀者**(Authorial reader)：作者化讀者一辭十分弔詭，威廉斯・馬丁（Wallace Martin）對他的解釋是：一個直接接受「隱藏作者」訊息的讀者。這種讀者意識到散文是散文、小說是小說，他具備了對於正文本質的認識，在現實中，這一類讀者的典型就是文學批評家。

(2)**眞實讀者**

相對於以上三種讀者的擬制人格，眞實讀者係指實際進行閱讀行爲的讀者。

從以上對於敘述者與讀者的分析，我們可以理解敘述行爲中參與的各種角色與他們各自負擔的功能。將他們綜合起來，可以組構出一個敘述行爲的溝通模型：❷

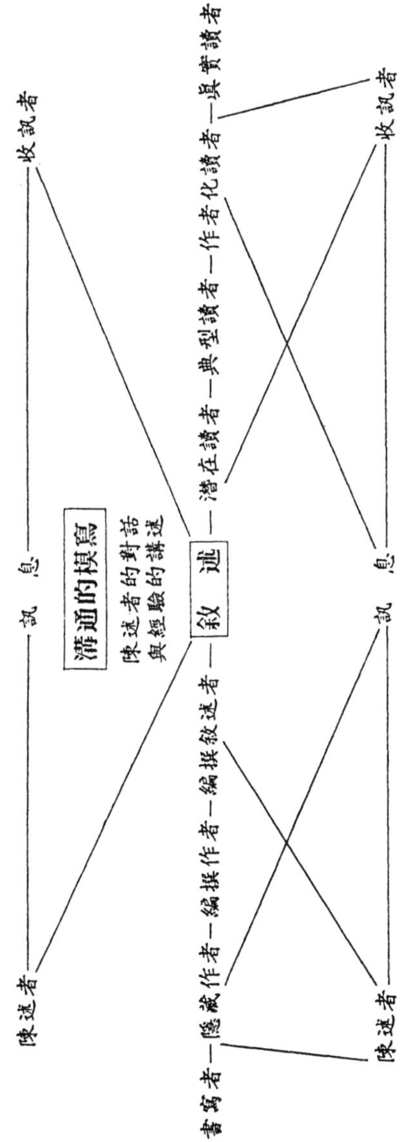

在散文敘述理論中，「隱藏作者」、「編撰作者」和「編撰敘述者」三者的混融，同時也會使得「潛在讀者」、「典型讀者」與「作者化讀者」三者混淆難分。從小說敘述學的角度

❷ 見同上注第一五四頁。

來看，大部分的散文不過是結構不完全的自傳體小說的延伸；但是立足於散文本位的觀點，所有的小說不過是強調編撰敍述者虛構性的散文。

透過這個模型，我們也可以把散文的敍述者獨立於眞實作者的個人歷史之外。散文實際評論所探索的重點並不是某一篇散文如何運用在一個作家歷史考證的支持上，而是一個寄寓在文體中的擬制人格，如何在一個書寫者的書寫歷史中完成了他本身的形象。當我們在論述正文之刻提起「魯迅」、「冰心」、「梁實秋」這些散文作者時，事實上指的是一些隱藏作者的代名詞，只有在從事作者傳記生平考證時，魯迅、冰心和梁實秋這些名字才眞正投射到一羣眞實地存活在當代的書寫者身上。

第三節　敘述觀點❶

敘述觀點是指散文中敘述者人稱觀點的使用。散文敘述觀點以第一人稱觀點爲原則，顯然較小說爲萎縮，第三人稱觀點的運用可能性並不高；散文敘述觀點亦無散文描寫視角活潑，本書《描寫論》所顧及的大部分描寫視角，在敘述整體中勢必被原則性的第一人限制觀點所包容、覆蓋。

議論的滲透使得散文敘述的過程產生遠異於小說敘述的氣氛。以議論爲主的散文類型如人生雜談、哲理小品，敘述已完全萎縮爲議論取代。這一類散文作品敘述的萎縮有時也造成第一人稱限制觀點的萎縮，雖然「我」依舊成爲敘述者，但是內容卻與編撰敘述者的「我」欠缺直接關係，因爲去除「我」，任何第三者都可以依據同樣的資料來進行內容的陳述，此時的第一人稱觀點便淪爲「無效的第一人稱觀點」。

傳知散文和他傳中的敘述以全知觀點進行，可說是散文第一人稱限制觀點原則兩種最明顯的例外，傳知散文重在各學科知識的傳播，說明的使用高於敘述與議論；他傳重在記敘特

❶ 本節敘述人稱觀點部分用法已在《描寫論》有關描寫視角一節中論及。此部分涉及全篇之使用，僅由文字詮釋，不再舉實例說明。

定人物生平言行，但是恰好與同屬傳記文學的自傳體散文相反，是以小說式的第三人稱全知觀點進行敍述。

人稱觀點若以編撰作者是否在正文中登場做爲分類標準，可分爲編撰作者出現與編撰作者隱匿兩種情形。

(1) **編撰作者出現**

編撰作者出現，通常是以編撰敍述者第一人稱限制觀點進行敍述，情趣小品、日記體散文、書行體散文、遊記、自傳等散文體裁大多不脫第一人稱限制觀點的運用。另一種情形是編撰作者雖然以和他融爲一體的編撰敍述者身分進入正文中，但事實上「我」不過是一個萎縮的框架，傳知散文以及「評序」中如果出現「我」，就會形成一個「不必存在」的敍述者型態。

(2) **編撰作者隱匿**

編撰作者不出現在正文中，通篇以全知觀點進行敍述，這種情形已類似第三人稱全知觀點小說的模式。他傳是最典型的代表，一部分報導文學作者也採取全知觀點的敍述，使得作品產生一種具備客觀性的說服力。

人稱觀點不僅是敍述角度技術上的形式變換，也與散文作品中意識的呈現互相表裏，第一人稱限制觀點和第三人稱觀點直接影響到編撰敍述者及正文中人物意識的呈現。第一人稱觀點是敘述的直接言談，而第三人稱觀點則是間接言談，作者選擇人稱觀點時，也同時決定了言談的方式。就中文的特性而言，因爲文法中缺乏時態變化的直接顯現，任何一個句子如果不放入篇章中便難以考察出其時間性，這種特性一方面使得敘述語言不必句句衡量其時態，但是另一方面又增加處理敘述時間時的混淆與困擾，所謂意識呈現的問題也更加複雜而曖昧，當我們面對一段內在獨白時，如以中文處理卽很難判定其係過去式敘述或現實意識的立卽呈現。

儘管存在這一類問題，我們仍可整理出人稱觀點與意識呈現關係的系譜：

(1)**第一人稱觀點／直接言談**

(a)過去事實的敘述：運用於日記體散文、自傳體散文、經驗式報導文學以及對過去事實進行直接敘述的各種小品體例。

(b)過去事實與現實意識交融的敘述：運用於書信體散文、序跋。

(c)純粹現實意識的呈現：運用於純粹呈現敘述者個人「內在獨白」的部分情趣小品。

(2)**第三人稱觀點／間接言談**

(a)過去事實的心理敘述：敘述者將人物性格寫入正文內容之中。

(b)括弧獨白：透過被括弧的內在獨白來呈現第三人稱主角思維。

(c)心理敘述與括弧獨白交錯使用：同時呈現出第三人稱語言與思考，精神獨白與肉體行動並陳。

第一人稱限制觀點成爲散文敍述方法的原則已經確定，但是第三人稱觀點除了他傳等少數散文定義的邊緣類型外很難呈現。唯一可能的兩種例外，其一是編撰作者刻意把第一人稱「我」改換爲第三人稱，但事實上成爲「他」的第三人稱編撰敍述者仍然擁有與第一人稱編撰作者等同的人格，前舉余光中的〈萬里長城〉便是一例。另一例外是在第一人稱限制觀點的敍述中出現第三人稱觀點插敍，往往是以「我」的聽聞或閱讀經驗，把第三人稱觀點的敍述與意識呈現以插敍方式夾帶在第一人稱的敍述中，這種第三人稱意識呈現，基本上是以「加上括弧」的方式合法地進入排斥第三人稱的散文敍述中的。

第四節　敍述時間

敍述是爲了鋪展散文中事件，因此必然關涉到時間問題。僅止於描寫的散文可以不涉及時間，但擴展至敍述，則有時間亦有空間，也因此，使得散文趨近於小說的邊緣。

敍述時間可以分成四個種類來談：(1)直線敍述(2)倒裝敍述(3)交錯敍述(4)扦插敍述(5)平行敍述。前三種爲單一敍述，後二種爲複合敍述。

（一）直線敍述

直線敍述是指敍述事件時依照時間的順序寫下去。這是最常使用的敍述方式，事件的進行按部就班，非常規律，其文章的節奏可能給人呆板之感。但是，以直線開展的散文的興味時常不放在事件本身進行的程序上。例如蕭乾〈美國點滴〉❶中第一則〈差距〉先後敍述兩個事情。首先是作者在美國搭乘朋友的車赴德梅因市中心赴宴。當時是十一點半，聽交通警察說眼前一幢二十來層的灰色建築物再過兩個小時就不存在了。正巧作者赴宴的地方正對著

❶見《斷層掃描》第八九頁。

那幢灰樓。一點鐘左右，人行道上已經聚集了一簇簇路人，都在等著參觀現代拆屋法，用「定向內爆」的科學方法，把一整座大樓炸燬，一塊磚頭也飛不出去。一點一刻交通警車密切巡邏，在一點三十分時，沒有預料的一聲震天巨響，只有一聲深沉的震響，整座樓就有條不紊地癱塌下來，一陣蘑菇雲滾滾升起。十多分鐘後，塵埃落定，地上只見高高一堆廢墟。據說那堆廢墟過不幾天就消失，新樓房立刻會取而代之。以上是第一樁事件敍述。接著寫作者在八月底經過廣州，住所邊正在拆一座三層樓房，在一月上旬回來時，已經拆到基礎部分。一位叼了煙斗的老師傅帶著五六個小伙子在拆，使用的工具是兩把十字鎬。他們把鎬舉到半空中，然後使出吃奶的力氣朝下猛砸。一鎬下去鑿不多深，迸起的渣屑卻足以射傷他們的眼睛。

以上以「差距」敍述前後兩個事件的內容，每樁事件都按照時間順序敍述。作者利用這種工整的、規律的事情整齊並置，讓讀者感到兩個不同地區科學文明的差距，其興味點正在對比時產生強烈的、懸殊的差距感。如果在時間敍述上變化太大，容易使讀者的注意力分散，文章的重心便不能凸顯，可知直線敍述並非呆板的敍述方法。

(二) 倒裝敍述

倒裝敍述是正文中的時間敍述不按先後次序進行，有時在過去的敍述事件中突然逆轉，敘述比過去時段中更早的事件。或者在現在事件敘述中，逆轉，回溯敘述過去事件，都是倒裝敘述法。但如果文章開始於「過去」，歷歷敘述而結尾終止於「現在」，則是直線敘述。

琦君〈母親〉❷開頭第一段敘述「我」在日常生活中記性不好，把香噴噴牛肉燒成焦炭，把門拉上才發現鑰匙未帶出來等等，每每在自怨自艾時，耳邊就會響起一個極柔和的聲音，叫她別懊惱，再來過，這是「我」母親的聲音，可是她已經去世三十五年了。接著母親的影像出現在「我」眼前，像螢幕一般，一幕幕童年舊事也出現在讀者眼前，這就開始了倒敘。在第三段時，又回到「現在」，敘述「我」在清晨或午後，時常什麼事也不做，只是一往情深地思念母親。由這一段之後，就連續用十六段文字敘述母親生平種種勤勞節儉、慈祥善良的美德，結尾終於母親的逝世，跟開頭她已去世三十五年呼應，是一篇相當典型的倒裝敘述散文。這種文章的慣常模式是在倒敘之前先展示「結果」。

(三) 交錯敘述

交錯敘述是敘述時間「失序」，時間沒有主軸，缺乏因時間而聯繫的關係。散文中的事件不但時間不同、空間也常常不同，在敘述中還時常夾以議論。例如周作人〈碰傷〉❸，文

❷ 見《桂花雨》第二一頁。

❸ 見《談虎集》，《周作人全集》一冊第一七五頁。

分七段，內容大要：

一段：我從前曾有一種計劃，想做一身鋼甲，甲上都是尖刺。穿上它可以到深山大澤自在遊行。如有野獸來襲，只消縮著不動，他們就負傷而去。

二段：佛經及傳說中都說最利害的蛇是見毒，凡是看見牠的人便被毒死。

三段：我小時看書中〈劍俠傳〉很是害怕，劍俠皆修煉得道之人，但動不動就以飛劍取人頭於百步之外，劍仙則更利害，我當時心裏祈求不要遇見他們，生恐一不小心得罪他們。

四段：近日報上說有教職員學生在新華門外碰傷，大家都稱咄咄怪事。但我一點都不覺得奇，蓋現今世上什麼事都能有。我因此連帶想起上邊所記三事，乃覺碰傷乃情理中所能有之事。不信者，我再舉例以證。

五段：三四年前，浦口下關間渡客的一隻小輪，碰在停泊江心的中國軍艦頭上，立刻沉沒，據說旅客一個都不失少。一兩年後，一隻招商局的輪船，又在長江中碰在當時國務總理坐的軍艦頭上，隨卽沉沒，死了若干沒有價值的人。

六段：因此可知，碰傷在中國是常有的事。至於完全責任，當然由被碰的去負擔，譬如我穿著有刺鋼甲，有人來觸，那時他們負了傷，豈能說是我的不好呢？

七段：聽說這次碰傷的緣故，由於請願。我不忍再責備被碰的諸君，但我總覺得這辦法是錯的。請願的事，只有在現今的立憲國裏，還暫時勉強應用，其餘的地方都不通用的了。例如俄國，在一千九百零幾年，曾因此而有軍警在冬宮前開砲之舉，碰的更利害了。但他們也就從此不再請願了……我希望中國請願也從此停止，各自去努力吧。

從以上內容大綱就可以知道，本文各段落的聯繫並不是依賴時間組織起來的。前三段都敍述過去的事件，但三者本身沒有前後關係，甚至也沒有空間或其他任何關係足以互相維繫，這三個段落各自獨立，乃至可以互相調換位置，並不損害全文之表意。直到第四段出現，讀者才恍然領悟，前三段之「過去」事件乃在陪襯此段中之「今日」事件。接著第五段時序又回溯到三四年、一兩年前的事件，亦是跟前三段一般做爲陪襯事件。而第六段出諸議論，回到「現在」，第七段由「現在」又回溯到俄國的一千九百零幾年事。從表面看，本文的敍述時間混淆，這是因爲作者不從時間的角度來考慮敍述的方法，造成時序的任意跳接，是爲交錯敍述。

(四) 扞插敍述

以上三種敍述時間是單一敍述，其敍述觀點大致上以統一爲原則。扞插敍述及平行敍述是複合敍述，就時常出現多向觀點。

扞插敍述是在主要敍述中橫生枝節，扞插進來新的事件。此一外來事件，大抵都具有烘托氣氛或者陪襯主題的作用，否則就成爲駢枝贅疣了。琦君〈外祖父的白鬍鬚〉❹中首段敍述外祖父的長相，使她聯想到財神爺，因爲長工阿根聽一個小偷親口告訴他：他遇見過財神爺，就是這個樣兒。接著插敍小偷的敍述，某夜他到作者家偷東西，在穀倉挑了一擔穀子，剛挑到後門口就遇見一個白鬍子老公公叫住他，給他兩塊洋錢，勸他不要再做賊了。這一段插敍雖然是由長工阿根轉述小偷的話，但整個事件未用引號括起來，所以仍然用第一人稱觀點敍述。到後文外祖父跟「我」連說兩個孫中山先生的故事，就用引號括起，因此便是第三人稱觀點轉述，前一個插敍是伏筆，到後文讀者發現那財神爺就是外祖父。後兩個插敍是陪襯，外祖父欣賞並效法孫中山先生的大度容人，他自己也確實做到，這就是插敍之功。

插敍的功用既是居於烘托陪襯地位，因此，不論它的篇幅有多長，仍然居於主要敍述之下。例如木心〈圓光〉❺後半敍述某夜，幾個朋友在小酒吧清談。一位從事繪畫雕塑的歐陽敍述一段他個人的親身經歷，他因某件浮雕細部受人指控入獄。在獄中得一長者指點，領悟「圓光」之眞理，在插敍完後再兩行文字，全文即戛然而止。此一段篇幅頗長的插敍是全文後半的重心，跟前半敍述弘一大師的「圓光」相映成趣，把主題烘托出來。

(五) 平行敍述

平行敍述是把兩種以上的客體放在某種等同地位上進行敍述。例如敍述同一時間內不同的空間活動，或者同一空間在不同時間中的情形，或者某個事件在不同時空中的演變等。

司馬中原〈夜深沉〉❻敍述中國內亂時期，國人互相殘殺無日或已：「中央的游擊隊，槍斃盜賊和土匪，僞軍槍斃中央的游擊隊，游擊隊又槍斃被稱爲漢奸的僞軍，土匪結股而來，槍斃和他們有仇的地方官吏，地方官吏又槍斃幹八路的，八路過來，又槍斃中央的幹部，總而言之，斃來斃去，弄得沒完沒了。」中國正像深沉的黑夜一般不見一絲光明。在這個時期，作者舉出三件具有代表性的事件；第一宗是一位虛歲才十四歲的小孩，跟叔叔到游擊隊補個名字吃糧當差。一次隊上捉住兩個土匪，隊長指定要這孩子擔任行刑，可憐他嚇得腿軟腳麻，勉強開槍卻沒把土匪打死，自己卻口吐白沫倒地暈厥，被抬回去後大病一場，最後還是解職回家了。

第二宗是僞軍槍斃抗日份子，一位飽讀詩書的抗日老人被遊街之後槍殺之不足，還戕傷屍體等。第三宗事件是土匪看上村民新婚妻子，強索不得，半夜槍殺新郎，綁架新娘。後聯莊會設法活捉了土匪，並效五馬分屍法，以三牛二驢肢解土匪。

以上三宗事件雖未必發生在同一村莊同一個年月日，但是它發生的大環境、大時代背景

❹見《琦君自選集》第一九頁。

❺見《散文一集》第二九頁。

❻見《滄桑》第一一九頁。

完全相同，中國國土變成屠場，儘管太陽光照，白晝在人的眼裏，也變成可怖的黑夜。三宗事件在相同的大時空下，同樣的慘絕人寰，使得平行敍述的事件可以如鎖鍊般扣得緊緊地，事件本身又不重複，更見其悲劇性。

第五節　敘述內容

敘述必須有事件才能成立，因此內容成爲敘述的必要條件之一，散文敘述內容大致可以歸納爲下列四種：情節、性格、事物、議論。任何敘述必須至少具備其中一項，也可以同時兼具數種的。以下僅就敘述內容的進行方式來討論，並不涉及主題的範疇。

(一)情節中心

以情節爲中心的散文必然具有人物、事件，其事件有開展、演變，乃至衝突或波瀾等，造成散文的興味點並呈現主題。以情節爲中心的散文大多具有時空背景，且具綿延性，時間遞嬗、空間轉換、人事更動等。

琦君〈第一雙高跟鞋〉❶的內容大要如下：「我」非常喜歡高跟鞋，打從八歲時，見鄰家小姐出嫁時有一排高跟鞋，就盼望自己快長大、快當新娘，要穿他一輩子的高跟鞋，長工阿榮伯見「我」穿阿姨的高跟鞋過癮，於是用木頭削出一雙高跟鞋，成爲「我」的第一雙高

❶見《紅紗燈》第五頁。

跟鞋。平時把它收藏在花廳裏，與小朋友們扮新娘時就拿出來穿。小朋友都搶著當新娘，阿榮伯邊給孩子打鼓敲鑼，邊望著他的傑作高跟鞋格外高興。扮了好幾年新娘後，「我」去了杭州，阿榮伯把高跟鞋收在紅木榻抽屜裏。「我」在杭州考取了中學，阿姨爲「我」買了雙高跟鞋，可是父親不准穿。「我」氣得寫信向阿榮伯哭訴。阿榮伯叫他姪子寫信來說：「不要哭，你回來時，我再給妳釘雙大的」。「我」一直到高中畢業才回家鄉，腳下穿的是一雙漂亮的高跟鞋，阿榮伯卻已經去世。那第一雙高跟鞋上已全是灰塵，緞子顏色亦舊。第二天來了一羣女友，都是當年穿過那雙高跟鞋的新娘子，大家一同去阿榮伯墳上點香上供。

〈第一雙高跟鞋〉由上述簡單的情節串連起來，由市售高跟鞋之不准穿到可以穿，由阿榮伯之手製高跟鞋之可以穿到穿不下，情節在演進中告訴讀者歲月流動的痕跡：母親眼角的皺紋增加，而阿榮伯去世了，但是小姑娘們由扮新娘到做眞新娘了。時光流逝固然使新生代成長，但也讓老一輩無聲無息的凋零，這種淡淡的哀傷全由生動的情節自然烘托出來。以情節爲中心的散文，要由情節本身暗示主題便好，作者萬不可跳出來多做詮釋，散文乃能雋永有味。

（二）性格中心

性格指人物的感情、脾性、格調等特色。散文敍寫人物，往往不是呈現作者自己的性格特徵就是書寫別人的特徵。以性格爲中心的散文時常不注重時空背景，其「情節」也僅僅就生活中截取一個極小的切片，放大特寫。蓋人物性格的特色往往就在極小處見出，所以性格中心最常處理的方式是小題大做。

丘秀芷〈至情清歡〉❷第一則〈銅板〉敍寫「我」近來時常到弟弟家爲年邁的父親做飯。有一天，要回家時發現搭客運的零錢欠兩元：

「爸，您有沒有兩塊錢？我搭車零錢不夠。」

父親進他房裏老半天，我聽到銅板的聲音一直響。正納悶：父親是不是找不到兩個一塊錢的銅板。

父親終於出來了，兩手捧一堆銅板。有十元的、五元的、一元的。我說：

「爸！我只欠兩塊錢！再說搭車用十元的銅板划不來，他們不找的。」

「你全拿去，下次搭車。」他只挑出十元的，其餘的全塞給我。

以後，每次我要回家，他就給我好幾個五元和一元的銅板，還不許我不收。

後文敍述父親不僅每天設法積存銅板給她，且經常買糕點水果叫她帶回家給兒女吃。這篇散

---

❷見《留白天地寬》第一八一頁。

文的興味點就在父親的「固執」上。在他尙未發現女兒需要銅板時，從來不曾想到把銅板留給她，可是一旦發現女兒需要時，他幾乎是全力以赴在爲女兒籌銅板，他似乎不肯理會女兒只是偶爾欠缺兩個銅板，並非天天匱乏，雖經女兒一再申明終究無效。這麼一樁小小事情，讀者已可看見一位可愛的老人，他一直被兒女們妥善照顧中，可是，他也需要付出他的愛心來照顧別人，只是他一直缺乏「管道」，所以，一旦知道女兒欠缺銅板，他便不停的付出銅板。這證明人類固然需要被愛，但也需要付出愛。當然，本文的對象還是一位老人，因爲這種受與授的模式都是屬於老人的。也因此，懂得孝心的晚輩，如文中女兒以及女兒的兒女們都完全接納老人付出的愛。以性格爲中心的散文，其表達的主旨不外是人類個性及情懷的殊相或共相。

(三) 事物中心

事物的涵蓋面極廣，舉凡景物、動物、植物或其他無生物，只要是人身以外者皆可歸諸事物。以事物爲描寫中心的散文看似已離開人類的思想行識，其實不然。像朱自清〈月朦朧，鳥朦朧，簾捲海棠紅〉❸原是以介紹一幅繪畫爲主的散文，但是作者除了用中性文字介紹其內容，同時也夾入感性文字介紹其情境。繪畫者在畫幅上透露出來的情韻被朱氏發掘，復將此種情境表現於文字篇幅之中。例如畫中圓月給人「純淨」、「柔軟」、「和平」、「

如一張睡美人的臉」之感，海棠花葉的嫩綠色，彷彿掐得出水等等，由這幅畫的景物之境，作者聯想到畫裏隱藏的情境。是以，透過本文，讀者不但可以看見朱氏個人觀賞翫物的品味，也能略窺畫者的人生意境呢。

韋暈〈枯河〉❹敘述一條「枯河」的一段「生命」。枯河的盡頭有一簇簇上了年紀的馬查里樹，這些樹在結滿一顆顆紅晃晃的小果子時，就被一羣一羣的小雀子咕碌碌給吞食了，原本衰老的馬查里樹一下子就老了十年。那條河，不用說，一直是枯萎著的，「就像快走完了生命路途的馬查里樹，在灰色黃昏來臨時，變成了果陀等待而終於沒有來臨的那片荒野。」只有天空的白雲、紅雲、黑雲……對枯河岸上的馬查里樹有幾分依戀，但最後也還是走了。以後，不論晨曦或暮色中，再也不見雀兒在樹梢頭飛繞，那幾棵馬查里樹像已跑完了自己的路，只留下頭上幾根白髮。西北風卻仍無情地從河的另一端吹過來，想把這些樹連根拔起。河灘則更加枯瘦了，一條條肋骨凸現於乾裂的泥沙間。

有一天，枯河出現了奇景：一個老太婆把枯河當成自己的家，一早就去掃除，把落葉燒掉。她總是張著一把變了形的破布傘：「誰也不知道那老太婆打什麼地方來，也沒誰知道她

❸ 見《朱自清全集》第六四頁。

❹ 見《寄泊站》第七六頁。

怎樣到這個河灘來，我們只看到她一整天傴僂著身體用一把破掃帚去掃河灘上的枯葉」。在敍述「枯河」及其周邊人文環境的同時，作者在開頭及中間不斷插入廣播電臺的強風豪雨特報。「我」亦不時回憶起三年前這條枯河曾因一連串豪雨，引起山洪暴發，使枯河頓時變成一片汪洋。作者只寫到雨季來臨的前奏，「我」就「回家」了，日子過了許久，枯河的故事已逐漸淡忘時，再走到枯河邊，那把破布傘下的老女人已不見了。「但那株瓜蔓的黃色小花依舊迎風搖曳」。

這篇散文頗用力於敍述枯河的自然生態及人文環境都瀕臨枯萎的臨界點，但那並不是作者眞正的寫作目的，文中不時夾雜著人類虎虎有生氣的談笑，例如巴士駕駛員的無聊對話、水果攤販等人——包括「我」對「枯河」坐壁上觀的態度，在在說明枯河不具備生命，查馬里樹不是生物，甚至那破傘下的老婦人也不是岸上有閒情逸致者的同類。「他們」都是「枯河」構成的一部分，跟岸上的人類社會形成一個鮮明的對比。也唯其老婦人是人，不是植物或者河床，此一對比的強烈諷刺作用更爲凸顯。由此可見，以事物爲中心內容的敍述，總是蘊含作者的人文或自然思考在內。

（四）議論中心

以議論爲中心的敍述，是由議論牽引著敍述進行，敍述的內容乃是爲支持議論而存在的。其散文的形式是敍中有議、議中有敍。例如魯迅〈無常〉❺便是典型例子。

「無常」原是佛家語，指人世間所有事物都在變異毀壞的過程中，爲人類無法掌握。後來引申爲死的意思，又引申爲「勾魂使者」之名稱。文中的「活無常」是指民間祭祀中由人扮演的無常角色。本文首段指民間迎神賽會時出巡的神皆掌有隨意殺人之權柄，活無常卽其中之一。此段爲「議」。第二段說，這些鬼物們，大概都是由粗人或鄉下人扮演，接著敍述這些被扮演出來的鬼物們之外貌形狀，之後又說：

> 據傳說，鬼王是只用一只腳走路的；但他究竟是鄉下人，雖然臉上已經畫上些魚鱗或者別的什麼鱗，卻仍然只得用了兩只腳走路。

本段到此爲止是先敍後議。其「議」當然是飽含諷刺。因此接著又敍述觀衆對這些假鬼物不很敬畏——只除了念佛老嫗和她的孫子們爲面面具到起見，給他們一點尊敬的儀節。第三段以下則全力寫「活無常」，敍述活無常在民間最常看見的裝扮，不論在迎神的路上或廟中乃至中國古書記載，皆一一敍來。可是在印度佛經裏，活無常卻是於古無徵，何以他獨獨受中

---

❺見《朝花夕拾》第三六頁。

國人的歡迎呢？

凡有一處地方，如果出了文士學者或名流，他將筆頭一扭，就很容易變成「模範縣」。

作者是說中國文人添油加色，使活無常活躍於中國。但此段開始已夾敍夾議，筆鋒針對陳西瀅而多含諷刺之語。魯迅指陳氏所撰〈模範縣與毛厠〉使無錫一躍而成「模範縣」❻，活無常亦不過經此等文人點染而出名。此段筆涉陳西瀅後，魯迅嘲諷之氣一發不可收拾，連續用陳氏文章中的句子一再貶斥陳氏之不公云云，再拍回到活無常之可親可愛。接著再敍述活無常在戲裏比在廟中泥塑、書中墨印的要可愛得多，連續幾段敍述戲臺上的活無常，迎神時的無常等等，作者很贊美無常具有人情味，「不擺教授先生的架子」云云。讀完全文，讀者當可意會本文敍述多而議論文字少，但是文章實在是以敍述爲輔，議論爲主，其議論正是對魯迅所痛恨的人物做辛辣的批評貶抑。

以上所論敍述可能以四種內容爲中心，但並非指所有具備敍述的散文都只存在一種敍述中心。有許多散文時常兼具二或三種的。例如舒乙〈父親的最後兩天〉❼即是兼有情節、性格與議論等內容。

❻ 陳氏原文見《西瀅閒話》第一〇八頁。按〈模範縣與毛厠〉爲陳氏諷刺其原籍無錫之作，此處被魯迅反用，謂無錫縣爲模範縣。

❼ 見《老舍之死》第五四頁。

第五章　散文結構論

第一節　結構的意義

在中國傳統文學理論中，文章的謀篇佈局、結構章法是極受重視的一環。古典散文結構章法之論尤夥，自來創作者莫不努力運其法而盡其才。

現代散文的理論家們雖然相信散文應該具備結構，但似乎不必如古文之嚴整。佘樹森《散文藝術初探》〈自序〉中說：

> 其結構，看來猶如散漫於沙石、草叢之間的山溪，曲、直、疾、徐、行、止、隱、現，自然賦形，似無結構可言，「只憑興感的聯絡」；然而撥沙披草觀之，亦不難發現其來龍去脈，秩序、聯絡。此所謂「似連貫而未嘗有痕跡，似散漫而未嘗無伏線」，「文無定法」，而法度自在其中矣。

這種解釋應該只屬於部分散文，不能概括所有的現代散文。

古代理論家詮釋結構，多側重形式結構；而近代小說理論衍生後，復有情節結構之說。筆者以爲，現代散文的結構論，至少可以從以下五種結構來審視：

(1)**類型結構**：依正文歸屬之次文類性質而形成的體裁結構。

(2)**形式結構**：依正文起承轉合、段落嵌合安置而形成的外觀結構。

(3)**情節結構**：依正文中事件進行、人物互動而形成的內容結構。

(4)**體勢結構**：依正文中風格延展、氣格呈現而形成的態勢結構。

(5)**思維結構**：依正文中隱藏作者的思維、情感而形成的形上結構。

如果結合本書《敍述論》中「敍述行爲溝通模型」的作者、讀者分析，配合五種結構的性質，可以歸納出左列表格：

結構類型	性質	所呈現的作者位格	所對應之讀者位格	直接相關理論
類型結構	外在	編撰作者	潛在讀者	《類型論》
形式結構	外在	編撰作者	潛在讀者	《技巧論》

情節結構	內在	編撰敍述者	潛在讀者	《敍述論》
體勢結構	潛在	隱藏作者	作者化讀者	《修辭論》、《風格論》等
思維結構	潛在	隱藏作者	作者化讀者	《主題論》、《思潮論》

透過以上表列，我們得以初步理解、釐清五種結構之區分，事實上在每一單篇正文中這五種結構均同時存在、互爲表裏、彼此影響，而組成形質兼備的巨視結構體。

以上五種結構，類型結構已在拙作《現代散文類型論》中論及，❶以下就另外四種分述於次。

❶類型結構屬於散文的預設結構，即不同的散文類型就必然有其類型本身先天的形構，跟下列四種完全由作者主導創造的結構類型有所不同，因此不在本節詳加討論。

第二節　形式結構

每一篇散文都要靠形式支撐起來，所以必然有形式結構。形式結構的基本方式是：題目加正文。正文部分則是開頭、中段與結尾。我們不能忽略的是，形式結構的目標是協助內容主題的傳達。

題目的消極功能是提示全篇的重點，但是如果見了題目並讀了文章，讓讀者感到從題目就一覽無餘，則是失敗的題目。所以定題應該努力建設積極的功能。除了切合文義，還要機智警策，使讀者一見題目就想看內文，例如錢鍾書〈魔鬼夜訪錢鍾書先生〉、張曉風〈生生世世說不完的兩個字〉、吳魯芹〈閒人請進〉、梁遇春〈「失掉了悲哀」的悲哀〉、〈無情的多情和多情的無情〉❶等，這些題目必然會使讀者一見就想詳讀內文。還有些題目極富詩意，立刻能引起讀者注意，例如余光中〈撐起，善繼的傘季〉、〈宛在水中央〉、管管〈春天坐著花轎來〉、洛夫〈雪，一首又白又冷的詩〉❷等都是極富詩意的散文題目。還有些題目，乍看不起眼，等讀完全篇後，才恍然發現它具有很豐富的意義，跟正文成爲不可分割的有機體。例如朱自清的〈背影〉❸，這題目不僅指全篇描寫父親的背影，爲文章的重心，且背影成爲全文轉折的關鍵處。另外，它也暗示著人子面對父親的「背後」時才能感受親情的偉大之眞理，因此，使得它肩負的意義不僅是作者個人的，而且是天下親子所共同的。

又如陸蠡的〈燈〉❹，表面看似是詠物小品文，描寫一個舊式家庭中的青油燈，但等到讀完全文，就知道作者把燈象徵文中的媳婦，她像一盞默默燃燒自己、溫暖別人的老式青油燈，擴大來看，也是作者對中國傳統婦女地位的肯定與尊敬。全篇不僅密切扣合題目「燈」，最後還讓燈與人雙雙綰合結束，讓讀者餘味繚繞。題目的積極功能是無限的，端看作者如何發揮。

開頭與結尾，最可以看出作者能否關鎖全篇的形式結構。

散文的開頭，大抵有破題法與冒題法兩種。破題法是開門見山，直接揭示全文主旨。例如張曉風〈關於爸爸這種行業的考核制度〉❺的開頭：

---

❶ 以上見錢鍾書《寫在人生邊上》第一頁、張曉風《給你》第四九頁、《吳魯芹散文選》第一頁，《梁遇春散文集》第一〇一、一六五頁。

❷ 以上見余光中《焚鶴人》第一四三、一六三頁、管管《春天坐著花轎來》第一頁、洛夫《洛夫隨筆》第四九頁。

❸ 見《朱自清全集》第七一頁。

❹ 見《陸蠡散文集》第一一二頁。

❺ 見《通菜與通婚》第一一三頁。

關於爸爸這種古老的行業，歷來好像一經發表，便是永保無虞的終身職，這也幾乎是唯一的在告老之後，有養老金和安葬費的行業。

如此偉大的一個行業卻根本沒有考核制度、獎懲制度，實在可怪。

直探題旨的開頭必須勁拔明淨，〈關於爸爸這種行業的考核制度〉，題目就相當俏奇，因爲「爸爸」原來不是一種「行業」，且從無人有資格「考核」之。作者立此一新穎的題目，已足可吸引讀者的閱讀興趣，文章的開頭也可以單刀直入，並立刻在第二段宣佈爸爸的「家規」，實不僅只是「回家吃晚飯」而已。因此，全文的結尾要所有的爸爸「黽勉從事，戮力以赴」：

否則僅以「回家吃晚飯」為志，其志亦小哉，吾家小狗小黃，每到五點也準時回家吃晚飯呢！

「回家吃晚飯」是當時新聞局長提出鼓勵爸爸親子運動的「口號」，作者在文章結尾時稍作嘲諷，不僅有呼應前文，收「伏應歸結」之效，且反彈出全文立意之高。

冒題法則是開首迂迴而起，看似不由正題出發，實則繞個小彎，再導回正題，可以引起閱讀興趣。例如吳魯芹〈翡冷翠夜夢徐志摩〉❻開首第一節實爲全篇之「楔子」，閒閒道其六天六夜在翡冷翠之感覺，可以「古意盎然」盡之。由此一「古」字再閒閒引到今之古人徐志摩，曾經在翡冷翠寫過一首詩「翡冷翠的一夜」，日有所思夜有所夢，最後一句「一宿有夢」結束了「開頭」。第二節才寫徐志摩與作者夢中相見事。

第五節是結尾，已是第二日醒來之後。開頭處點出翡冷翠古意盎然，結尾不忘呼應，晨起就聽到古廟傳來老鐘之聲，此爲前後總結之一。其次是，開頭時作者因徐志摩夜宿翡冷翠一夜而成詩一首，而自已住了六夜仍然無詩無文。其「上司」乃嘲其無詩才云云，使作者感到「語不投機」，而結尾時，作者再向「上司」稟告夜來有夢，「上司」仍嘲其「荒唐人作荒唐夢」云，也跟開頭之話不投機遙相呼應。此爲首尾呼應之法。再其次，作者反駁云「還有人會夢見瑪莉蓮夢露哩。」其上司答云「荒唐亦有三六九等，分高下的！」此語已暗含褒貶，可拍到中間正文，也就是與徐志摩夢中一晤，極爲「投機」，實則是人生「荒唐」中之高等者，亦飽含雅趣。作者結尾末句說「我未再問高下如何分法」，實際上已暗暗分出，自然不必再向話不投機的上司「稟問」了。此種結尾頗有餘味，全篇亦首尾銜續巧妙。

中段是散文的主體，爲全文主旨闡發之處。開頭與結尾都是針對並配合主體而設計，使

---

❻見《餘年集》第一六九頁。

全篇成為一個有機的結構體。理論上說，形式結構的方式有千萬種，但對於一篇好文章而言，最恰當的形式結構只有一種。

楊朔〈茶花賦〉❼為典型有機組合之「形式結構」。它形式整齊勻稱，在規矩繩墨之中寓有變化法度。乍看之下，不覺其有佈局章法，實際上有線索可尋。

〈茶花賦〉可分為十三個段落。內容大致如下：

一段：人在國外，想念祖國，請畫家畫一祖國圖而不得。

二段：回國時，驚見昆明之春，令人心醉。

三段：花事盛處有梅花、白玉蘭。

四段：最深的春乃是茶花。

五段：細寫茶花，實為家家戶戶所養之花。

六段：由茶花之美，聯想到花匠。

七段：作者遇見花匠普之仁。

八、九、十段：作者與花匠對話，談栽培茶花的難易、花的壽命等。

十一段：細寫花匠為普通而不平凡的工人，勞心勞力，美化人類的生活。

十二段：一羣兒童欣然來賞花。童子之臉與「童子面茶花」相映，使作者頓悟，春花也在人的新生代中盛開。

十三段：作者終於想到一幅童子面茶花，最足以象徵國家的面貌，乃要朋友為他畫一幅畫。

本文分為十三個段，每段字數都差不多，約在三、四行之間。最少的是第二段，僅兩行。這一段之簡短實在有「驚歎號」的雙關意義。蓋離祖國日久，除了懸念之情外，驚見花事正盛，躬逢祖國之春——祖國之春也意含雙關，寓有欣欣向榮之意。

第一段佔四行，文字較多，正是在抒寫作者的思鄉懷國之情。其形式之長短往往暗合內容之需要。

本篇文字也藏有許多伏筆。例如第三段寫花事茂盛，但絕不提及茶花，乃是為茶花出場做伏筆，果然第四段茶花出現了。第五段就仔細描寫茶花的特色，它除了紅艷如「一團燒得正旺的火焰」亦具雙關之意外，還是一種極普遍的「家家戶戶都養」的花。此段不僅讓下一段「養花」的花匠有所承接，也引出八、九、十等三段養花與養國的雙關對話。養花「不很難，也不容易」，壽命卻長，生命也強壯。

第七段花匠攀著一棵茶樹小幹枝告訴「我」那是童子面茶花，開起來最好看。此處正是第十二段一羣小孩（童子）仰著鮮紅小臉（面）來看茶花之伏筆。所以「我」能從孩子臉上

---

❼見《楊朔選集》第七五頁。

讀到「童子面茶花開了」的意義，也因此，又可推衍出尾段視兒童爲國家未來之主人翁，是以童子面茶花可以象徵正要努力前進的祖國面貌。歸結爲畫一幅童子面茶花，再回拍到第一段。

本文段與段間的銜接還很用巧心；第一段思念祖國，暗暗藏住「春」字，可謂「想花」。第二段立刻驚見昆明花事。前爲抑，後爲揚。此後段落之銜接泰半用頂眞格緊緊扣住。第二段末尾是「……正在催動花事。」第三段開頭是「花事最盛的去處……」其結尾是「比起滇池的水來不知還要深多少倍。」第四段開頭是「究其實這還不是最淸的春色……」其末尾句是「不見茶花……」第五段開頭是「想看茶花……」尾句是「……花兒爭奇鬥艷，那才美呢。」第六段開頭是「我不覺對著茶花吟沉起來，茶花是美啊。」其尾句是「應該感謝那爲我們美化生活的人」（指花匠）。七段開頭是「普之仁就是這樣一位能工巧匠」其尾句是「……倒是最好看的。」八段開頭是「……看花容易栽花難……」第十段結尾花匠「伸出兩臂，做個摟抱的姿勢。」第十一段開頭就說「我熱切地望著他的手……」其尾句是「美就是這樣創造出來的。」十二段開頭「恰巧有一羣小孩也來看花……」充滿生機的小孩就隱含被創造出來的美之意。

本文在一千九百字的短文中，實極盡其運用形式之能事，不僅段落長短安排穩當，其段與段之銜接，尤爲精心巧構。其文字中出現的名詞，也能巧具雙關的意義，除了童子面茶花外，種茶花的工匠名叫「普之仁」實際上就是普通平常百姓之意。為大家美化生活的、建設國家的，正是這些人。跟十一段對他的描敘完全吻合。此外，文題「茶花賦」自然也兼具詠物詠人乃至讚美國家之意了。本文之巧於形式佈置者大致若此。

在題目、開頭、中段、結尾等以段落的嵌合安置為主構成的形式組合之外，通篇的句型組織也能構成形式結構的特殊風格。此類形式結構在各段落可以充分利用形式所能發揮暗示主題的功用。例如簡媜〈水問〉❽，係藉一個傳說故事與「我」遭際相近而拈合成一篇散文。傳說一名困情女子，投湖自盡，作者做《天問》之名，而作〈水問〉，於是全篇用了二十四個帶有問號的疑問句，另外還有一些不帶問號的疑問句，接二連三的向那名女子、也向自己、也向上天發出一連串逼人的疑問。這些疑問句，若非排列成整齊的句式，就是以接近排偶的方式摻雜於段落間。前者如全文開頭：

> 那年的杜鵑已化成次年的春泥，為何，為何妳的湖水碧綠依然如今？
> 那年的人事已散成凡間的風塵，為何，為何妳的春閨依舊年年年輕？
> 是不是柳煙太濃密，妳尋不著春日的門扉？

---

❽見《水問》第一八一頁。

> 是不是欄杆太縱橫，妳潛不出涕泣的沼澤？
> 是不是湖中無堤無橋，妳泅不到芳香的草岸？

後者如接下去的第二段：

> 傳說太多，也太粗糙；說妳只不過是曾經花城的孤單女子，因不愼而溺於愛的歧流斷脈之中；說妳的失足只是一種意外。說有人見妳午夜低迴於水陸的邊緣，羞怯地向陌生的行人訴說妳碎斷的心腸，說妳千里迢迢要來赴那人的盟約……。

以上這兩種句型充斥全篇，造成本文特殊的外觀形式及內在風格。文章內容乃是傳達女子爲情所困而不得抒解的情懷，舉出一連串只有蒼天綠水所能——實亦不能回答的疑問。作者知道此問得不到解答，也因此，其情調乃是極爲哀怨纏綿。在表達這種執著情結時，重複的一再發問，就是一種方法。其次，在問句中，如前舉第一例前兩行爲一明顯的排偶對句，它不僅形式美觀而已，其文字及聲音的重複都有明顯的作用。「那年的」重複二次，表示悲劇已過去多時。「爲何」重複四次，正是急切探問而不得答案的焦慮。兩句的上半是往事成煙，而後半則是景物依舊。這兩行排句末尾一字還稍稍押韻，且末四字音響交錯呼應。整個形式搭配起來，可以表達一種如怨如訴無法解脫的哀悽。

第二例，用許多傳說，「說」字帶出四個假設，其實也是四行結構近似的排句。接下去一段仍然三行排句：

要問妳：
天空這麼溫柔地包容著大地，為何妳不送走今日且待明日？
大地這麼寬厚地載育著萬物，為何妳不掏穴別居另成家室？
人間婚姻的手續這麼簡便，為何妳獨獨擇水為妳最後的歸宿？

這三句問話，實則是問人亦問自己。如果再通篇讀下去，我們就會發現，作者不過假借一個女子的事件，來抒發自己情困的疑問，借著形式的一問一答、複沓迴環，產生哀怨纏綿無法排解的繾綣之情。雖然終究得不到解答——解答實在不重要，文章的目的僅止於抒發情結。

除了不斷出現排偶的句型，在敍述文字中，本文也大量使用節奏舒緩、句式繁複的長句，讓讀者在閱讀時跟著句型一唱三嘆，例如：

是不是妳信念著，有一種從無緣由而起的宇宙最初要持續到無緣由而去的宇宙最後的一種約誓，讓妳飄零過千萬年的混沌，於此生化身為人，要在人間相尋相覓？

這麼長的一個問句，其意思原本很簡單，作者偏要以「宿命」的意思大加演繹，句型拉長，以便緩緩道來。諸如此類，牽絆糾纏的情愫，確然可以在本文各段落的形式中讀出許多消息，而這些段落組合成章，便成爲全篇形式結構的特色。

有些散文的形式結構直接在文字造型或句子造型上製造「效果」，跟通篇結構息息相關者。例如王鼎鈞《碎琉璃》一書中，即有多篇。例如〈楔子：所謂我〉全篇僅一千兩百字，卻前後分別以特殊放大字體各出現一行字：

我要找尋我自己。

「你說的這件事，跟我毫無關係。你根本不知道我是誰。你在說另外一個人。」

放大的字體，必然關鎖全篇主題，「我要找尋我自己」，可以說是作者在〈楔子〉中宣佈撰寫該書的目的。再從全書內容看，其題材皆爲「我」青少年時期事，因此我們可以說，該書乃在尋找已破碎之童年，試圖補綴其璀燦之原貌。而尋找的方式，乃是透過寫作。散文創作實可以說是作者尋找自己的心靈活動。因此，開首放大字體，爲揭示此一主題，其形式透露的內在意義昭然。

接著，文中敍述一位熟悉「我」童年的人，口述「我」小時一樁栽花事件。當時有許多人懷疑「我」曾經說謊，事經多年，敍述者好奇的乃是「你到底有沒有說謊？」，「我」乃推出最後一行放大字體的話做爲回答，也收束全文。該文弔詭的是，作者利用一位第三人稱旁觀者來敘述「我」的童年事情，由敘述者的懷疑，導致「我」的失望。此處的敘述者除了是該文採用的觀點外，它也代表讀者的觀點，當他們閱讀作者自述童年的作品時，也非常可能會問出令作者失望的話：「你到底有沒有說謊？」令作者失望的當然是讀者懷疑其文學的眞，而非事件的眞。但是讀者縱有千萬，大部分人恐怕都只關心其事件的眞假。所以，做一名文字工作者，其寂寞乃是難免的。作者利用「楔子」表達他寫作的抱負，以及預期將缺少知音的悲哀，所以結尾用特殊形式字體來強調。

諸如此類的寫法，在《碎琉璃》一書大部分篇章中都曾運用。最顯赫的是〈帶走盈耳的耳語〉，其「耳語」部分佔相當多篇幅，都放大字體，低三格排列，從形式上看，既要強調「耳語」的重要，又要壓低耳語的聲音，使其成爲「耳語」，這種形式在文章方納入讀者眼簾時，就會有鮮明的感覺。以上所談的形式部分，在文章外觀上卽出現兩種不同的形貌，其「異體」鑲鈿在正文中，成爲有積極意義的一部分。

也有散文的外觀形式通篇以「異體」組成者，例如木心〈普林斯頓的夏天〉❾開首數行可見一斑：

❾見《卽興判斷》第一九九頁。

> 因為今晚是個夏夜所以那時候也是個夏夜，
> 將被議論的人曾經住在濃蔭中的屋子裏於是仍然從濃蔭中的屋子伊始。
> 慣說這裏秋天怎樣冬天春天怎樣而夏天草木更其綠得好像要造成一件什麼事。

該文的形式特色有：通篇不分段，故開首未低兩格起行，但以空行來分節。每句標點符號極其節省，且每逢逗號、句號就另起行排列。不僅排列形式特殊，其內容也經過設計，例如前引數行有迴文的特質，其次各行之間，時或以頂眞相銜或以重複字詞製造複沓效果，例如：

> 然後青灰為主則夾入栗灰紫灰而栗灰為主就使青灰紫灰夾入，
> 紫灰亦可為主那末栗灰青灰輔之然後或斜紋或直楞或十字織或人字織有什麼可笑的？
> 可笑的是父親舅舅父親的舅舅和舅舅的父親如果他們大學時代的上裝還保存在箱櫃裏
> 牠們就是這樣的配色這樣的織法。

這種形式設計貫串全篇，讀者閱讀時必須時常停頓下來，不僅觀察其形式之怪異，且須注意其內容的涵意。

與木心有同趣者是葉維廉，他個人的散文創作不但形式喜歡翻新，似乎一再暗示讀者不可忘記他是一位詩人，經常會以詩法入文。連〈閒話散文的藝術〉論文[10]，除了有些地方偶而用引號、括號、冒號、問號、頓號、驚嘆號、句號、刪節號，大致上，全文排斥逗號、句號的使用，卻以空格來代替其位置。連引文也替原作者刪削標點符號，但也偶有例外者⓫，此種怪異的形式，已足以造成讀者閱讀的困難。

也有通篇採取戲劇形式，或僅用人物對話形式的散文。例如魯迅的〈過客〉、葉紹鈞的〈詩人〉、〈水患〉等⓬。前者僅利用戲劇簡單的形式以交待時、地、人及簡單的背景，其內容也缺乏戲劇的情節、糾葛、高潮，因此仍然屬於散文。葉氏作品是精心設計兩人的對話，以傳達作者的觀念，跟語錄體雜記不同，也仍然是散文的範疇。由於採用戲劇、對話方式，文章中自然省略許多描寫敍述的文字，作者力道則可盡情發揮在對話中。值得注意的是，在戲劇形式或對話形式之中，我們還可以進一步分析其起承轉合、段落分配之結構。

每篇散文必然具備形式結構，在中國傳統古文中，是作家極爲著力下功夫的地方，因此，全篇諸節之起承轉合固然要注意，各段落之間也要承接有力、起落得勢、疏密相間、前後呼應等等，由此衍生許多筆法，例如抑揚頓挫、迭宕疏落等等。

❿ 見《中外文學》十三卷八期第一一四頁。
⓫ 例如引林文月〈遙遠〉及另一段未著篇名的散文則保留原貌。
⓬ 以上見魯迅《野草》第三五頁、葉紹鈞《未厭居習作》第一九四、二〇一頁。

第三節　情節結構

情節的一般定義是：敍述性文藝作品中所描寫的人物之間的相互關係，以及由此而衍生的一系列生活事件。情節既表現人物的關係，自然也會表現人物性格的衝突矛盾和聯係合作以及變化發展。大部分理論家認爲情節通常是由一個或數個生活事件所組成，而人物行動是其中的主要因素。

在小說中，情節具體而鮮明，因爲它跟故事關係密切，具有故事性的情節可以大致分爲序幕、開端、發展、高潮、結局、尾聲。

但是散文不一定存在著故事；它的人物有時過於單純，缺乏互動關係；有時全篇僅僅一個人物，也可能沒有任何「活動」。散文的情節定義應該是指組合成內容的系列單元。這些單元組合固然可以是一個或數個具體的生活事件，但也可以是一個或數個心靈影像的疊映，或是一種抽象思想的表達。不論用疊映或用串連的表達方式，它必然由兩個以上的單元組成，是以散文仍然有情節結構。

夏丏尊〈白馬湖之冬〉❶就是一篇缺乏人物互動關係、事件薄弱的散文。它的情節單元建立在人與物的關係上；白馬湖十年前後的「變」與「不變」是一個單元。文中的「我」對白馬湖的感受是一個單元。

單元一，以十年前後白馬湖爲對照：十年前的白馬湖四周找不到一株樹。「我」執教的春暉中學巍巍然矗立於湖邊，湖的另一邊山腳下僅有幾個新蓋但簡陋的平屋，僅住著「我」及另一戶人家。此外，兩三里內沒有人煙。「我」家新從熱鬧的杭州移居此地，宛如投身極帶之中。十年後，白馬湖已發展爲一個小村落，滿植樹木——此一情節線爲白馬湖之「變」。

白馬湖的多風則爲其「不變」者，十年如一日。所以如此，乃因其地理因素使然。在此「不變」中又寓有變化；在正常時日，從下午快要傍晚時爲風來的時候，至半夜卽息。白天冬日煦煦，一家人逐日而居「日光曬到那裏，就把椅櫈移到那裏。」但「忽然寒風來，只好逃難似的各自帶了椅櫈逃入室中，急急把門關上。」

非常時期，則大風日夜狂吼，要二、三日才止。泥地慘白如水門汀，山色凍得發紫而黯，湖波泛著深藍色。

下雪亦是偶然，室內分外明亮，晚上不用燃燈，但每冬下雪不過一、二次。

因此，平均起來，白馬湖之冬，差不多日日有風。其風不但有聲——呼呼作響，如虎吼。且尖削襲人——透窗鑽縫而入，其寒凍冷冽可知。

❶ 見《夏丏尊代表作》第四七頁。

敍述者「我」對白馬湖的風則感受最爲深刻——乃是他四十餘年生涯中，「多的情味嘗得最深刻」者。初移居此地，家人咸感投身極帶。每日天未夜，全家就關上大門，吃畢夜飯、睡入被窩。只有「我」躲在書齋中，把頭上的羅宋帽拉得低低在洋燈下工作至深夜。松濤如吼，霜月當窗，饑鼠吱吱在承塵上奔竄。「我」於這種時候，深感到蕭瑟的詩趣。常獨自撥劃著爐火，不肯就睡，把自己擬諸山水畫中的人物，作種種幽邈的遐想。也因爲「我」能領略北風蕭瑟的詩趣，因此，在十年後，離開白馬湖了，每在深夜人靜，聽到風聲時，就不免再想起白馬湖的風了。

白馬湖十年之間的變與不變的關係，其「變」乃是用來陪襯「不變」者，蓋多風永遠尖削襲人，而十年前大地荒涼，與十年後之熱鬧村落不可相比，則其蕭瑟之境益深。至於不變的寒風中之「變數」，也是用來襯托「風」，例如冬日、雪景皆少，益顯出有風之日太多。故本文之情節單元可濃縮成「風」與「我」兩個單元，北風雖然聲色俱厲、寒氣逼人，但「我」卻能欣賞其趣味，乃牽引出全文的詩意與韻味，以及作者的情懷。

朱自清〈執政府大屠殺記〉❷則爲複線式情節結構。早期理論家將此文歸入報導文學，它報導的事情是一九二六年段祺瑞執政時，八國公使提出通諜，要求馮玉祥撤除海口駐軍事，執政府反應軟弱，引起民衆不滿，北京市民於三月十八日在天安門集會並於國務院前請願。執政府乃下令屠殺百姓，造成死者四十餘人，傷者一百五十餘人，是爲三一八慘案。❸

由於這是一樁具體而特殊的事件，因此情節的故事性較強，興味點較多，其結構線可分爲四條：

第一條線是透過第一人稱觀點描敍出來的遊行抗議隊伍；羣衆集合在天安門（人數約兩千人，參與之成份有工人、廣東外交代表團、國民黨北京特別市黨部代表、留日學生團，餘皆爲北京的學生）至執政府前空場時，有兩百武裝衛隊環伺，「五代表被拒」，執政府要民衆散去，乃有羣衆嚷「回去是不行的！」衛隊正在裝子彈，民衆乃有散動，（此處經後文補敍，有部分民衆想衝進府去）並紛紛臥倒，此時槍聲響起，壓在「我」背上的人中彈，鮮血不停的滴在他的手背上、馬褂上。接著是羣衆逃亡，但先逃出者在出東門時又被一支兵迎頭痛擊。逃出西門者，迎頭被衛隊用槍柄、木棍、大刀猛擊。「我」夾在逃亡人潮中，僥倖脫險。

第二條線是執政府的行動線；有兩百個武裝衛隊站在府門前，分兩排站立，紅色領章上掛黃銅「府衞」二字，確然是執政府的衞隊。這些衞隊悠閒站立，無威武之狀，且有人爬到

❷ 見《現代十六家小品》第九四頁。

❸ 以上背景資料參見陶菊隱《北洋軍閥統治時期史話》七冊第二三一頁、及《六十年文藝大事記》第二六頁。

石獅子頭上照相，府裏正面樓上、闌干上伏滿看熱鬧的人（執政府知道羣衆口無寸鐵，故以荷槍實彈對付，自知綽綽有餘，故毫不緊張），不久衞隊開始裝子彈，槍聲大作，全場靜默，第一次槍聲持續五分鐘，共放好幾排槍，司令用警笛發號令，一鳴卽是一排槍，有一定的節拍，足見司令者的從容！東門口的手槍隊撤走後，留下的衞隊兀自閒談。其他衞隊趁火打刼，乃至剝死人衣服。事情過去後，執政府又乘人不注意時，掩埋部分屍體以遮人耳目。

第三條線是第一人稱「我」的個人行動及其內心感受；「我」爲集合抗議的參與者、屠殺行動的受害者。他跟在清華隊的後面，在衞隊裝子彈時馬上臥倒，由於有人立卽趴在他身上，使他得以倖免中彈，但卻第一次經歷死亡過境；他第一次聽槍聲，親身承受伏在他身上的傷者流下來的熱血，滴在他的手背、馬褂、帽子……上，他跟死亡是如此接近。可是他內心並不害怕。他不知背上的人是誰，因爲身子不能轉動，所以看不見，「而且也想不到看他——我眞是個自私的人！」作者如此細緻的描寫「我」的逃亡及心情：

第一次槍聲稍歇後，我茫然地隨著衆人奔逃出去。我剛發脚的時候，便看見旁邊有兩個同伴已經躺下了！我來不及看清他們的面貌，只見前面一個，右乳部有一大塊殷紅的傷痕，我想他是不能活了！那紅色我永遠不忘記！同時還聽見一聲低緩的呻吟，想是另一位的，那呻吟我也永遠不忘記！我不忍從他們身上跨過去，只得繞了道彎著腰向前跑，覺得通身懈弛得很；後面來了一個人，立刻將我撞了一跤。我爬了兩步，站起來仍是彎著腰跑。

稍稍脫險之後，他又有一段遭遇及感想：

我真不中用，出了門口，一面走，一面只是喘息！後面有兩個女學生，有一個我真佩服她；她還能微笑著對她的同伴說：「他們也是中國人哪！」這令我慚愧了！我想人處這種境地，若能從怕的心情轉為興奮的心情，才真是能救人的人。若只一味的怕，「斯亦不足畏也已！」我呢，這回是由怕而歸於木木然，實是很可恥的！但我希望我的經驗能使我的膽力逐漸增大！

第四條結構線是事後報紙的報導，極多失實之處；例如遊行民衆少數人手執三尺長削尖之旗幟，上貼口號標語，但報導說民衆拿的是「有鐵釘的木棍」。當民衆集合於府門前時，不曾有嚷叫之聲。放排槍時，也沒有呼號聲。報導卻說民衆叫嚷於前，「哭聲震天」於後。報導說民衆向府裏「進攻」、跟衞隊衝突，乃至羣衆先以手槍轟擊衞隊等，皆爲乖訛之報導。最後，警察總監李鳴鐘匆匆來到執政府的報導則屬實，他說：「死了這麼多，叫我怎麼辦？」

已透露出殺戮之慘，而且他的態度乃是「局外人」在說話，頗令閱者寒心。

以上四條情節結構線，每一線都肩負相當的意義；羣衆的行動線，乃是大鏡頭底下的主角，羣衆之多、死傷之慘，乃成就執政府之「大屠殺記」。第二條線透露執政府的心態，視人民如草芥，早已決定用武力對付民衆，純心「聚而殲旃」。第三條線由作者之逃亡行動，代表羣衆中的一份子，他的心境，實在也是其他人物的心境，故歷歷寫來，極爲細膩感人。這裏的「我」足可代表當時的愛國知識份子：他認爲自己只是個「自私」的小我，在最危險的時候，忘了，或不想去看別的受傷人，但實際上，他也很注意羣衆的生死，也因此他看到有些人偉大的行動而自我慚惶，並尊敬比他更勇敢的人。這些啓示，使他最後能站出來，做正義、公理的維護者，表揚偉大的行徑，指責不人道的行爲，也鼓勵自己向偉大看齊。他嚴厲批評執政府，從文題到情節的敍述，都表現出他經歷死難後更勇於維護正義的精神。第四條結構線讀者一看，就知道多數報紙被執政府控制，因此與事實大有出入，只有報導文學能揭發事實眞相。

以上四條結構線並非單獨成形，乃是由作者交錯織接而成，互相連綴，不見鑿痕。第一條羣衆的線似乎是全文敍述主幹，但在內容上，只是揭發執政府線的陪襯，第四條報紙線，更是用來醜化執政府者。而通篇散文之感人，是靠第三條「我」身歷其境的眞實感受與良心反省、正義的呼告。最後四線歸結於作者深沉的感嘆：

這回的屠殺，死傷之多，過於五卅事件，而且是「同胞的槍彈」，我們將何以間執別人之口！而且在首都的堂堂執政府之前，光天化日之下，屠殺之不足，繼之以搶刼，剝尸，這種種獸行，段祺瑞等固可行之而不恥，但我們國民有此無臉的政府，又何以自容於世界！——這正是世界的恥辱呀！我們也想想吧！此事發生後，警察總監李鳴鐘匆匆來到執政府，說，「死了這麼多人，叫我怎麼辦？」他這是局外的說話，只覺得無善法以調停兩間而已。我們現在局中，不能如他的從容，我們也得問一問問。

「死了這麼多人，我們該怎麼辦？」

讀者應注意李鳴鐘的話與作者最後的問話，貌同而質異。李鳴鐘等人一直扮演著局外人的角色，因此不能對同胞、國族有感情，辦事只是交差而已。作者身在局中，他要問的乃是：有此無能之政府、腐敗之官僚，中國該怎麼辦？有理想有愛心，有奉獻精神的人又能怎麼辦？四線如衆流歸海，磅礡而下，最後用問句收結，氣勢豪邁。

陸蠡〈囚綠記〉❹一向被認爲是單線的情節結構，全文以第一人稱敍述，其內容如下：

「我」租賃北平一家公寓，房間靠南牆壁上有一小圓窗。窗外長著長春藤，爲了喜愛這

---

❹見《陸蠡散文集》第一四〇頁。

一片綠影，「我」不計較炎陽東曬，立刻租下這間公寓。綠色是寶貴的，「它是生命，它是希望，它是慰安，它是快樂。」久而久之，「忽然有一種自私的念頭觸動了我。」，「我」更從窗口把兩枝漿液豐富的柔條牽進屋裏，「教它伸長到我的書案上，讓綠色和我更接近，更親密。我拿綠色來裝飾我這簡陋的房間，裝飾我過於抑鬱的心情。我要借綠色來比喻葱蘢的愛和幸福，我要借綠色來比喻猗郁的年華。我囚住這綠色如同幽囚一隻小鳥，要它爲我作無聲的歌唱。」原先它依舊攀緣生長，可是不久，在每天早晨，「我」起來觀看這被幽囚的「綠友」時，它的尖端總朝著窗外的方向。甚至於一枚細葉、一莖捲鬚，都朝原來的方向。植物是多固執啊！它不了解「我」對它的愛撫，「我」對它的善意。「我」爲了這永遠向著陽光生長的植物不快，因爲它損害了「我」的自尊心。可是「我」，仍舊讓柔弱的枝葉垂在案前。

它漸漸失去了青蒼的顏色，變成柔綠，變成嫩黃；枝條變成細瘦，變成嬌弱，好像病了的孩子。「我」漸漸不能原諒自己的過失，把天空底下的植物移鎖到暗黑的室內，漸漸爲這病損的枝葉可憐，雖則又惱怒它的固執、無親熱，卻仍舊不放走它。後來蘆溝橋事件發生了，朋友催「我」儘速南歸，「我」終於要離開烽煙四逼的北平，臨行時「珍重地開釋了這永不屈服於黑暗的囚人。」

以上情節表面上只有一條「線索」，其實它還隱藏著另外一條，並且這兩條結構線是互相平行、互相影射的。前一條情節自然是「我」因喜歡綠、接近綠，進而囚禁綠，導致綠的枯萎、生命力的斲傷。另一條情節是日本軍閥之侵略中國，發動蘆溝橋事件等，原來正在享受生之喜悅的「我」，因此不得不棄屋而走。第一條情節爲明寫，因此多處可用來暗示第二條情節。例如：日本跟「我」一樣，都在尋找供其生命快樂的希望，尋找而獲得的快樂正像「渡越沙漠者望見綠洲的歡喜」，日本長期觀察中國的經過可以用下列文字雙關出來：

> 我天天望著窗口常春藤的生長。看它怎樣伸開柔軟的卷鬚，攀住一根緣引它的繩索，或一莖枯枝；看它怎樣舒開摺疊著的嫩葉，漸漸變青，漸漸變老，我細細觀賞它纖細的脈絡，嫩芽，我以揠苗助長的心情，巴不得它長得快，長得茂綠。下雨的時候，我愛它淅瀝的聲音，婆娑的擺舞。

以上充滿雙關的意義，足以說明中國是日本發現的綠洲，因此他們實施計劃性的大侵略，那正是「自私的念頭觸動」所致吧。但是，被幽囚被侵略的一方是會抵抗的：文中的常春藤「尖端總朝著窗外的方向」，這是多麼明顯的反抗。而抗議不被接受，綠的生命便受到嚴重斲傷，顏色由青蒼而柔綠而嫩黃而病萎。但拘囚的人不恤於此，反生「惱怒」。日本軍閥不也如此嗎？八年抗戰便是不投降的代價。作者由人之於植物而聯想到日本之於中國，由雙線情節相銜而下，導出的主題乃是：有生命的生物，若被人擺佈、控制、拘囚時，失去了自由與陽光，也就失去了生之歡喜，生命便會枯萎。文中「我」囚禁長春藤，乃是侵略他人的生機來做自己之享受，而日本也是侵略中國的生機來開拓自己的發展。由日軍之侵略，打斷「我」之幸福，可以悟出人類的幸福不應建立在別人的不幸上。緣於本篇情節結構之巧爲佈置，乃使全文意義豐富，又含蓄蘊藉。

每一篇散文必然具有情節結構。情節由許多元素連綴而成；精彩的結構會在情節本身所表現的意義之外，再透露許多訊息，使得散文讀來餘音不盡。

第四節 體勢結構

所謂體勢結構係指由風格形成的結構線，貫徹通篇散文呈現氣格發展的形勢起伏。體勢結構不依附於情節，乃繫諸文體變化而產生的感染力。因此，體勢結構可謂與「風格」一體兩面，前者是「隱藏作者」在單篇作品中透露的訊息，後者則係貫穿「隱藏作者」職業生涯的總體呈現。換言之，風格反映在單篇作品中卽形成體勢結構。

文字在它獨立的單元中，僅有單純的特定意義。例如「繩」與「索」做爲名詞，乃是同義名詞，放在一起成爲同義複詞。但是，當作家把它作爲譬喻中的喻依時，它便能產生鮮活的意象。例如簡媜〈碗公花〉⓫：

> 是誰家曬了地毯忘記收？擱在籬笆上，又是開花，又是牽扯。是誰家牧童丟繩又丟索，草路旁邊，纏纏繞繞活結打了無數個。春風如笛響，春雨如長鞭，一響一抽，一響一抽，於是，東家後院西家門前，隔壁屋頂鄰家半面牆：那萬萬千千活結一奔跑，就把田野踏成大荒漠。春雨一落鞭，它就愈跑愈遠，笛聲幾吹

⓫ 見《月亮照眠床》第三頁。

響，它就花兒開幾朵。不到鞭折笛啞，它就是不罷休。

散文經由字、句、段等組合成篇。由不同人操觚，就會給讀者不同的感受。這不僅是內容主題的關係，而且還是體勢的影響。文字除了約定俗成的意義造成讀者的「語感」外，也因作者個人文字的特質、形式的獨特、性情的流露等等，造成個人作品的「語感」，因而成就每位作者不同的風格。上引〈碗公花〉的開頭兩段，讀者不難發現就明顯有文字特色，由此文字風格，也能看出作者的個人特質。例如作者一開頭便大量運用譬喻，把碗公花比成「地毯」，接著又比成繩索。再把春風比成笛響、春雨如長鞭，使它不但有形且有聲有色。繩索可以打「結」，且是「活結」則雙關活蹦的生命，可以一路奔跑，把原來生氣盎然的田野踏成「大荒漠」。

以上修辭的部分，不僅放在〈碗公花〉散文中，且放在作者該階段的散文創作裏，都能代表她散文獨有的風格；就形式而言，她擅於用金碧輝煌的詞采寫景，譬喻跳出陳格舊套，婉轉流麗，令人耳目一新。她精於驅遣長句，但能用逗號細細截開，使音節瀏亮。透過形式去看內容，上引文字表現碗公花龐沛的生命力，而情思繚繞，富於聯想等等，則是作者個人特質之反映。散文的體勢出現在一篇文章中，都是先由內容影響形式，並透過形式進一步呈現超越形式的豐富含義及風格。若再進一步，結合作者大部分作品來看，則可以讀出作者文字一貫的調子、神韻與氣格，乃至窺見其個人生命的幽微之處。

聞一多生前最後一場演講記錄，被後人收入散文集中，題名〈最後一次的講演〉❷，由於聞氏爲一天才文人兼學者，雖然是卽席演講，卻是出口成章、篇無廢句、句無廢字、一氣呵成，可以說是一篇精彩的散文。

這次講辭是在一九四六年七月十五日李公樸先生治喪委員會上的演說，以下節錄重要部分。

「這幾天，大家曉得，在昆明出現了歷史上最卑劣，最無恥的事情！李先生究竟犯了什麼罪，竟遭此毒手？他只不過用筆寫寫文章，用嘴說說話，而他所寫的，所說的，都無非是一個沒有失掉良心的中國人的話！大家都有一枝筆，有一張嘴，有什麼理由拿出來講啊！有事實拿出來說啊！為什麼要打要殺，而且又不敢光明正大的來打來殺，而偷偷摸摸的來暗殺！（鼓掌）這成什麼話？（鼓掌）

「今天，這裏有沒有特務！你站出來，是好漢的站出來！你出來講！憑什麼要殺死李先生？（厲聲，熱烈的鼓掌）殺死了人，又不敢承認，還要誣衊人，說什麼『桃色案

❷ 見丘山選編《中國現代散文選萃》第三六〇頁。按，該選文與《聞一多全集》第八三頁稍有出入。本文根據後者。

件，』說什麼共產黨殺共產黨，無聊啊！無聊啊！（熱烈的鼓掌）這是某集團的無恥，恰是李先生的光榮！李先生在昆明被暗殺，是李先生留給昆明的光榮！也是昆明人的光榮！

「去年『一二・一』昆明青年學生為了反對內戰，遭受屠殺，那算是年青的一代，獻出了他們最寶貴的生命！現在李先生為了爭取民主和平，而遭受了反動派的暗殺，我們驕傲一點說，這算是像我這樣大年紀的一代，我們的老戰友，獻出了最寶貴的生命。這兩樁事發生在昆明，這算是昆明無限的光榮！（熱烈的鼓掌）

「反動派暗殺李先生的消息傳出後，大家聽了都搖頭，我心裏想，這些無恥的東西，不知他們是怎麼想法？他們的心理是什麼狀態？他們的心是怎樣長的？其實很簡單，他們這樣瘋狂的來製造恐怖，正是他們自己在慌啊！在害怕啊！所以他們製造恐怖，其實是他們自己在恐怖啊！特務們，你們想想，你們還有幾天，你們完了，快完了！你們以為打傷幾個，殺死幾個，就可以了事，就可以把人民嚇倒了嗎？其實廣大的人民是打不盡的，殺不完的，要是這樣可以的話，世界上早沒有人了。你們殺死一個李公樸，會有千百萬個李公樸站起來！你們將失去千百萬的人民！你們看著我們人少，沒有力量。告訴你們，我們的力量大得很！多得很！看今天來的這些人，都是我們的人，都是我們的力量！此外還有廣大的市民！我們有這個信心：人民的力量是要勝利的，眞理是永遠存在的。歷史上沒有一個反人民的勢力不被人民毀滅的！希特勒，墨索里尼不都在人民之前倒下去了嗎？

現在正是黎明之前那個最黑暗的時候。我們有力量打破這個黑暗，爭到光明！我們的光明，就是反動派的末日！（熱烈的鼓掌）……

「李先生的血，不會白流的。李先生賠上了這條性命，我們要換來一個代價。『一二·一』四烈士倒下了，年青的戰士們的血，換來了政治協商會議的召開，現在李先生倒下了，他的血要換取政協會議的重開！（熱烈的鼓掌）我們有這個信心！（鼓掌）……

「歷史賦予昆明的任務是爭取民主和平，我們昆明的青年必須完成這任務！

「我們不怕死，我們有犧牲的精神，我們隨時像李先生一樣，前腳跨出大門，後腳就不準備再跨進大門！（長時間熱烈的鼓掌）」

這是一篇具有強大震撼力的演說辭。演說辭與論辯文的目的一樣，是想說服對方，其體勢自然以磅礡的氣勢、濃烈的情感爲主。蓋理辯則氣直，氣直則辭盛。聞氏的演說辭正是理直氣壯、義正辭嚴。試看他所說的每一句原則性的話，無不放諸四海而皆準，行之百世而不謬。站在眞理之上發言，才能勢如破竹，所向披靡。

做爲一篇散文，聞氏的演說辭不僅理勝，同時也情烈；不僅擊破聽衆的理智，也能震撼讀者的情緒。如此體勢統一的文章，仔細分析其成因有如下幾點：

一、強烈的批判態度：批評對方的卑鄙，作者用「歷史上最卑劣，最無恥的事情！」等判斷語句來批判之外，又用暗殺、造謠、誣蔑等不道德的行徑予以批駁，讓是非曲直昭然若揭。

二、選用質問的口氣，咄咄逼人眉睫：其中大量使用感嘆與呼告修辭格，驚嘆號與問號竟有四十五個之多。此兩種修辭格都是較危險的辭格，最容易弄巧成拙，而本文連用四十五次，卻絲毫不曾給人空喊矯情之感。其質問時，使對方無辭以對；其呼告時，又立於不敗之地。

三、直陳肺腑之言：本文無一句迂迴的語言，作者以直率的言辭、誠懇的態度，抒發奔迸的情思，開首劈空而來，卽一瀉無餘，語語強烈遒勁，最後一句回拍自己身上，縮節字句，字去而意留，如震聾啓聵的暮鼓晨鐘，敲之而促收，餘音繞樑！

四、句型設計使氣勢雄渾：例如巧用類疊修辭法。

今天，這裏有沒有特務！你站出來，是好漢的站出來！你出來講！憑什麼要殺死李先生？殺死了人，又不敢承認，還要誣衊人，說什麼『桃色案件，』說什麼共產黨殺共產黨，無恥啊！無恥啊！

連三個「出來」，兩個「說什麼」、「無恥啊」等乃是接二連三的反復使用相同的詞語，且句子形式接近、意義相似，一氣揮灑，自然文氣奔騰，銳不可當。類似這種技巧，通篇皆有，值得注意的是「光榮」二字或連續或間歇的出現，亦使文氣迭宕，全文最後一句連三個「我們」，更是如雄波湧巨浪，令人心驚神搖。古人所謂天地正氣，沛然莫之能禦者，迨如此。

另外一個值得注意的地方是，本文爲演講記錄，記錄者把觀衆的反映也記錄下來，例如「鼓掌」、「厲聲，熱烈的鼓掌」、「長時間熱烈的鼓掌」，如此傳眞的記錄，讀者的閱讀情緒也不知不覺間受到引導，並能對其「鼓掌」的程度做一審度及認可。

總之，聞氏演講文前後體勢統一；氣氛統一、風格陽剛、氣度恢宏、節奏朗落，不僅表現文章的格調，也表現了作者的人格特色，那正是中國文論家亟讚嘆的「文章中有一股眞精神與千古不可磨滅之見。」❸

徐志摩〈給抱怨生活乾燥的朋友〉❹，與其說是一篇寫給朋友的書信體散文，還不如說是寫給「我」自己的書信。顯然，自問自答、自拯自溺的矛盾，很能說明徐志摩這位單純信仰的浪漫主義者之悲觀思想❺。這樣的內容跟他早期浪漫天眞積極的風格極不同；但是在本

❸ 見周振甫《文章例話》第一一七頁。

❹ 見阿英編《現代十六家小品》第四〇七頁。

❺ 徐志摩抱持「單純信仰的人生觀」係胡適語，見〈追悼志摩〉，《雲遊——徐志摩懷念集》第四頁。徐氏之「浪漫主義詩人的悲觀面」，見林綠〈徐志摩與哈代〉，《文學評論集》第一頁。

文中，我們可以看看他用怎樣的體勢來表現。

「給」文仍然保持徐志摩文字的本色：華美豐腴、穠艷贍麗，他幾乎從來不用結構單一的句子。其複句結構也常是多元組合的。例如本文開頭：

得到你的信，像是掘到了地下的珍藏，一樣的希罕一樣的寶貴；

看你的信，像是看古代的殘碑，表面是模糊的，意致卻是深微的；

以上兩行實際上是並列的兩個小段。作者用排偶的方式羅列，其構造相近、節奏相同。它們都是由兩個複句組合而成，第二個分句又用兩句副詞片語來形容。以下各句子都可以做這種分析，作者擅用繁複的句型，使得奇辭壯彩如飛珠奔玉。

其次，再看第三、四、五段，每段都是一個龐大的譬喻，其譬喻乃是承第一段「得到你的信，像是……」而來。所以，表面上前面有五段文字，但骨子裏這五段都是承接首段第一句而來。也就是說，在意義上，它們只是一句而已，作者硬是把一個意思擴大渲染，在譬喻中重複運用譬喻，在在形成一唱三嘆的氣氛與節奏。

徐氏文字之鋪張揚厲，除了前五段表面爲五段實爲一段之放大外，其他段落也都善以複句聯綴，例如：

> 是的，昨天下午我在田裏散步的時候，我不是分明看見兩塊凶惡的黑雲消滅在太陽猛烈的光燄裏，五隻小山羊，兎子一樣的白淨，聽著她們媽的吩咐在路旁尋草喫，三個捉草的小孩在一個稻屯前拋擲鐮刀；自然的活潑給我不少的鼓舞，我對著白雲裏矗著的寶塔喊說我知道生命是有意趣的；

「看見」以下三個受詞都是帶著一串形容詞的子句。作者喜歡倒裝句如「自然的活潑」、喜歡形容詞或副詞子句，都是衍自歐化句法，只不過運用巧妙，不覺生澀。這些句子出諸排偶的句型、又巧於奇偶參差，再加上段落的對比，確實給人繁縟穠麗之感。

其次，看〈給〉文的內容。作者接到一封「抱怨生活乾燥」者的信。他覺得萬分希罕寶貴——因爲作者自己也正如此吧？——因此讀其信，雖然語焉不詳，但也能理解其深微的意致。接著作者運用三個譬喻來比擬讀信的感覺：其一是：在月亮照著金字塔時，尼羅河邊，他夢見一位穿黃金袍服的帝王，用謎語說出：「我無非是一個體面的木乃伊！」其二是，他在山下半夜夢醒時，聽見夜鷹的怨詈：鄙蔑一切、鄙蔑光明、煩囂的燕雀、自喜的畫眉等。其三是：他在普陀山發現的奇景，外面是一大塊巖石，內裏早已被海水蝕空。

以上三個譬喻本身都表現對乾燥生活觀照的結果。包括許多外表生活光輝燦爛者，以及被世俗遺棄而憤世嫉俗者都殊途同歸。第六段說，前邊的譬喻都是「用幻想的亮箔包裹著的話」，而可能不被寄信人接受；但是，作者說，寄信人自己「就是最喜歡從一個彎曲的白銀喇叭裏，吹弄你的古怪的調子。」此話不無自嘲嘲人之意。也因此，讓人相信本文寄、受信人爲同一人。

事實上，本篇的重點乃是「我」感到「生活乾燥」的嚴重性，使自己恐懼、悲觀。他努力振作，翻閱記憶「並不是沒有葡萄酒的顏色與香味，並不是沒有嫵媚的微笑的痕跡」，乃試圖用這些記憶來抵抗灰色下沉的心情。他也曾在昨天發現大自然中有活潑的生命，但今天太陽不曾出來，他的心又下沉；遍尋周遭環境，全是靜而慘的黑夜。往自己的心靈去挖掘，竟找不到一個脫離乾燥生活的意象。

結論是，他不能給朋友任何幫助，因爲他也只有埋葬理想的能力，他只有忍耐再忍耐……。

形式結構影響體勢結構。〈給〉文大量排偶的段落與句型繁縟的句子，不僅在形式上迴環複沓，且與內容搭配恰當，使得全篇節奏舒緩、氣氛深沉、調子低迷，正是一種「迴腸盪氣」的傷感的情緒，❻也足以呈現一個浪漫主義者感受挫折後的悲觀心態。

以上列舉諸篇都是體勢鮮明的散文。若將作者的散文集中閱讀，就能看出每家都有慣常的體勢模式，產生個人的風格。於是，讀者會分別出周作人的雋永、俞平伯的綿密、徐志摩的艷麗、冰心的飄逸、朱自清的眞摯清幽。❼可是，另方面，如果進一步細讀一位作家的作品，因題材內容及撰寫的時間、運用的手法、當時的心情諸因素影響，復有不同的體勢出現。誠如阿英談葉紹鈞散文就說：

……（葉紹鈞）寫過〈暮〉那樣瞑想的小品，寫過〈五月卅一日急雨中〉那樣表現著憤激之情的小品，寫過〈詩人〉，〈水災〉那樣富有教育意義的小品，寫過〈牽牛花〉，〈養蜂〉那樣清淡雋永的小品。❽

從另一角度來說，一篇文章之內體勢也可能有變化。例如陸蠡〈春野〉❾。以下略刪一部分，並把它分成四節：

㈠

江風吹過寂寞的春野。

是餘寒未消的孟春之月。

❻見〈徐志摩小品序〉，《現代十六家小品》第三八六頁。
❼見〈朱自清小品序〉，同上注第七三頁。
❽見〈葉紹鈞小品序〉，同上注第二〇六頁。
❾見《陸蠡散文集》第十頁。

本來，

我們不是牽上雙手麼？

沿著沒有路徑的江邊走去，目送著足畔的浪花。小蟹從石縫中出來，見人復迅速逃避。

畦間的菜花正開。

走到這古廢的江臺前面，我們回來，互相握緊著雙手。

㈡

江風吹過蔥蘢的春野。

是微嗅的仲春之月。

本來，

我們不是靠坐在一起，在這傾斜的坡前？

我們是無言，我們拈撥著地上的花草：紫花地丁，蒲公英，莎草，車前。

當我看見了白花的地丁而驚異的算是一種空前的發現時，你笑我。因為你隨手便抓來幾朵了。這並不是稀珍的品種。

將竊衣的果實散在你的頭髮上。像吸血的牛蠅黏住拉不鬆去。

你懊怒了。

用莎草的細梗在地面的小圓洞洞裏釣出一條大的肥白的蟲來，會使你嚇一大跳。我原是野孩子出身啊！

蒲公英的白漿，在你的指上變黑了。

江風吹著蒼鬱的春野。

㈢

春已暮。

本來，我們不是並肩立在一起，遙數著不知名的塚上的紙幡？

紙錢的灰在風中飛舞。過了清明了。

在林中的一角，我們說過相愛的話。

不，我們只不過說過互相喜悅的話罷了。

……（略）

㈣

江風吹過寥落的春野。

過了一年，兩年，十年，我們都分散了。

也許我們遇見竟不會相識。

現在，

只有我一人踏過這熟識的春野。

我知道這郊野的每一個方角。且喜這山間沒有伸進都市的觸角來呢。那邊是石橋，一塊石板已塌到水裏去了。那邊有一株樹，表皮上刻著我不歡喜的而你也不歡喜的字，隨著樹皮拉長開來，怪難看的——因此我恨削鉛筆的小刀，到現在我都沒有買過一把——目前也許拉得更長了。還有被我們燒野火時燔毀了的石條，縫中長出了荊棘罷。雨後潤濕的地土，留下我的脚印。印在這地土上的，只有我的孤單的脚印。

豌豆的花正開。

臉上撲過不知名的帶著絨毛的花的種子。

高的天和深的湖水令我想起你的眼睛來呢。

我仍是齎負著這板滯的朦朧的眼睛。紅絲籠上了牠們的鞏膜。不久，我會失去這朦朧的眼睛，隨著我的所有。

我會憂鬱麼？不，旣然你是幸福。

我不過偶然來這郊原罷了。

以上四節，其中一至三節由一系列碎句組成，很像三〇年代的分行詩。尤其一節前四行的格式在每節開頭重複，這種複沓的形式善於變化，例如第二節重複一節的形式。三、四節開頭則是變化前邊的開頭，使同中有異。如果說它具有詩的素質，是它不但各句單獨成行，甚或割裂分行，且多省略語言，有跳接的意象等。在句型上，一開頭刻意用句號將兩行截然劃分，也透露詩的企圖。當然，這樣寫法並不足以成爲詩。可是這種文字形成敍述的調子以及節奏的疏密感，與二、四節後半散文化語言確然不同。第二節「我們是無言」、四節「我知道」行起，主詞、連接詞、形容詞都不刻意儉省，尤其四節還不忌辭費，是典型的描寫文字。

可是從「豌豆」行開始，又復原爲濃縮、跳接的語言。由此可見，〈春野〉一文是由散文與詩的風格互爲消長寫成的文章。

林文月〈賣花女及其他〉⑩串連三篇獨立的短文成章，結尾用一段議論總收三文。

第一篇寫馬路上紅綠燈口賣玉蘭花的女子，風雨無阻，十數年如一日，穿梭於紅黃燈的閃爍、轎車的夾縫間。

第二篇寫「我」班上一位極優秀的女學生，在學期快結束時，申請出國，要携帶初生的嬰兒奔赴國外跟深造的丈夫團聚。由於趕辦手續及初抵外國、嬰兒生病種種原因，使她不但不能如期繳交學期報告，甚且拖延一個半月。但是她最後繳來的報告並未摻水，仍然維持她一貫的高水準。在評分時，考慮再三：「我覺得應該給予適當的懲罰，不能將其與準時交卷的報告等視；」

⑩見《交談》第一七三頁。

第三篇寫「我」去拜訪一位年高望重的長輩。對方住在都市通衢之間，各色噪音不時穿耳，作者想起馬路上流動攤販四處盤據，傳播媒體總是播報搶刼殺人等事。這種種，長者都以悲憫的心腸對待。「我」卻不以爲然，全文最後做結論說：

那些為非做歹的年輕人可憐；那麼，對那些被他們搶刼殺害的人該怎麼看待呢？世風日下。我們常聽到這樣的說法。這個社會害了一些人，但什麼是這個社會？長輩與我不也正是這個社會的一部分嗎？

惻隱之心，一向被目為高貴的情操，但是同情心如果不予以適當的約束，可能會流於縱容，而社會人心盲目的縱容，會不會助長無理與罪惡呢？

同情心的界限應該在那裏？辭出長輩家，在昏闇的歸途上，我再三思考這個問題。

此一結論實爲以上三篇短文的總結。就通篇文章而言，前三節都是以敍述爲主，偶而夾敍夾議並抒情，仍然是情趣小品的風格。但結尾一段陡然轉變，以議論收束，風格丕變，此爲單篇體勢之變化者。

再就三篇單獨來看。第一節賣花女夾敍夾議兼及抒情。作者批評賣花女不應爲蠅頭小利而冒生命危險在虎口賣花，但也沒有能力教育她們。只有本節末尾結論說：

> 我所不解的是，何以玉蘭花不在紅磚的人行道上兜售呢？或許白晝給買菜的主婦帶一串幽香回家，夜晚讓閒步的情侶增添含蓄的羅曼蒂克感受。如此，既安全又美麗。

此一體勢與全篇的體勢結構完全一樣。再看第二節女學生遲交報告事，則以敘述爲主，作者的批評一直不曾夾在敘述文中，只在該節末尾猶疑該如何給分時，其結論是遲交應得懲罰。其文云：

> 遲到的背後，儘管有千種萬種理由，卻只有一個事實，那便是不守時；而我相信，守時的人是克服千種萬種理由，才達到守時之目的。

其體勢結構仍然與通篇大結構一致。第三節用對照法敘述，長輩結廬在人境，但心遠地自偏，且寬厚慈悲，對於周遭嘈雜及不古之人心，皆能大肚包容。作者則頗多批評，在前文已滲透出來。其結尾實際上是以收束本節爲主，但因三節體勢相同、主題一樣，所以，它也能兼做全篇的收尾。

一篇之內，體勢應該一以貫之，或應該富於變化、跌宕起伏，實因文而定。以〈賣〉文而言，體勢統一者較勝於變化者。例如第二節原是非常純淨的體勢，直到最後才急轉直下，落入議論，是體勢由常而變。最後一節體勢則較爲駁雜。

第五節　思維結構

思維包括作家的思想情感，乃是創作的原點，也是作品存在的終極價值。思維結構隱身於文字之後，超越形式之上而存在。作家體驗人生、觀察人生，必然有個人的思想、懷抱及情結，成爲作者創作的源頭，形諸作品，則是思維。它必須透過上述情節、形式、體勢等硬體結構始能表達出來。如果只有思維，則只是一堆原料，不是文學作品。歷史上有許多時候，執政者過分主導作品的主題，作者就會忽略前述三種結構，不僅使文學素質低落，且造成作品意識型態的偏頗。

在散文創作中，有些作家本身並不具備個人獨自蘊育出來的思維，但是他的作品仍然有主題、思想與情感；這是因爲作者扮演一個反光體，借用古今聖哲的思想情感，重新用自己的語言詮釋。我們可以從這些作品中看出諸如仁民愛物的主張、關懷社會的情懷、或提出許多高韜的理想等。但，散文是一種極容易暴露作者本質的文類，如果長期扮演「月亮」角色，僅僅反射「太陽」的光輝，則勢必在他系列散文中流露出「轉手出口」的痕跡、作者內在思想情感的空洞，此乃是文學生命最大的危機。因此，探討散文的思維結構，實應掌握作者的思想人生觀。蓋作者的思想情感懷抱並不一定集中表現在某一篇作品中；大部分情況是，它分散在各篇作品裏。也因此，如果試圖透過一篇作品來觀察作者，有時固然可以管中窺豹，有時則不免瞎子摸象。是故，要解讀散文的思維結構，最好能透過作者的歷史背景去理解。如果能解讀系列散文的思維結構，則可進一步掌握作者整個人格及思想的全貌。這乃是文學研究的終極目標。以下，試以周作人爲例，先大略敍述他的歷史背景，再解讀他的散文〈風的話〉，略窺周氏思維結構之一斑。

周作人在五四運動之後，大量開創性的從事散文創作，極受文壇推崇。一九二八年鍾敬文就讚譽他的散文說：「他不但在現在是第一個，就過去兩三千年的才士羣裏，似乎尚找不到相當的配侶呢。」❶周氏創作未嘗間斷，長久以來在現代散文界一直備受矚目。直到一九三七年，七七事變後，日本佔領北京，他因家累等諸多個人因素，及受北大校長蔣夢麟之託，乃留校維護校產。一九三九年以後，相繼出長僞北京大學校長、華北教育總署督辦等職。一九四五年抗戰勝利，十二月以漢奸罪被捕繫獄。一九四九年出獄，即專事著述，迄一九六七年逝世爲止，未嘗稍歇。自一九三八年後，論者每提及周氏，大部分皆疾言厲色訾其賣國求

❶ 鍾敬文〈試談小品文〉，原刊《文學周報》第三四九期，後收入《中國現代散文理論》第三一頁。

榮，少部分人亦有意爲他詮釋，往往在結論時復無轉圜餘地，乃不了了之❷。

就客觀事實而言，周作人確實在淪陷區接受日人職位，因此事後他接受國法制裁，此一法律案件早已了斷，毋需在此重論。但是讀其書識其人，周氏流露在散文中的思言行爲、品質氣味，實與一般賣國求榮的漢奸有異。據一九四六、一九四七年國民政府高等法院及最高法院判決文載，周作人在擔任僞職時，不僅保存校產書籍，且嘗營救中央地下工作人員❸。張華等人編《中國現代雜文史》第三編十一章中評周氏在淪陷後寫的散文時說：

> 無論是補白式的小品還是回憶散文，都在感情色彩上與往昔同類文字有顯著差別。所謂「亡國之音哀以思」，正是這類著述基本的感情特徵。
>
> ……一九四〇年以前，(周氏散文風格)可以淒苦哀傷概括，與這一時期他所看重的某些漢魏詩人如蔡琰諸家相類，惟更顯深沉晦藏，其取材也多為憂時憫亂，黍離麥秀。……

張華等人雖然訾周氏「靦顏事敵，淪爲漢奸」，但是，從上引文中，已頗有爲其詮解之意。蓋一位屢唱亡國之音的人物，與漢奸的職位實極爲矛盾。周氏胸中，豈能無大塊壘？許傑在〈周作人論〉❹中分析周氏的文化背景時說，周氏乃是傳統讀書人的風格：

……一個讀書人或士大夫，他對於現實社會的不滿，開首是時常寄寓著很好的理想的希望的……所以，在這個時期，他們都很不吝嗇的提出自己的理想，標榜自己的主

❷例如趙聰《三十年代文壇史話》中〈晚年失足的周作人〉一文對周氏的認識堪稱深入，他說：九一八後，國難臨頭，有識之士，多研究日本問題，因為知己知彼，才能百戰百勝。周作人以日本通之身份發表了〈日本管窺〉剖析得鞭辟入裏，堪稱佳作。同時他對當時中國之現狀，加以深細的觀察，認為那種醉生夢死、泄沓苟安的情形，實在酷像明末，已經走上無可挽回的滅亡之途。的確是，當時有些悲觀論者，竟喊出了「中國不亡，豈有天理」的沉痛口號。……明末那些作家，寄悲憤於小品，不少到清初做了孤臣孽子的遺民。老人私淑者在此，……他料到日本必然侵佔中國，中國也必然要暫時亡於日本，他卻沒有料到德意日軸心聯合起來發動世界大戰，更沒有料到在日治之下絕對不可能做一個隱逸的前朝遺老以度餘年……他不是糊塗人，讀了一肚的書，決不會不懂得安身立命之道，而喪心病狂地甘願做一個千古遭人唾罵的漢奸。北平淪陷後，據一位最後逃出的北大同學透露，一日，知堂先生自東安市場歸家，路過北大二院，下車看看學校情形，當時任翻譯的日本人名叫小林，聞曾偷聽過周先生的課，一見了周先生，便趕忙用日語招呼，他卻昂首直入，餉之以冷面孔。此君始改用中國話，其無禮貌之醜態已盡為周先生所知，即痛責其對負責職員語勢之不當，終由此輩豺狼道歉了事。那時北大已由維持會成立了保管會。這樣有骨氣的豈明老人，誰又想到不久竟做了漢奸？趙氏在結尾一句急轉直下，並無助於詮釋周氏「變」的原因。

❸見《周作人研究資料》上冊第一五一、一五六頁。

❹見《周作人論》第五六頁。

張。可是，到了後來，看看自己的主張並不被採納，於是……漸漸的灰心起來。可是，這個時候，他還不能忘情社會，他還不能斷定完全絕望，因此，他便發起牢騷來，說一些諷刺話，遏希望能夠對社會下一個有力的針砭。這種情形，一直延長到社會的愈趨黑暗的時候，於是，士大夫們，覺得在這個時候，連說話都有些困難，牢騷也不便亂發；沒有法子，只好說幾句不著邊際的風涼話，保持住名士的風度，做了「在家的和尚」「都會的隱士」了。

以這士大夫的風度在動亂的時代中間的心理的演變的路線，來衡量周作人從五四以後，一直到現在為止的在中國的文壇上的活動的情形，幾乎是完全吻合的。

曹聚仁歸納周作人觀念之演變時說：

周作人是主張為人生而藝術的人；他曾於一九二五年自述其思想變遷的大概。他最初也是守著尊王攘夷的思想，後來一變而為排滿與復古，持民族主義計有十年之久。到了民元以後，他又惶惑起來。五四時代，他又趨向於世界主義，後來修改為亞洲主義。到了一九二五年，又覺得民國還未穩固，還得從民族主義做起。（他曾介紹了一些弱小民族文學作品。五四高潮過去了以後，宣佈了他的個人主義趣味主義，便從此貫穿下去，成為他的思想的本質。

近三十年的中國文壇，周氏兄弟的確代表著兩種不同的路向；我們治史的，並沒有抹消個人主義在文藝上的成就。我們也承認周作人在文學上的成就之大，不在魯迅之下；而其對文學理解之深，還在魯迅之上。但從現在中國的社會觀點說，此時此地，有不能不抉擇魯迅那個路向的❺。

周作人從積極入世轉爲退避隱逸的態度，即頗受攻擊，其〈五十自壽詩〉發表後，抨擊他的人咸認爲在國難當頭，他不宜以陶淵明式的隱士自居❻。

一九三七年東北淪陷，北大南遷時，周作人留下來，計劃以譯書維持生活，不久，能付稿酬的編譯委員會撤退，搬到香港。周氏趕緊作第二步打算，乃向日本人不會干涉的教會學校燕大謀一教席，也因在燕大任教「就可以謝絕一切別的學校的邀請，這件事情第一觸怒了誰，這是十分顯而易見的事情。」乃至有一九三九年元旦刺客槍擊周氏之事❼，周氏此時明

❺ 以上見曹聚仁〈章太炎與周作人〉，《文壇五十年》第一四〇頁。

❻ 見許傑〈周作人論〉，《周作人論》第三四頁。又參見李景彬《魯迅周作人比較論》第七七、九一頁。

❼ 以上見《知堂回想錄》第五七五頁。槍擊案始終未偵破，日本人推託爲國民黨人所爲，但周氏推斷必爲日人所做。

顯心態乃是「苟全性命於亂世，不求聞達於諸侯」，但日本人似乎並不放過他。據周氏自己說❽：

> 但到了二十八年元旦來了刺客，雖然沒有被損害著，警察局卻派了三名偵緝隊來住在家裏，外出也總跟著一個人，所以連出門的自由也剝奪了，不能再去上課。這時湯爾和在臨時政府當教育部長，便送來一個北京大學圖書館長的聘書，後來改為文學院院長，這是我在偽組織任職的起頭。我還是終日住在家裏，領著乾薪，圖書館的事由北大秘書長代我辦理，後來文學院則由學院秘書代理，我只是一星期偶然去看一下罷了。不過這些在敵偽時期所做的事，我不想這裏來寫，因為這些事本是人所共知，若是由我來記述，難免有近似辯解的文句，但是我是主張不辯解主義的，所以覺得不很合理。

周氏數度表明他持「不辯解」的態度❾，事實上，從他的文章中，我們仍可以找到一些自我詮釋的蛛絲馬跡。但是不論他的含蓄詮釋，或明言不辯解，都表現了他個人淡泊的氣質與風度。基本上，周氏無意在政治事功上有所建樹，他深知自己的身分與處境，早已立志朝著述努力，抗戰時在淪陷區著作不斷，且自認寫了不少「積極的有意義的」文章❿。他在獄中仍著譯不輟，出獄後，一直以翻譯爲主職，晚年猶完成四十餘萬字譯作及「路吉阿諾斯對話集」，及三十八萬字的《知堂回想錄》⓫。如果就一位文字工作者而言，周作人的專業精神

---

❽ 見同上註第五七六、五七八頁。

❾ 周氏曾再三表明不辯解的態度，如〈辯解〉（《藥堂雜文》，《周作人全集》第二二一頁）、〈不辯解說〉、〈從不說話到說話〉（《知堂回想錄》第四二〇、五七七頁）等。

❿ 周作人在淪陷區八年中創作並出版的有《藥堂語錄》、《藥味集》、《藥堂雜文》、《書房一角》、《苦口甘口》、《立春以前》等六書，另有《過去的工作》、《知堂乙酉文編》雖然完稿，但直到六十年代前後才在香港出版。周氏努力的成績也得到後人的肯定，楊牧〈周作人論〉（《文學的源流》第一四三頁）中說：「他晚年猶孜孜於學術文藝的譯述，對於希臘和日本文化的介紹會盡了心力，其一生事功實不可泯沒，站在這個立場，我重閱周作人浩瀚的著作，以誠意對之，覺得他通過不朽的文字技巧，所竭力提倡闡揚的文章主題，幾乎都是開明向上的；他的思想朗亮進步，尊重傳統而不爲迷信所拘泥，他追求中國民族社會的現代化，心思敏銳但極少暴躁的痕迹，他更有一種敦厚沉靜的哲學思想，透過簡潔的文字閃爍光輝。我的結論是，周作人之塑造近代散文，初不僅止於他的文字風格和章法結構，更見於他對於健康的題材之追求和闡發，劍及履及，證明現代文字的無限功能。所謂文質炳煥，豈不就是這個意思？」

⓫ 以上見《知堂回想錄》第六〇二及六一〇—六三七頁。按周氏譯作極夥，詳見〈周作人年譜〉（《周作人研究資料》第一二頁。在一九六五年四月二十六日，他重作遺囑云：「余一生文字無足稱道，唯暮年所譯希臘對話是五十年來的心願，識者當自知之」。（第八十頁）

該是令人尊敬的。

三十年代初期，周作人雖然屢次撰文譴責日本暴行，但是他對中國抗日戰爭卻持悲觀的看法，在戰則必敗的推算下，他曾多次隱晦地暗示自己主和的見解，且認為這是一種對國家民族負責任的態度。他多次引用「愧無半策匡時難，唯餘一死報君恩」詩句，大加排詆。並引申到文天祥等人身上，謂文天祥國亡肯死，此是可佩服之事，但「這種死於國家社會別無益處，我們的目的在保存國家，不做這個工作而等候國家亡了去死，就是死了許多文天祥又何補於事呢？」因此他推崇「事功與道德具備的英雄」，但這在中國歷史上沒有。以上周氏的見解寫於一九三五年〈英雄崇拜〉、〈岳飛與秦檜〉等文中⓬，或可拿來詮釋他為什麼不能死節的理由。而且，這種理念建立在抗戰以前，並非判刑後自我辯解之作。

周作人的散文清淡質樸、閒適從容，能純任天然、舒卷自如，此一境地實非一般作者能望其項背。他的人生或行或止，似乎也順其自然。因此外力反而可以左右他，例如早年周作人留學日本時，於一九〇九年與日人羽太信子結婚。她似乎是位影響周作人生命自然流程關鍵性的人物。最明顯的是使周樹人、作人兄弟反目成仇⓭，此事兄弟倆都深受重創，但又無可如何⓮。一九三七年周作人滯留北京，後接掌偽職等事，應該也受妻子影響⓯。對於這兩樁事，他都以「不辯解」的態度一肩承擔。

抗戰末期，日本敗象漸呈，尤其一九四五年，德國投降，日本也日薄崦嵫，終於在當年

八月十五日無條件投降。周作人當然可以預料到自己將面臨怎樣的局面。可是這位知堂老

---

⑫ 以上參見張華等編《中國現代雜文史》第二編七章第二〇六—二〇九頁。周氏〈岳飛與秦檜〉等文見《苦茶隨筆》，《周作人全集》第一二〇、一二六頁。

⑬ 周氏兄弟從小感情甚篤，後因羽太信子而鬩於牆，乃至決裂。此事論者甚夥，許壽裳《亡友魯迅印象記》所記較爲可靠，例如：「作人的妻羽太信子是有歇斯的里性的。她對於魯迅，外貌恭順，內懷忮忌，作人則心地糊塗，輕聽婦人之言，不加體察，我雖竭力解釋開導，竟無效果，致魯迅不得已移居外客廳而他總不覺悟，魯迅遣工役傳言來談，他又不出來，於是魯迅又搬出而至磚塔胡同了。從此兩人不和，成爲參商，一變從前『兄弟怡怡』的情態。」（第五九頁）許廣平撰《魯迅回憶錄》謂周作人與親兄弟決裂乃是因羽太信子之故：「後來魯迅回憶起來說：『周作人的這樣做，是經過考慮的，他曾經和信子吵過，信子一裝死他就屈服了。他曾經說：「要天天創造新生活，則只好權其輕重，犧牲與長兄友好，換取家庭安靜」。』」周氏兄弟決裂之事，參見趙英〈魯迅與周作人關係始末〉，《周作人研究資料》第一〇一頁。

⑭ 魯迅因此大病一場。《知堂回想錄》中〈不辯解說〉也說：「我也痛惜這種斷絕，可是有什麼辦法呢，人總只有人的力量。」（第四二七頁）

⑮ 據許廣平《魯迅回憶錄》謂羽太信子：「但到北京以後，她卻不同了，因爲那時日本帝國主義正在氣焰囂張的時候，北京又有日本使館，她便倚勢凌人，越發厲害，儼然以一個侵略者的面目出現了。事事請教日本人，常和日本使館有著聯繫。魯迅被趕走後，一有什麼風聲鶴唳，她就在門前扯起日本旗，改周宅爲羽太寓。」許廣平撰此書時筆含怒意，或有誇張之處。但周作人之內助不賢也可略見端倪矣。

人，仍然談文論藝，不斷撰寫小品；他在乙酉（一九四五）年還撰有《知堂乙酉文編》散文集⑯，仍然維持平淡清和、雍容素淨的氣度。一位面臨生死大限的人能如此心平氣和，不能不叫人驚訝。他自漢奸案後，一直飽受各方攻擊，據說死前不久，中共《光明日報》上仍然有人在做文章駡他⑰。對於這些永不間歇的惡評，周氏表面上淡然處之，但是，他不是得道高僧，我們也不相信他能老僧入定般甘之如飴，如果那樣，就不是文學家了。周氏論文以「作態」爲常病⑱，他撰文自云「極慕平淡自然的景地。」⑲我們有理由相信，知堂老人散文仍然秉持不作態的原則。

例如〈五十年前杭州府獄〉⑳是記他入獄前想起祖父生前繫獄之事，有「盜賊漸可親」的心情，因爲他曾經見過處決的強盜的腳，由其腳後跟判斷，也只是一般老百姓的腳。他對大小強盜批評不同；蓋大強盜可以弄到一座江山，如劉季朱溫等皆是，小強盜則不然：

> 至於小盜賊只是饑寒交迫的老百姓挺而走險，他們搞的不是事業而是生活，結果這條路也走不下去，卻被領到「清波門頭」簡單的解決了他的生活的困難。

以上所引的見解，實是有點對自己處境之自憐。又如，〈紅樓內外〉㉑敍北京諸教授，李守常與高仁山死於政治上乃烈士之死，固然值得紀念。但黃晦聞、孟心史盡心敎育，死於病床，作者認爲「也是可以令人佩服的」：

……這裏所說黃孟二君，比起上邊李高二君來顯得質樸無華，似乎要差一籌了，其實也不盡然，這只是情形不同罷了，其堅守崗位而死，這一點都是沒有多大差別的。中國新文化與學術之沒有成績與進步，其原因固然很多，但是從事於此的太不專心亦是其一。

周氏雖被訾爲漢奸，但他並不曾如一般漢奸賣國求榮。他一生致力中國新文化與學術的研究，提出新見解。如果我們同意上述他的看法，那麼，也就應該給他這方面的尊重。在文中

⑯《知堂乙酉文選》部分文章著錄撰寫日期，其中七月撰有兩篇散文，而日本投降後，在十一月七日撰有「道義之事功化」。

⑰見黃俊東〈遲來的噩耗——悼念周作人之死〉，《現代中國作家剪影》第二四頁。

⑱見〈說文章〉，《知堂乙酉文選》，《周作人全集》（五冊第六九九頁）說：「做文章最容易犯的毛病其一便是作態，那時文章就壞了。」

⑲見《雨天的書》自序二，《周作人全集》二冊第二六五頁。

⑳見〈五十年前杭州府獄〉，《知堂乙酉文選》，《周作人全集》五冊第六七四頁。

㉑見《知堂乙酉文選》，《周作人全集》五冊第六七八頁。

作者雖然沒有明白拍到自己身上，但對於自己一生的努力，還是有些自我期許的吧。

認識以上的背景資料，再來看乙酉年陰曆三月末日，周作人寫的散文〈風的話〉㉒，試著觀察知堂老人面臨颱風巨變將來時的心境。他那幾年都住在北京，開頭第一句便是「北京多風」，近日「大颳其風」證明他日子過得並不安穩，「對於風不能毫無感覺」，他初掌偽職時，舉國嘩然。一九三八年五月十四日，沈雁冰等知名作家十八人聯名在《抗戰文藝》一卷四號上發表〈給周作人的一封公開信〉，勸他翻然改悔，回頭是岸云云㉓，之後各種批評踵至，四面八方猛颳來的「風」，他自不能毫無感覺，終於寫下「風」的感想。

小時候在紹興老家，「雖然覺得風頗有點可畏，卻並沒有什麼可以嫌惡的地方」。紹興有殺傷力極強的「龍風」。龍風就是「龍捲風」，它總是破空而降：

> ……往往是很好的天氣，忽然一朵烏雲上來，霎時天色昏黑，風暴大作，在城裏說不上飛沙走石，總之是竹木摧折，屋瓦整疊的揭去，嘩喇喇的掉在地下，所謂把井吹出籬笆外的事情也不是沒有。若是在外江內河，正坐在船裏的人，那自然是危險了，不過撐蜑船的老大們大概多是有經驗的，他們懂得占候，會看風色，能夠預先防備，受害或者不很大。龍風本不是年年常有，就是發生也只是短時間，不久卽過去了，記得老子說過：「飄風不終朝，驟雨不終日，孰為此者天地，天地尚不能久，而況於人

乎。」這話說得很好，此本是自然的紀律，雖然應用於人類的道德也是適合。下龍風一二等的大風卻是隨時多有，大中船不成問題，在小船也還不免危險。我說小船，這是指所謂踏槳船，從前在烏篷船那篇小文中有云：

「小船則真是一葉扁舟，你坐在船底席上，篷頂離你的頭有兩三寸，你的兩手可以擱在左右的舷上，還把手掌都露出在外邊。在這種船裏彷彿是在水面上坐，靠近田岸去時便和你的眼鼻接近，而且遇著風浪，或是坐得稍不小心，就會船底朝天，發生危險，但是也頗有趣味，是水鄉的一種特色。」

龍捲風是「天災」，乃人力所無法擺脫，這不免使人想起周氏「人總只有人的力量」的無奈感㉔。但是，世界上確實有許多有經驗的船夫「懂得占候，會看風色，能夠預先防備，受害或者不很大。」這又說明在現實人生中，他順從自然，跟別人比起來，競爭能力就顯得不夠，實是緣於不會察言觀色、未雨綢繆，使災禍降至最低程度。「龍風」在童年時，不會年

㉒見同上註，第六六三頁。
㉓見《周作人研究資料》第三八二頁。
㉔見《知堂回想錄》第四二七頁。

年來，即使來，也是短時間，人受的傷害並不大。其言外之意，北京的風經年累月的颳，則是相當難捱的。接著，引《老子》中「飄風不終朝」句，謂飄風颳不了一個早晨，驟雨也下不了一整天。是誰興風作雨呢？乃「天地」。天地作弄飄風驟雨尙且不能長久，何況人類呢？這裏不但指天地風雲變化莫測，無法控制，更進一步說人類的變幻風雲難以掌握；暗指局勢變化大起大落，例如以前日軍勢如破竹，而今命在旦夕矣。作者把老子的話也拍到人類的道德上。此道德之定義應是指做人處世的分寸，作者認爲應該能通變才是。以周氏而言，他當初受命維護校產，若不接掌僞職，可能就無法完成任務，他自己也不能在教育崗位上服務社會，也不能在學術上做研究工作，也許周氏基於這些「自我詮釋」而接受僞職。可是他個人立下變通的道德律不爲國人接受，訾議四起，而他只像風中的「一葉扁舟」而已。只要遇風浪或是坐得稍不小心，就會翻船。「這小船的危險乃是因有篷而船身較高之故」，此語雙關之意尤顯。抗戰時淪陷區的中國老百姓也仍然要在僞政權下工作，一般人，人微名淺，勝利後不會有傾覆之險，倒是他這種佔有虛位、領有虛名的人危險才大。可是，自來在風中水中討生活的人，早已領悟「活在水上，死在水裏」的眞理，作者再度表現對現實環境無可如何之感，如果要像「長頸鳥喙」越王句踐般忍辱負重，終於雪恥復國，似乎是不大可能的事，只能順命。這裏似乎作者也期待有一天可以向國人解釋得以「翻案」——但他似乎終究沒這麼做。接著寫作者在江南水師學堂做學生，竟然前後六年不曾學過游泳，對於他在「水師」求學而不會泅水，他答云「因爲我們只是在船上時有用，若是落了水就不行了，還用得著游泳嗎。這回答一半是滑稽，一半是實話，沒有這個覺悟怎麼能去坐那小船呢。」再次說出他即將面臨「落水」的命運；而且不必做「游泳」的打算——努力必是白費。這似乎可以說明他選擇不辯解主義的心態。

下一段開頭又再次說「風總還是可怕的，不過水鄉的人既要以船爲車，就不大顧得淹死與否，所以看得不嚴重罷了。」作者實是一再重複這層無可奈何的心意，接著「風」由紹興回到北京，這裏的風畢竟令人不喜歡，夏天總是挾泥沙以俱下，「蒙古風」來時更是颳得滿屋黃土。大風時還呼呼作聲，令人不悅。他接著引了古詩十九首〈去者日以疏〉中兩句：「白楊多悲風，蕭蕭愁殺人。」如果把該詩下兩句再接上去，意思就更豁然：「思還故里閭，欲歸道無因。」如果作者承認自己曾經犯錯，即令想要悔改回頭，似乎也不可能了。這一句說得相當沉痛與無助。而這種蕭瑟之聲在他北京院子裏日日可聞，老友夜談時，聽之不免心驚。時過境遷，老友已謝世，但蕭蕭風聲仍歷歷可聞，作者的心理負荷可以想見乃是無日或已的了。

尾段敍及兩棵樹說：

在前院綠門的外邊，西邊種了一棵柏樹，東邊種了一棵白楊，或者嚴格的說是青楊，

> 如今十足過了二十五個年頭，柏樹才只拱把，白楊卻已長得合抱了。前者是長青樹，冬天看了也好看，後者每年落葉，到得春季長出成千萬的碧綠大葉，整天的在搖動著，書本上說他無風自搖，其實也有微風，不過別的樹葉子尚未吹動，白楊葉柄特別細，所以就顫動起來了。

這裏似乎有以兩株樹隱喻兄弟之意。他自己是柏樹，看似長青不老，而兄長魯迅則是快速竄升的白楊。他長得快，名氣大、領導文壇，看似爲領袖人物，其實是有「風」使然。風是外力，可以使人名大位高，但也可人使人翻船致死。魯迅似乎憑藉好風之力而高入雲霄，自己雖然長壽些，但二十五年只得「拱把」。

〈風的話〉一直暗含雙關之意，但作者處理時，清淡雅素得幾乎不著痕跡。但也有一些枝節是爲雙關意義而存在的。例如第二段敍述作者在水師學堂求學時不曾學過游泳，中間插入校內原有一個泳池，因有兩位學生不愼淹死，學堂乃把他塡平了。本來文章至此便可以直接「我年假回鄉時遇見人問……」文意聯貫更好。但作者插入一句話：「等我進校的時候那地方已經改造了三間關帝廟，住著一個老更夫，據說是打長毛立過功的都司。」這話是爲主題而存在的；清代四品官的「都司」，曾經打過太平軍「長毛」，立過功，但滿清滅亡，民國成立後，他曾經立過的功就毫無價值了，只能淪爲整夜敲梆報時的更夫。這裏對於歷史上

「立功」的定義實在有相當的存疑，蓋立德立功立言古今聖賢標榜爲三不朽，但在前朝立功，改朝換代後就報銷，還能算不朽嗎？如果在文化學術上建樹立言，是否也因朝代更易，亦必須與不朽絕緣呢，我們相信周氏已含蓄流露出他的微言。

又如第二段寫「划划船」：「更窄而淺，沒有船篷，不怕遇風傾覆，所以……」，其實淺窄的小船怎麼會不怕遇風傾覆呢，這一句其實是用來跟「有篷而船身較高」做比較之用，而且其暗示的意義比船身事實的意義要大。其次是作者對於風之可畏與「不怎麼可畏」表現相當矛盾的敍述。有時極言其殺傷力之強，有時則自我寬慰，言其並不足畏，要夷然處之，實在也洩漏了他徬徨而又矛盾的心理。

又如作者告訴鄉人在水師堂求學卻不曾學會游泳，因爲「落了水就不行了……沒有這個覺悟怎麼能去坐那小船呢。」這句話也不切合眞實情況，其暗示的意義較重，諸如此類含蓄影射之言，在在流露作者在颱風來臨前的心境與思考。

前已言之，思想情感是作者創作的原點；一位作家對自己及人世如果毫無認知，便不會有思想；對人類處境毫無關懷與反省，便不會有情感。認知深刻、關懷博大，其散發在散文中的內蘊才有光輝。楊牧披閱周作人浩瀚的著作後，推崇周氏爲「一位相當完整的新時代的知識份子，一個博大精深的『文藝復興人』」㉕。肯定他在文化學術與人類處境上的認知、

㉕見〈周作人論〉，《文學的源流》第一四七頁。

關懷超越常人。換言之，肯定他個人思想結構體系完整而健全。

〈風的話〉只是一篇兩千餘字的小品文。它只能反映周氏思想體系的一部分。作者撰此文時署「一九四五年陰曆三月末日」，即同年陽曆五月十一日。該年八月日本無條件投降。因此，這篇文章反映最多的該是作者面臨巨變時的心境與應變的態度。對於個人的出處問題，周氏必然深思熟慮過，他的行爲也證明他努力走在自己抉擇的路上。可是外在的環境似乎並不允許，他雖然在其他文章中再三申明不辯解態度，但隱隱然，仍在詮釋，如〈風的話〉中一般；可是，從他整個思維結構來看，與其說是周氏想向世人辯解，不如說是他個人內心一再在做辯證功夫。他深知這是一個歷史問題。也因此，我們看到他在面臨大變動之前，仍然靜定地自省，保持一貫的風度，寫下一貫風格的散文。

就單篇作品而言，任何思想結構都可以選擇一個主題來創作，讀者可以透過許多單面的「主題」，綜合、歸納出作者整體的思想。一位作家如果沒有體大思精的思想，仍然不斷創作散文，則其作品必然出現一系列重複的思考模式，套板式的反映許多不同角度卻相同的見解。

我們相信，思維結構主導作者創作散文，其文風轉變時，經常是因思想有了改變。一九二七年五月至八月，梁實秋在《時事新報》上發表一系列批判性極強的諷世雜文，後集爲《罵人的藝術》㉖；但抗戰以後，他開始寫《雅舍小品》等閒適散文，且終其一生未曾改變「

雅舍」文風，從散文風格、內容題材及作者批判角度的改變，我們知道，梁實秋已經從先前入世的文士抽身而爲避世的學者。如果把一位作家放在時代背景中去考察，當更可以掌握其思想變化的脈絡。閱讀散文的終極目標，大抵也在此。

㉖ 當時以筆名「秋郎」發表，《罵人的藝術》出版時收四七篇雜文，與一九七七年臺灣遠東公司版《罵人的藝術》僅收〈罵人的藝術〉一文不同。

第六章　結　論

第一節　構成理論的整體觀

前已言之，散文構成論是一個「層疊複合系統」，藉由以上五章的系列討論，可以得到構成論各層面的局部觀照，也釐清自《修辭論》迄《結構論》之間相互的關係。然而部份的加總並不等於整體，在建立構成理論整體觀的訴求下，筆者歸納出下列三項原則。

（一）形質合一

本書中構成論的範疇，就「構成」之字義而言似乎側重於形式分析，這並不表示筆者忽視內容本質的地位。恰好相反，在構成論的理論建立中，筆者十分注意形質的關係，透過前五章的表述也實踐了此一觀點。

蓋不論創作或鑑賞，一般認爲文學內容本質必先於形式而存在，因此內容決定形式，形式表現內容。從研究的角度來看，筆者更要強調的是形式的本身就是本質的一部分。我們相信作家的語言特質、修辭習慣，都跟他的思考模式息息相關；意象的塑造、描寫的習慣及敍述的方式，均同時反應了作者的品味；而結構的組合，亦可析出作家觀物的態度與文化意識。是以，在構成理論建構的同時，筆者並不忽略形式與形式批評在呈現理念上的功效，此所以在《修辭論》中要討論修辭模式反映時代、地域及個人的文化色彩。

在《意象論》中，我們也可以注意到：比諸古典文學作者，現代文人與其使用約定俗成的意象系統，他們毋寧更喜歡創造自己的習用意象、乃至意象系統，不僅出現在一篇文章中，而且連續出現在各個篇章內，並因而獲得讀者與批評家的讚賞。其次，現代作家選擇描寫類型，在在反應他的時空背景及心理情境，例如三〇至六〇年代的散文作家，慣常以寫眞式或印象式描寫撰文；八〇年代以降的新生代作家則開始使用魔幻寫實式描寫；而散文家喜歡用寫眞式、印象式描寫，但詩人兼散文家則會用超現實式描寫。若是小說家兼寫散文，則其敍述必較豐富。若再進一步以個別作家而言，周作人習歡使用「跑野馬式」的形式結構，時常以議論爲敍述內容，不注意文字的錘鍊，呈現出來的風格乃自然沖淡雋永。余光中恰好相反，他主控散文的形式，充分利用形、音、義三者的功效，善於雕塑意象、工於描寫，其風格乃精工穠冽綺麗。

散文尤其是「有我」的藝術，我們確實可以相信形式乃是顯現理念的感性形象。因此，形式不僅是消極的、被動的，做爲內容的包裝器，它實際上可以積極而主動地爲表現內容而發揮作用。從研究的角度來看，形與質是兩個嚴密串連的觀察層次，如果沒有具體可分析的構成層次，主題及思想的論述亦將無法生根成長。

(二) 述作聯立

現代散文的理論——不僅止於構成理論——的建立，實是一件極爲困難的工作。在國外西方文學史中，散文一直不被承認爲重要文類，自然不會有理論家爲它建構理論。在中國現代文學的發展中，現代詩與小說都一直普受理論家的關懷。只有極少數人注意散文，更少人關心散文理論的建立。

一九八八年二月傅德岷《散文藝術論》出版，堪稱是中國大陸第一本爲現代散文建構系統理論的專書⓯。傅氏的理論源於中國古典詩文的理論，例如散文類型的畫分、創作要素的歸類等。其細節來自古典詩文術語尤爲明顯，例如形神合一說、情景融結、總綰收束、點睛升騰、斷續、擒縱、伏筆、照應等等。傅氏不僅能把古人之理論方法及術語引介出來，還能融入他自己的理論體系之中，堪稱能「述」亦能「作」者。

⓯ 不過傅氏該書研究對象也包括外國散文，有時兼及中國古典散文。

但是，現代散文畢竟是現代人的產物，古典文論，已不敷當代散文使用。現代西方的理論適度的引進與使用，實是必要之舉；可是，如何融合中西兩方既成的理論，實非易事。中國大陸出版數套文學辭典，都是讓中西術語各自爲陣。王向峰主編的《文藝美學辭典》索性把中西術語分開羅列；王慶生編《文藝創作知識辭典》雖然中西術語摻雜並列，但是一看就可判斷其「血緣」，例如〈小說〉項下：「小說的懸念」，「過場人物的描寫」，「小說的敍事觀點」，「人物對話的指示詞」……等等，一望卽知是「舶來品」，而像「烘雲托月法」、「草蛇灰線法」、「橫雲斷山法」、「欲擒故縱法」……等等，分明爲中國「古董」。文學理論家甚少人有意把中西術語指涉疊複之處稍做整合[2]，更遑論針對術語、理論做通盤的貫通整理。

筆者在思考《現代散文構成論》時，面對中西的詩文理論，自知才疏學淺，要整合之、貫通之，實是力有不逮。但是，竊以爲在營建散文理論的時候，實應把前人已然思考的成果做爲自己發展系統觀的基礎；也唯有站在前人以及當代中外文學理論的基礎上，我們才有能力發展適合本土及當代的散文理論。如果因外來理論之格格不入，古典理論之貌合神離卽廢而棄之，因而造成散文理論「作而不述」的現象；或者堅守「民族陣營」，食古不化，此等閉門造車，勇氣固然可嘉，但因根基薄弱，其建構之理論必然欠缺原創性與實用價值。所以，整合性的「述而作」乃是建構散文理論的應當途徑。

(三) 體用兼賅

本書的構成理論屬於後設理論的研究。筆者從事此項工作的方向，乃是以後設理論爲體，以實際批評爲用，期望使散文的初步理論具有較大的實用價值。也因此，不論中西文學批評派別及術語引入本書論述體系時，都直接納入論評引證的範疇中選擇使用，在書中僅做簡要的介紹，冀望讀者在閱讀時能理解並能運用卽可。

文學術語，如「意象」、「結構」乃至「印象主義」、「超現實主義」等等不僅論者甚夥，且意見分歧。但是，在散文的範疇內，它們都單純化了。因爲散文一向不曾涉入文學流派的論爭漩渦之中。可是，創作者確然會有意識或無意識地引用各種流派的方法。例如魔幻寫實式描寫乃是從魔幻寫實小說中援用而來，它源於二十世紀四〇年代產生於拉丁美洲的小說創作流派，盛行於六〇年代，於八〇年代後期盛行於臺灣文學界，其創作手法也被散文作者引用；「魔幻寫實」已成爲一個普通名詞，因此，本書便直接在描寫類型中建立「魔幻寫實式描寫」項。

---

❷ 例如張漢良曾撰〈從意象看《文心雕龍》的摹擬說與表現說〉（《比較文學理論與實踐》第三五九頁）卽屬於此一範疇。

筆者相信，任何文學理論的建立，都是爲了使觀念更清晰、文類的地位更穩固，同時給予創作與閱讀更廣大發展的可能空間。是以在建立「體」的時候，我們不必引經據典，繞口令似的搬弄典故、掉書袋，在散文理論建立的開創時期，樹立具體而微的系統理論，毋寧較切實際。

在「體」的芻型建立之同時，爲了便於詮釋理論本身，本書直接選擇散文實例做具體的分析，以便將理論直接現身並使用，使「體」實現於「用」。

第二節 構成理論的新趨勢

在散文的定義僅止於小品文的時代，散文的構成條件極爲貧瘠，構成理論既是後設的理論，可見從「小品文」時代以迄今天八〇年代，散文本身的成長是相當可觀的。筆者相信，後設理論的提出，不僅是爲既成的創作做個貫時的歸納，而且也要具有開創的、前瞻的意義在內。

本書提出的幾項要素中，都仍然潛藏著可以發展的新趨勢。簡述於下：

（一）修辭概念的拓展

修辭學在中國文學研究中，是相當受到學者注意的一門學科。傳統修辭學家大部分把修辭學的研究重心放在修辭格上❶，一九二三年唐鉞《修辭格》書出版，雖然他曾聲明修辭格不過是修辭法的一小部分，但是幾十年來，修辭學家仍然把大部分注意力放在辭格的研究上。一九八六年九月吳士文《修辭格論析》出版，吳氏也強調修

❶ 關心辭格的學者，也大多同時關心字句鍛鍊的方法，後者則進入修辭實用面的細節了。

辭格只是修辭學的一個方面，但不可否認，吳氏全書仍是針對辭格一端進行研究。

傳統修辭學限縮於辭格研究的缺陷之一是，辭格將無限制地衍生出來，吳氏書中第三章就專論〈新辭格的產生與增建問題〉，便列出新增建辭格十六種。試想辭格缺乏統合，無限制的分裂衍生下去，對文學修辭的積極功效有多少？

其次，辭格的研究者多止於指出辭格的現象面，而未多關注其成效面。唐鉞詮釋辭格時說❷：

> 凡語文中因為要增大或者確定詞句所有的效力，不用通常語氣而用變格的語法，這種地方叫做辭格。

事實上是，修辭學家通常只拈出「變格語法」分類歸入辭格中，而未注意其是否增大或確定詞句的效力。

筆者認爲，修辭格應被放回修辭學的部分地位中。積極修辭，不僅止於使用辭格；面對辭格，我們應該考慮的是如何把它放進一個結構的框架中去凸顯其意義。修辭學不僅僅只能做「文」的裝飾性，它應該是語言學研究的原點。其次，它是文學構成論的基礎單元。

再其次，修辭學的視野應該拓展至風格學。簡單的說，修辭學是構成作家風格的關鍵處。語言本身不論是處在備用狀態或交際活動中，都有風格❸。前者屬於它的原始風格，產生於人類約定俗成的概念中。後者經由作者組合語言文字產生，並顯現作家風格。

亞里士多德在《修辭學》中說：

> 語言的準確性，是優秀的風格的基礎。

斯賓賽也說：

> 卓越的文學風格是在語言的運用上，能以最大可能的經濟手法來引起讀者的注意。❹

在在說明修辭運用，是構成作家文學風格的重要因素。

長久以來，許多現代散文的創作者，把修辭學運用在文句的雕鏤上，反而形成矯造的表情達意，可能是受修辭理論的誤導。如果能將修辭概念拓展開來，使它成爲積極推動作家思

❷ 以下轉引自吳士文《修辭格論析》第二五三頁。
❸ 見程祥徽《語言風格學初探》第二頁。
❹ 以上參見張懷瑾主編《文學導論》第二六九頁。

想、表現風格的動力，必能爲散文藝術及理論開拓廣濶的遠景。

二十世紀以前的西方文學研究，無論文學理論與批評都長期在詩學籠罩之下。二十世紀以降小說敍述理論建立，才逐漸佔有一席地位。

（二）現代詩學的運用

中國自五四文學運動之後，凡是從西方引進任何新的文學理論，大多是首先運用在詩上。現代詩學理論遠非散文理論所能望其項背，乃是無庸置疑之事。

在中國，古典詩文皆有理論出現，古人卻並不習慣把詩文間的理論做互相的整合。古典散文理論強調造意，而忽略造境；講究文章平面的謀篇佈局，而忽略立體的時空設計；強調筆法的翻新立奇，而不在乎意象的經營。卽令如此，古典散文理論在整理之後仍然可以供給現代散文許多借鏡。目前也已有許多學者從事此項工作，不必我們再提醒。但是現代詩學中有許多深具原創性、開展性的理論，足供散文參考，卻爲人所忽略。

在本書第二章，筆者指出意象論就是「散文的詩學」。此處要補充的是，意象原本存在於任何文類的描寫之中，我們特別強調詩學意象，是因意象論的發展成熟在詩學中，詩學的意象處理最能刺激散文新生命的發展。詩人撰寫散文，常以詩法入文，面貌迥異於散文家。例如羅門〈記憶的快鏡頭〉❺題目就出現詩質的意象，如果是散文意象，它可能是「美麗的回憶」、「四分之一世紀的愛情回憶」、「不老的初戀」等等。〈記憶的快鏡頭〉不僅具有表達「四分之一世紀的回憶」內容之功用，它還能使此一層意義具象化、立體化、動感化。「記憶」而能被捕捉、拍攝乃至放映，時光流逝如飛，必須以快鏡頭才能搶攝等等，都是現代詩意象呈現的功能之一。諸如此類，現代散文已經出現高度詩質的意象、乃至意象羣，理論家不能視而不見，不能不調整其理論體系。

現代詩對散文創作所能提供者實不止於意象；同理，現代詩學對於散文構成理論的影響亦不止於《意象論》。詩主題的歧義性，乃至音樂及圖象的豐富理論，有助於散文聲采形成的理論。再如詩學中時空設計、邏輯思維等理念也影響散文創作，理論家亦不能不關心。總之現代詩學處於蓬勃發展的狀況之中，它隨時影響散文的創作，在未來，必然還有更多的理論在轉借、融滙之中，有待學者做彙整工作。

（三）描寫方式的釐清

小說重敘述、詩重意象，描寫則應該是散文此一文類中最易突出、最精擅的手法，它是散文構成諸層次中最重要的一環。可是描寫論竟只出現於小說理論中，足見散文描寫理論的

---

❺見采薇編《紫色小札》第七七頁。

建立實爲當務之急。

長期以來，散文創作者使用描寫視角、描寫手法，也呈現諸種描寫類型，「描寫」先驗存在於作家筆下。此時此地，筆者提出《描寫論》，無非是提醒描寫理論的必要。

有關描寫視角，我們借用小說視角來處理。但是散文與小說不同。散文著重段落的細部刻鏤，描寫視角有必要做精細的劃分。當我們試圖去區隔、切割諸種視角時，會發現，散文描寫當不僅受到小說的影響，也同時受到現代電影藝術的影響，例如電影鏡頭的運轉、移換，蒙太奇式銜接等等。

描寫視角一直未經釐清，是因爲散文長久被視爲以第一人稱限制視角爲主。事實上，現代散文創作者在描寫視角上早已超越了這條封鎖線，我們有必要重新釐清。這層工作，有助於讀者欣賞並理解作者如何進行描寫，必可發現由於視角的擴大，散文描寫由平面跳脫而爲立體、由單向轉而爲多向、由刻板轉爲活潑、由呆滯變易爲生動，從而可以確定描寫是散文藝術最精華的構成層次。

描寫視角與手法的巧於配合，將使散文描寫論益上層樓。描寫僅有空間，缺乏時間，受限頗大；可是經過視角及手法的轉換，景物的光采也會轉變、人物思想會有不同的面貌、事件的發生會有不同的詮釋。是故，研究如何使視角與手法能和協、精緻化、深刻化，在中國散文繼承晚明小品以降的優秀描寫傳統中，必然可以拓展嶄新的道路。

以風格爲劃分的描寫類型，實是處於變動狀態。從寫眞式描寫到超現實式描寫，表示現代散文作家之喜於吸收新觀念、勇於突破舊形式的精神，也證明描寫乃是生生不息，永無僵化的機會。理論家該亦步亦趨追隨創作者的拓展腳步。

(四) 敍述模式的建立

晚近西方敍述學理論的發展，使小說建立鞏固的基礎，終於擁有和詩歌、戲劇鼎足而三的地位。當我們延用小說的敍述理論來做散文敍述論之借鏡時，無非是提醒大家：散文本身也存在著必須正視的敍述理論。

在筆者從事建立散文敍述論時，發現許多重要意義：

(1)散文並非短小輕薄的文類，它具有進行或大或小的敍述架構的良好體質。小說之所以在二十世紀如異軍突起，成爲文學中的顯學，蓋因涵容廣遠，敍述理論的完備實是它的先決條件。因此，一旦建立散文敍述理論，它就具備了強硬的脊樑，不會再淪爲文人的筆墨遊戲。

(2)敍述理論的建立，可以延展到整個散文溝通模式的演繹，從而把近百年來爭議不止的作者與讀者的關係，透過敍述模式之建立，予以釐清。

(3)敍述理論建立後，可以確立文學研究的本質，把史傳及社會學研究置於文學研究之外。例如書籍之大衆化問題，牽涉到暢銷與否等消費性問題，乃是讀者的接受能力與能量，此已屬於社會學的範疇。對於作者生平之考證、追踪，則屬於史學範疇。但是，研究作品時常不僅止於作品本身，而散文敍述理論的建立，乃一調和模式，把個人史傳及社會學中可以納入文學規範的部分放入文學研究之中，其不合者則排斥於文學研究範疇之外。「隱藏作者」的提出是文學與史傳的折衷，「潛在讀者」則是文學與社會學的折衷，都可以納入文學研究中。此一溝通可以產生新的方法及態度，用以建立新的敍述理論後，可發現將來我們討論時所指的作者就是隱藏的作者，讀者就是潛藏的讀者。

(4)敍述理論介入散文研究後，可以影響創作，逐漸吸收小說的優點，產生新的敍述模式，更新散文創作貧薄的體質。另方面，也驗證中國文類誕生的可能性，例如後設小說及新小說的散文化，以及敍述性強的散文之小說化。我們發現，它們從兩個極端，慢慢朝向「中間文類」滙合。

(五) 整體結構的觀照

本書前四章中的理論，限縮於字句部分的是修辭，段落部分的是描寫，貫串事件的則爲敍述。以上三項是用逐漸擴大的微視角度來掃瞄散文的構成。第五章《結構論》則是散文整體的貫穿，可以建立巨視的結構體系。

一般結構的定義是指作品組織形式和內部構造的安排，屬於形式範疇。在中國傳統觀念中，對於敍述性的作品，其結構的定義則是事件頭尾具有、層次分明、前後連貫。可是現代文學的發展，已經有許多作品脫逸傳統的結構模式，結構理論也勢必要放寬範圍。事實上，我們也相信結構主義學派認爲：作品的意義由作品本身的結構來決定，而作品的結構是一個內在的架構，是作者創作思路的原型，也是人類心靈的模型的一個重要表現❻。因此，欲將散文結構做整體的觀照，勢必不能僅僅停留於形式結構或者單軌的情節結構上。體勢結構與思維結構的納入，說明結構本身當可呈現作品的風格與思想。

散文整體結構的提出，其目的乃在化無機爲有機，把散文構成的全貌，予以貫穿。希望能透過整體結構，可以完整的理解一篇正文的來龍去脈。如果把不同作者在同一時代的散文結構做比對，可看出斷代中散文發展的構成趨勢。如果透過同一作者，在不同時代創作的散文，從結構之比對，又可以理解其基本創作趣味的發展及風格呈現的軌跡。

事實上，所謂「隱藏作者」的掌握，也不僅僅在修辭、意象、描寫等個別細微的層面，仍然必須透過整體結構的觀察，才能掌握其全貌。整體結構的研究，尤其有助於散文發展史的研究。

❻ 參見高宣揚《結構主義概說》第一六八頁。

更進一步說，《結構論》與前四論間的關係，正是全體與部分的關係，其間有密切的互動關聯，前四者中任何一環的牽動，會修正結構，而結構發展的更新，又可容納其餘四論更多發展的空間。因此，可以說整體結構的觀點，正是《現代散文構成論》中最重要的一環。

引用及參考書目

A 文學理論專書

（一）中文書目

二十世紀中國文學與世界　陳元塏　陝西人民出版社，一九八七年八月一版
文心雕龍　劉勰　開明書店，一九六七年五月臺五版
文法津梁　宋文蔚編　蘭臺書局，一九七〇年九月初版
文章學纂要　蔣祖怡　正中書局，一九七六年六月臺五版
文章學導論　張壽康　湖北教育出版社，一九八五年十月一版
文章例話　周振甫　蒲公英出版社翻印（未著出版年月）
文章作法　夏丏尊　綠洲書店，一九六六年出版
文章講話　夏丏尊　華夏出版社，一九七八年五月初版
作文講話　章衣萍　大明王氏出版公司，一九七七年八月出版

文學分類的基本知識　吳調公　長江文藝出版社，一九五九年四月初版
文學知識　楊牧　洪範書店，一九七九年九月初版
文學的源流　楊牧　洪範書店，一九八四年一月初版
文學評論集　林綠　國家出版社，一九七七年八月一版
文學導論　張懷瑾主編　天津教育出版社，一九八一年五月一版
文藝鑑賞嚮導　歐陽周主編　中國青年出版社，一九八七年十二月一版
文藝學概論　冉欲達、李承烈、康伣、孫嘉等　遼寧人民出版社，一九八四年十月一版
文學理論方法與研究　王春元、錢中文主編　湖南文藝出版社，一九八七年十二月一版
文學理論新編　黃世瑜主編　華東師範大學出版社，一九八六年六月一版
中國文學理論　劉若愚原著／杜國清譯　聯經出版事業公司，一九八五年八月二版
中國現代散文理論　俞元桂主編　廣西人民出版社，一九八四年五月初版
中國散文論　方孝岳　清流出版社，一九七一年十一月初版
比較文學理論與實踐　張漢良　東大圖書公司，一九八六年二月初版
分水嶺上　余光中　純文學出版社，一九八一年十一月再版
古文通論　馮書耕、金仞千　中華叢書編審委員會，一九六六年六月初版
古代作家寫作技巧漫談　周振甫、馮其庸　人民文學出版社，一九八六年十一月一版

字句鍛鍊法　黃永武　臺灣商務印書館，一九六九年八月初版
西方美學導論　劉昌元　聯經出版事業公司，一九八六年八月初版
作品的表現技巧與效果　丁樹南　純文學出版社，一九七〇年七月初版
周作人研究資料　張菊香、張鐵榮編　天津人民出版社，一九八六年十一月一版
周作人論　陶明志編　上海書店，一九八七年三月一版
風格和風格的背後　王佐良　人民日報出版社，一九八七年八月初版
英國小品文的演進與藝術　張沅長等　學生書局，一九七一年十月初版
後現代主義與文化理論　詹明信原著／唐小兵譯　合志文化公司，一九八九年二月初版
怎樣寫報告文學　周鋼鳴　香港朝陽出版社，一九八二年十月出版
修辭學釋例　陳望道　學生書局，一九六六年六月三版
修辭學　黃慶萱　三民書局，一九七五年一月初版
修辭格論析　吳士文　上海教育出版社，一九八六年九月一版
修辭學講話　陳介白　啓明書局（未著出版年月）
修辭漫話　洪懷香、劉長之、汪正煜　上海教育出版社，一九八四年三月一版
理解文學要素　理查德・泰勒著　黎風等譯　四川大學出版社，一九八七年七月一版
國外文學新觀念　許汝祉主編　北京中國人民大學出版社，一九八八年一月一版

符號學與文學　羅伯特・司格勒斯原著／譚大立、龔見明譯　春風文藝出版社，一九八八年七月一版

從浪漫主義到後現代主義　蔡源煌　雅典出版社，一九八七年十二月初版

章與句　蔣伯潛　世界書局，一九六六年十月再版

散文藝術論　傅德岷　重慶出版社，一九八八年二月一版

散文藝術初探　佘樹森　福建人民出版社，一九八四年十月一版

現代散文藝術論　吳歡章　黑龍江朝鮮民族出版社，一九八六年十一月一版

現代散文縱橫論　鄭明娳　長安出版社，一九八六年十月初版

現代散文類型論　鄭明娳　大安出版社，一九八七年二月出版

現代中國作家剪影　黃俊東　香港友聯出版社，一九七二年十二月初版

現代六十家散文札記　林非　百花文藝出版社，一九八〇年三月

報告文學概論　涂懷章　湖北人民出版社，一九八四年十一月一版

筆談散文　天津百花文藝出版社編輯出版，一九八〇年三月一版

結構主義　皮亞杰原著／倪連生、王琳譯　商務印書館，一九八四年十一月一版

結構主義與文學　羅伯特・蕭爾斯原著／孫秋秋、高雁魁、王焱譯　春風文藝出版社，一九八八年七月一版

結構主義概說　高宣揚　香港天地圖書公司，一九八三年六月初版
結構主義與後結構主義　徐崇溫　谷風出版社，一九八八年九月一版
詩的表現方法　覃子豪　普天出版社，一九六七年十月出版
煉句　倪寶元　上海教育出版社，一九八五年六月一版
當代文學論集　蔡源煌　書林出版公司，一九八六年八月出版
當代文學氣象　鄭明娳　光復書局，一九八八年四月初版
當代中國文學的藝術問題　洪子誠　北京大學出版社，一九八六年八月一版
當代中國文學名著提要與評析　胡若定、黃政樞主編　南京大學出版社，一九八六年八月一版
解釋學與人文科學　陶遠華等譯　河北人民出版社，一九八七年十二月一版
詳析匆匆的語法與修辭　方師鐸　學生書局，一九八三年四月初版
語言哲學　劉福增　東大圖書公司，一九八一年十二月初版
語言風格學初探　程祥徽　三聯香港分店，一九八五年三月一版
漢語與寫作　劉開揚主編　四川西南財經大學出版社，一九八七年八月一版
魯迅周作人比較論　李景彬　南開大學出版社，一九八七年十月一版
盧卡契文學論文集　中國社會科學出版社，一九八〇年七月一版
駢思樓隨筆　邱言曦　時報出版公司，一九七八年十二月再版

闡釋學與文學　戴維·霍伊原著／張弘譯　春風文藝出版社，一九八八年七月一版

（二）英文書目

"A HANDBOOK TO LITERATURE"　C. Hugh Holman/William Harmon　New York: Macmillian Publishing Co. 1986

"ARISTOTLE'S POETICS"　Trans. S.H. Butcher　Clinton: Colonial Press Inc. 1961

"ENGLISH PROSE STYLE"　Herbert Read　New York: Random House, Inc. 1952

"EUROPEAN LITERARY THEORY AND PRACTICE"　Vernon W. Gras　New York: Dell Publishing Co., Inc. 1973

"LANGUAGE AND THE READING EXPERIENCE"　Cheng-Chen Chien　Taipei: Bookman Books, Ltd. 1988

"ON REALISM"　J.P. Stern　Boston: Routledge & Kegan Paul Ltd. 1973

"PLATO TO ALEXANDER POPE"　Walter & Vivian Sutton　New York: Odyssey Press, Inc. 1966

"RECENT THEORIES OF NARRATIVE"　Wallace Martin　New York: Cornell

University 1986
"THE POETICS OF PROSE" Tzvetan Todorov/Trans. Richard Howard New York: Cornell University 1977

B單篇論文

(一) 中文篇目

結構與風格——對散文寫作的分析 王曉寒譯 中華日報，一九八六年十月一日至八七年一月十四日
論現代散文理論建設 方銘 中國現代文學研究叢刊 一九八六年二期 作家出版社，一九八六年六月一版

(二) 英文篇目

"NARRATOLOGY AND THEMATICS" Ian Mackenzie "Modern Fiction Studies" Vol. 33 1987
"RECENT BOOKS ON NARRATIVE THEORY: AN ESSAY REVIEW" Suresh Raval "Modern Fiction Studies" Vol. 33 1987
"THE MIMETIC LANGUAGE GAME AND TWO TYPOLOGIES OF NARRATORS"

Clayton Koelb "Modern Fiction Studies" Vol. 33 1987

"TOWARD A THEORY OF LITERARY NONFICTION" Eric Heyne "Modern Fiction Studies" Vol. 33 1987

C 文學工具書目

人物描寫辭典　王曉玉等編　海峽文藝出版社，一九八八年三月一版

大陸慣用語　星光出版社，一九八八年十月初版

六十年文藝大事記　中國現代文學研究中心，一九七九年十月初版

文學描寫辭典　中國青年出版社，一九八七年四月一版

文學比喻辭典　胡永林主編　陝西人民教育出版社，一九八六年一月一版

文藝創作知識辭典　王慶生主編　長江文藝出版社，一九八七年十二月一版

文藝美學辭典　王向峰主編　遼寧大學出版社，一九八八年十二月一版

中國現代文學手册　劉獻彪主編　中國文聯出版公司，一九八七年八月一版

中國新文學大系　香港文學研究社，一九三六年二月初版

西洋文學術語叢刊　顏元叔主編　黎明文化公司，一九七三年六月出版

科學文藝描寫辭典　王守勛主編　對外貿易教育出版社，一九八八年一月一版

最佳心理描寫詞典　錢魏、倪文杰主編　中國國際廣播出版社，一九八八年三月一版

D 史料彙編

亡友魯迅印象記　許壽裳　人民文學出版社，一九五三年六月一版
三十年代文壇史話　趙聰　崇文書店，一九七四年四月出版
文壇五十年　曹聚仁　香港新文化出版社，一九六九年六月出版
中國現代散文史稿　林非　新華書店，一九八一年四月一版
中國現代報告文學史　趙遐秋　中國人民大學出版社，一九八七年一月一版
中國現代雜文史　張華主編　西安西北大學出版社，一九八七年九月一版
北洋軍閥統治時期史話　陶菊隱　蒲公英出版社，一九八六年六月出版
老舍之死　舒乙編　國際文化出版公司，一九八七年八月一版
雲遊——徐志摩懷念集　秦賢次編　蘭亭書店，一九八六年四月初版

E 當代散文創作

(一) 別　集

一座城市的身世　林燿德　時報文化公司，一九八七年八月初版

丁玲散文選　丁玲　人民文學出版社，一九八五年七月北京一版
人生採訪　蕭乾　一九四七年出版（版權頁損毀）
小太陽　子敏　純文學出版社，一九八四年三月七版
千里懷人月在峯　琦君　爾雅出版社，一九七八年十月三版
中國的西北角　范長江　臺灣重刊本（未著出版社），一九八三年出版
日子正當少女　方娥眞　長河出版社，一九七八年一月初版
水是故鄉甜　琦君　九歌出版社，一九八四年七月三版
水邊　許達然　洪範書店，一九八四年七月初版
水問　簡媜　洪範書店，一九八五年二月初版
月亮照眠床　簡媜　洪範書店，一九八七年二月初版
只緣身在此山中　簡媜　洪範書店，一九八六年二月四版
未厭居習作　葉紹鈞　開明書店，一九四七年四月六版
左手的繆思　余光中　大林出版社，一九七三年五月再版
北大荒　梅濟民　立志出版社，一九六九年十月初版
交談　林文月　九歌出版公司，一九八八年二月初版
交流道　楊牧　洪範書店，一九八五年七月初版

而已集　魯迅　北新書局，一九二八年出版
西瀅閒話　陳西瀅　文星書店，一九六五年四月再版
羽書　吳伯蕭　文化生活出版社，一九四一年五月初版
在溫暖的土地上　陳義芝　洪範書店，一九八七年五月初版
朱自清全集　朱自清　大東書局，一九六四年七月出版
卽興判斷　木心　圓神出版社，一九八八年二月初版
快筆速寫　林彧　自立晚報社，一九八六年三月再版
見聞雜記　茅盾　文光書店，一九四五年十一月四版
我在　張曉風　爾雅出版社，一九八五年十二月三九版
我在臺北及其他　徐鍾珮　純文學出版社，一九八六年九月出版
私房書　簡媜　洪範書店，一九八八年三月初版
私念　思果　洪範書店，一九八二年九月初版
你還沒有愛過　張曉風　大地出版社，一九八一年三月初版
狂旗　溫瑞安　楓城出版社，一九七七年八月初版
青青邊愁　余光中　純文學出版社，一九七七年十一月初版
東京小品　廬隱　九思出版公司，一九七八年一月初版

東區連環泡　黃凡　希代書版公司，一九八九年一月初版
吳魯芹散文選　吳魯芹　洪範書店，一九八六年四月初版
周作人全集　周作人　藍燈文化公司，一九八二年十一月初版
知堂回想錄　周作人　香港三育圖書文具公司，一九七四年四月出版
洛夫隨筆　洛夫　九歌出版社，一九八五年十月初版
郁達夫散文集　秦賢次編　輔新書局，一九八三年一月出版
拾貝採英　秦牧　香港綠洲出版公司，一九八五年四月初版
春天坐著花轎來　管管　爾雅出版社，一九八一年二月出版
星火集　何其芳　上海新文藝出版社，一九六六年一月一版
留白天地寬　丘秀芷　光復書局，一九八七年四月初版
重樓飛雪　方娥眞　源成文化圖書供應社，一九七七年五月初版
追憶西班牙　徐鍾珮　純文學出版社，一九八〇年二月五版
紅紗燈　琦君　三民書局，一九七二年十月出版
夏丏尊代表作　陳信元編　蘭亭書店，一九八六年一月初版
流言　張愛玲　皇冠雜誌社（未著出版年月）
袁昌英文選　蘇雪林編　洪範書店，一九八六年初版

徐志摩全集　徐志摩　大東書局，一九六四年七月出版
秘密的中國　基西原著／立波譯　天馬書店，一九三八年四月初版
梁遇春散文集　梁遇春　洪範書店，一九七九年四月初版
記憶像鐵軌一樣長　余光中　洪範書店，一九八七年一月出版
秦牧知識小品選　秦牧　黃河文藝出版社，一九八五年八月一版
桂花雨　琦君　爾雅出版社，一九七六年十二月初版
通菜與通婚　張曉風　九歌出版社，一九八六年四月九版
速寫與隨筆　茅盾　上海開明書店，一九四九年一月九版
寄小讀者　冰心　香港大通書局，一九六八年十月出版
寄泊站　韋暈　馬來亞印務公司出版，一九八六年十二月出版
逍遙遊　余光中　大林書店，一九六九年七月初版
望鄉的牧神　余光中　純文學出版社，一九八三年四月十一版
許地山散文選　洪範書店，一九八五年一月初版
陸蠡散文集　秦賢次編　洪範書店，一九七九年九月初版
野草　魯迅　香港新藝出版社，一九七八年四月出版
移植的櫻花　歐陽子　爾雅出版社，一九七八年四月初版

黃昏之獻　麗尼　文化生活出版社，一九四七年八月七版
畫夢錄　何其芳　上海文化生活出版社，一九三六年七月初版
朝花夕拾　魯迅　人民文學出版社，一九七九年十二月一版
琦君自選集　琦君　黎明文化公司，一九七八年四月出版
雅舍小品　梁實秋　遠東圖書公司，一九八三年三月出版
散文一集　木心　洪範書店，一九八六年二月出版
散步去黑橋　七等生　遠景出版社，一九七九年十月再版
焚鶴人　余光中　純文學出版社，一九七六年二月七版
掌上雨　余光中　大林書店，一九七二年四月再版
聞一多全集　北京開明書店，一九四八年八月出版
閑書　郁達夫　良友圖書公司，一九四一年四月再版
鄉思井　司馬中原　中華文藝月刊社，一九七五年九月初版
給你　張曉風　宇宙光出版社，一九八三年四月再版
鴦鴛香爐　林清玄　九歌出版社，一九八三年十月初版
歲月的聲音　蘇偉貞　洪範書店，一九八四年七月初版
滄桑　司馬中原　駿馬文化公司，一九八八年七月一版

瘂弦詩集　瘂弦　洪範書店，一九八五年六月三版
楊朔選集　楊朔　香港文學研究社，一九七九年出版
碎琉璃　王鼎鈞　九歌出版社，一九七八年五月四版
感性蕭蕭　蕭蕭　希代書版公司，一九八七年四月一版
零時　趙雲　大江出版社，一九七一年十一月再版
夢的塔湖書簡　羅智成　時報文化公司，一九八七年四月初版
愛草　林彧　文經出版公司，一九八六年三月再版
綠天　蘇雪林　光啓出版社，一九七五年十月十版
槐園夢憶　梁實秋　遠東圖書公司，一九七五年三月四版
銀狐集　李廣田　文化生活出版社，一九三六年出版
管管散文集　管管　中華文藝月刊社，一九七六年三月出版
寫在人生邊上　錢鍾書　上海開明書店，一九四一年十二月出版
隨鳥走天涯　劉克襄　洪範書店，一九八五年一月初版
蕭紅散文　蕭紅　重慶大時代書局，一九四〇年六月初版
餘年集　吳魯芹　洪範書店，一九八二年五月初版
整個世界停止呼吸在起跑線上　羅門　光復書局，一九八八年四月初版

罵人的藝術　梁實秋　遠東圖書公司，一九七七年三月出版
曉霧里隨筆　思果　洪範書店，一九八二年七月初版
曉風散文集　張曉風　道聲出版社，一九八六年一月出版
龍蟲並雕齋瑣語　王了一　新文豐出版公司，一九八二年八月初版
龍哭千里　溫瑞安　時報文化公司，一九七九年八月三版
燈景舊情懷　琦君　洪範書店，一九八三年三月三版
斷層掃描　蕭乾　廣州花城出版社，一九八八年四月一版
豐子愷文選　楊牧編　洪範書店，一九八四年三月三版
懷念蕭珊　巴金　希代書版公司，一九八七年四月一版
響在心中的水聲　蕭白　水芙蓉出版社，一九八一年一月六版
聽聽那冷雨　余光中　純文學出版社，一九七五年四月六版
驚艷　履彊　采風出版社，一九八二年七月出版

(二) 選　集

一又二分之一　蘇偉貞編　林白出版社，一九八八年十一月初版
中國近代散文選　楊牧編　洪範書店，一九八五年三月五版
中國現代散文詩選　兪元桂主編　四川文藝出版社，一九八六年四月出版

中國現代散文選萃　丘山編　北京人民文學出版社，一九八六年十月一版
內蒙古散文選　內蒙古人民出版社，一九八七年七月一版
香港文學散文選　劉以鬯編　蘭亭書店，一九八八年四月出版
香港電影風貌　焦雄屏編　時報文化公司，一九八八年八月出版
現代十六家小品　阿英編　上海光明書局，一九三五年三月初版
將軍碑　陳怡眞編　時報文化公司，一九八六年十二月初版
紫色小札　采薇編　黎明文化公司，一九八二年十月出版

(三) 散篇

五月卅一日急雨中　葉聖陶　小說月報十六卷七號
失巷的文明　胡寶林　中國時報，一九八七年八月二十四—二十六日
地圖思考　林燿德　自立晚報，一九八八年六月十一日
夜夢記五則　秦情　中國時報，一九八三年四月二十四日
陽光大道與天藍海岸　葉維廉　聯合報，一九八六年四月六日
消失的街道　馮青　自立晚報，一九八五年一月九日
盒子　喻麗清　聯合報，一九八六年九月二十六日
濁水行　雷驤　中國時報，一九八四年三月二十一日

閒話散文的藝術　葉維廉　中外文學十三卷八期，一九八五年一月

（按）本目錄按書（篇）名首字筆劃序編排。